中国古典诗词
名家菁华赏析丛书

边塞诗赏析

马玮 主编

商务印书馆国际有限公司
中国·北京

主　编

马　玮

副主编

梁　静　马　楠

本册撰稿人

罗　曼

编　委

（按音序排列）

方周立　罗　曼

马红英　马　骎

吴　芳　薛丹丹

闫赵玉　杨　敏

总 目

说明·························· 2

序···························· 3

目录·························· 7

正文···················· 1—304

说　明

一、本书选取历代不同风格的边塞诗112首。

二、所收诗歌以《全唐诗》等权威版本为底本，同时参考其他版本。

三、所收诗歌按照创作年代的先后顺序排列。

四、诗歌作品以作者分类，诗歌原文前有作者简介，内容涉及诗人的生卒年、名号、籍贯、主要仕历或人生经历、代表作品、创作特点、他人评价或在文学史上的地位等。

五、诗歌原文后列有对一些难解字词、生僻字、历史词、方言词、古地名、出典、重要事件等的注释。

六、每首诗歌都设有题解，内容包括诗歌类型、写作背景（或人物关系）、思想内容以及其他需要交待的内容等。

七、每首诗都有赏析，主要阐述作品所蕴含的文学性和思想性，对于比较难懂的诗歌，一般有逐句翻译式的串讲，有名句的，大都给予点出。

八、本书使用简化字和现代汉语标点，在可能有歧义时，酌用繁体字或异体字。

九、行文中涉及的年份，一般用旧纪年，在其后括注公历纪年，"年"字从略。

十、行文中如涉及与今地名不一致的旧地名时，在旧地名后括注今地名或其归属地。

序

《左传·成公十三年》言:"国之大事,在祀与戎。"所谓"戎者,兵也",在于保境安民,延绵国祚。中国古代王朝始终面临着外族的威胁和侵扰,历朝历代总有无数的英雄将士,义无反顾地奔赴边陲,浴血奋战,戍守边疆,树立起一道"钢铁长城",守护着国家的承平安乐,也书写了无数爱国主义的伟大诗篇——边塞诗。

"边""塞"两字起初并不连用,所指也各有不同。《说文解字》中载"边,行垂崖也",即为悬崖边上;"塞,隔也",即为阻隔之意。秦并六国,天下一统,汉代国家渐趋安定,边陲的概念开始形成。"边塞"一词首次出现在《史记·三王世家》中,霍去病上书皇帝:"(去病)宜专边塞之思虑,暴骸中野无以报。"这里的"边塞"指边陲关塞。总的来说,边塞诗是一种以历代的边塞防卫为前提和背景,集中表现边塞各类题材内容的诗歌。目前学界尚存"狭义边塞诗"和"广义边塞诗"之说,所谓"狭义边塞诗"乃是指"地理方位在边塞,即沿长城一线,向西北延伸至安西四镇,时间上限制在盛唐和中唐",可见狭义边塞诗有着严格的时间和空间的界定。而"广义边塞诗"则指"描写与边塞生活有关的一切诗篇,举凡从军出塞、保土卫边、民族交往、塞上风情;或抒报国壮志,或发反战呼声,或借咏史以寄意，或记现世之事件。上至军事、政治、经济、文化，下及朋友之情、夫妇之爱、死别之悲，只要与边塞生活相关的，统统都可以归入边塞诗之列。广义的边塞诗时间和空间的维度更大，涵盖的内容也更广泛。本书中的"边塞诗"之概念，则为"广义边塞诗"。

边塞诗可溯源自《诗经》中的征戍诗，《采薇》《东山》中常年戍边的征人低诉着"昔我往矣，杨柳依依。今我来思，雨雪霏霏""我徂东山，慆慆不归。我来自东，零雨其濛"，诉说着在漫长的边役中心里不断滋长的思念；《无衣》《出车》中奔赴战场的将士高呼着"岂曰无衣，与子同袍""王事多难，不遑启居"，表达着同仇敌忾、杀敌卫国的豪情。东汉末年至魏晋南北朝，天下纷乱，边战四起，边塞诗中表现出更强烈的对人命危浅的忧患和对战争徭役的怨愤，"十五从军征，八十始得归""出门无所见，白骨蔽平原"，描述的是令人触目惊心的社会现实。而到了唐代，尤其是盛唐时期，边塞诗一扫悲戚苍凉之风，变得威武雄壮、豪情万丈，杨炯的"宁为百夫长，胜作一书生"、李白的"愿将腰下剑，直为斩楼兰"、王昌龄的"黄沙百战穿金甲，不破楼兰终不还"、岑参的"功名只向马上取，真是英雄一丈夫"，高扬着积极进取的时代刚健之风、立功边塞以扬名立万的仕进精神以及保家卫国的英雄豪情。边塞诗的发展在唐代日臻成熟，甚至形成了独树一帜的边塞诗派，其诗或雄浑豪放，或瑰丽浪漫，或沉郁隽永，成为中国诗歌史上令人瞩目的奇葩。此后，宋、元、明、清各朝，依旧戎歌唱不休，每至边患深重、国家危亡之时，高扬着爱国主义旋律的边塞诗便奏响得愈加嘹亮。

闻一多在《唐诗杂论·四杰》中写道："五律到了王、杨的时代是从台阁移至江山与塞漠……到了江山与塞漠，才有了低徊与怅惘，严肃与激昂。"边塞诗极大拓宽了诗歌书写的范围，纳入了更雄奇瑰丽的景致、更慷慨激昂的情感、更刻骨铭心的思念、更悲愤无奈的谴责，归根结底，边塞诗是一首首壮歌，将疆场威武雄健的刚劲之势和不可侵犯的浩然之气灌注到了诗歌之中，使其风骨凛然。本书收录了先秦至清末共112首边塞诗，题材广泛，内容丰富，有刻画威武雄壮的出征场景和疆场厮杀的激战场面，也有渲染苦寒恶劣的作战环境和漫长艰辛的行军路途；有颂赞杀敌卫国、不辞生死的健儿和马革裹尸、捐躯赴难的英雄，也有谴责好大喜功、穷兵黩武的统治者和自负轻敌、庸碌无能的边将；有沉吟戍边将士深沉的思念，也有倾诉漫长寒夜里思妇的牵忧……

边塞诗的可贵之处正是在于集复杂而矛盾的情感于一体，既有对绝域风光的忧惧也有对壮美山河的惊叹，既有对漫长边役的幽怨也有对杀贼破敌的自豪，既有对早日返归的渴望又有对忠于职守的坚持。正是有了这些思绪的变换、挣扎和情感的斗争、矛盾，才使得边塞诗氤氲了更多真实深沉的情愫和感人至深的力量。

  如今，虽然我们有幸生活在海晏河清、平稳安乐的时代，战争似乎淡出了我们的视野，但我们依然有了解边塞诗、走进边塞诗和感受边塞诗的必要。边塞诗可以带我们穿越到烽烟四起的岁月，感受"万里不惜死"的战士们冲锋陷阵、浴血奋战的豪情慷慨，重温"捐躯赴国难"的英雄们精忠赤诚的报国之志，体会"边愁听不尽"的征人们思亲念远、望眼欲穿的绵绵乡思，体味"万户捣衣声"中亲人们对戍边征人的担忧与牵挂，享受"天苍苍，野茫茫，风吹草低见牛羊"苍茫天地的自在与辽阔……千百年来流传下来的边塞诗是一份弥足珍贵的遗产，它让我们的襟怀更加宽广，心胸更加豁达，志向更加崇高，面对困难时更加勇敢。它流淌着中华民族最伟大的英雄们刚正勇敢、赤诚纯粹的热血，永远带给我们振奋和感动。

目　录

《诗经》	邶风·击鼓	1
	王风·君子于役	4
	秦风·无衣	6
	秦风·小戎	8
	豳风·东山	11
	小雅·采薇	14
	小雅·出车	19
屈原	九歌·国殇	23
荆轲	易水歌	26
项羽	垓下歌	28
刘邦	大风歌	30
汉乐府民歌	战城南	32
	十五从军征	35
李陵	别歌	37
曹操	蒿里行	39
	苦寒行	42
王粲	七哀诗	45
曹丕	至广陵于马上作	48
曹植	白马篇	51
	送应氏	55
蔡琰	悲愤诗（其一）	58

陈琳	饮马长城窟行	64
阮籍	咏怀·炎光延万里	67
鲍照	代出自蓟北门行	70
	代陈思王白马篇	73
北朝民歌	木兰诗	76
	敕勒歌	81
卢思道	从军行	83
杨素	出塞（其一）	87
薛道衡	出塞（其一）	90
杨广	饮马长城窟行	94
杨炯	从军行	98
	战城南	101
卢照邻	陇头水	103
骆宾王	从军行	105
	晚度天山有怀京邑	107
陈子昂	送魏大从军	109
	登幽州台歌	112
王之涣	凉州词（其一）	115
李颀	古意	118
	古从军行	121
崔颢	赠王威古	124
	雁门胡人歌	127
王维	陇西行	129
	送元二使安西	131
	少年行（其二）	134
	使至塞上	136
	陇头吟	139

	老将行	141
高适	燕歌行	145
	送李侍御赴安西	150
	塞上听吹笛	153
	自蓟北归	155
	金城北楼	157
岑参	逢入京使	159
	送李副使赴碛西官军	162
	走马川行奉送封大夫出师西征	164
	轮台歌奉送封大夫出师西征	167
	白雪歌送武判官归京	170
	赵将军歌	174
王昌龄	从军行（其一）	176
	从军行（其二）	178
	从军行（其三）	180
	从军行（其四）	182
	从军行（其五）	185
	从军行（其六）	187
	从军行（其七）	189
	出塞	191
王翰	凉州词（其一）	193
	凉州词（其二）	195
常建	吊王将军墓	197
祖咏	望蓟门	200
李白	关山月	203
	塞下曲（其一）	206
	北风行	208

	子夜吴歌·秋歌	211
	子夜吴歌·冬歌	213
	战城南	215
杜甫	前出塞（其六）	218
	后出塞（其二）	221
	春望	224
	悲陈陶	227
	兵车行	230
	秦州杂诗（其七）	234
	闻官军收河南河北	236
严武	军城早秋	239
柳中庸	征人怨	241
卢纶	和张仆射塞下曲（其三）	243
李贺	南园（其五）	245
	马诗（其五）	248
	雁门太守行	250
李益	夜上受降城闻笛	253
	塞下曲（其二）	256
杜牧	河湟	258
陈羽	从军行	261
陈陶	陇西行（其二）	263
张乔	书边事	266
曹松	己亥岁（其一）	268
梅尧臣	故原战	270
岳飞	送紫岩张先生北伐	272
陆游	书愤	275
	秋夜将晓出篱门迎凉有感	278

范成大	州桥 ……………………………………	280
刘克庄	军中乐 …………………………………	282
文天祥	过零丁洋 ………………………………	285
元好问	岐阳（其二）…………………………	288
于谦	入塞 ……………………………………	291
谢榛	塞上曲 …………………………………	294
戚继光	望阙台 …………………………………	296
徐兰	出居庸关 ………………………………	298
黄遵宪	哀旅顺 …………………………………	300
徐锡麟	出塞 ……………………………………	303

《诗经》

　　《诗经》是我国第一部诗歌总集，收录了上自西周、下至春秋中叶五百年间的三百零五首（此外还有六首有目无辞的诗，称为"笙诗"，即《南陔》《白华》《华黍》《由庚》《崇丘》和《由仪》）诗歌。《诗经》中所反映的地域范围很广，依据其地域特色可分为周南、召南、邶、鄘、卫、王、郑、齐、魏、唐、秦、陈、桧、曹、豳十五国风，涵盖黄河流域以及江汉北部一带，反映了先秦各地各个阶层的社会风貌。《诗经》从内容上分为《风》《雅》《颂》，多采用赋、比、兴的表现手法，以四言为主，兼有杂言，是中国韵文的源头，对中国两千多年的文学发展史产生了深广的影响。

　　先秦是"国之大事，在祀与戎"的时代。据统计，《诗经》中包含边塞之作或涉及征战行役的诗歌有四十余首，内容广泛丰富，生动反映了先秦时期华夏族与"四夷"之间的矛盾冲突，充分展示了战乱频仍的年代中人们真实的生存和情感状态。

邶风·击鼓

击鼓其镗①，踊跃用兵②。
土国城漕③，我独南行。
从孙子仲④，平陈与宋⑤。
不我以归⑥，忧心有忡⑦。
爰居爰处⑧？爰丧其马⑨？
于以求之？于林之下。
死生契阔⑩，与子成说⑪。

执子之手，与子偕老。
于嗟阔兮⑫，不我活兮⑬。
于嗟洵兮⑭，不我信兮⑮。

注　释

① 镗（tāng）：敲鼓的声音。
② 踊跃：双声联绵词，犹言鼓舞，这里指士兵操练时的动作。兵：指兵器。
③ 土国：在国内服役土工。城漕：在漕邑修筑长城。土和城在这里都是动词，挖土和筑城的意思。漕：卫国当时的城邑，在今河南境内。
④ 孙子仲：是卫国领兵南征的大将。孙氏是卫国的世卿。
⑤ 平：《左传》有言："和而不盟曰平。""平陈与宋"即调节陈国和宋国之间的矛盾。
⑥ 不我以归：倒装句，即"不以我归"，不让我回来。
⑦ 有忡：忡忡，心神不宁的样子。
⑧ 爰（yuán）：哪里，即于何处之意。
⑨ 丧：丢失。
⑩ 契（qì）：合。阔：疏远，疏离。
⑪ 子：指作者的妻子。成说（shuō）：盟约。
⑫ 嗟：感叹词。阔：指道路遥远。
⑬ 活：通"佸"，相会，聚会。
⑭ 洵：遥远，久远。韩诗作"敻"，毛诗作"远"，都是别离遥远之意。
⑮ 信：守约。

题　解

本诗选自《诗经·邶风》。《邶风》共十九篇，是邶地（今河南境内）的民歌。这首诗记述的是"平陈与宋"的战事,由于史书阙载难以确考,其背景说法不一,今人多以姚际恒所持观点为笃,即鲁宣公十二年(公元前597)宋伐陈,卫救陈后被晋所伐期间的战事。清代学者方玉润认为此诗是"戍卒思归不得之诗也",表达了远征战士长期戍边服役、有家不能归的控诉和痛苦,同时反映了战争给人民带来的深重灾难。

赏 析

《邶风·击鼓》是一首典型的战争诗,通过一名远征戍卒的视角和心理,真实地传达出戍边战士对无休止战争的无奈和厌倦、对个体生命价值的追问和个人生活幸福的追求,情感真实而朴素。全诗采用第一人称向读者展示常年驻守边关的戍卒的内心剖白。开篇写"击鼓其镗,踊跃用兵",可看出战士们一开始对"从孙子仲,平陈与宋"的战事并非消极倦怠,而是颇为踊跃积极,但战事调停却不得归,长期服役、归期无望的痛苦令士兵无奈和忧愁。士兵于城下踽踽独行,心中落寞,感叹好马不应束缚脚步,而应驰骋疆场抑或安于林下,而自己却是被缚的马儿,难以脱身自由。与心爱之人"死生契阔,与子成说。执子之手,与子偕老"的誓言念念不忘,自己却难以左右归期,重逢的日子不知何时才能到来,归期和归途同样遥不可期,让士兵内心无奈又无助,幽怨又愤懑。

"幽怨"是整首诗歌的情感基调,怨战争无休止,怨征役无尽头,怨归期无可期,控诉战争剥夺个体生命的自由和生活的幸福,这是个人意识与国家集体信念的一种抗衡,小我的幸福和集体的安宁相左时,心灵的归宿应该在哪里?先秦时期,"国之大事,在祀与戎",英勇抗战、保家卫国的抗战情怀令人肃然起敬,而小我幸福被残酷的战争绞碎,战士们心中滋生的无助与痛苦也是最真实朴素的情感。

王风·君子于役

君子于役①，不知其期，曷至哉②？
鸡栖于埘③，日之夕矣，羊牛下来。
君子于役，如之何勿思！
君子于役，不日不月④，曷其有佸⑤？
鸡栖于桀⑥，日之夕矣，羊牛下括⑦。
君子于役，苟无饥渴⑧。

注　释

① 君子：古时妻子对丈夫的敬称。于：去，往。役：服劳役。
② 曷（hé）：通"何"，何时。
③ 埘（shí）：古时墙壁上挖洞做成的鸡窝。
④ 不日不月：无法用日月来计算时间，指没有归期。
⑤ 有（yòu）：通"又"。佸（huó）：相会，聚会。
⑥ 桀（jié）：鸡栖的木桩。
⑦ 括：音义同"佸"。
⑧ 苟：或许，但愿。带有疑问语气的祈愿之意。

题　解

本诗选自《诗经·王风》。《王风》乃东周洛邑之诗，共十篇。这是一首写妻子思念远行服役丈夫的诗歌，诗中的"役"，并无确考，多数是指边地戍防。这位淳朴孤寂的农村妇女在日色苍茫的黄昏看到"鸡栖于埘""羊牛下括"，不由想到远在边地不知归期的丈夫，内心充满了对丈夫深沉的思念和殷切的祈愿。

赏　析

这首《君子于役》饱含了妻子对远征戍边丈夫的深情和担忧，感情真挚动人，是远古淳朴的恋歌。全诗分为两节，每节八句，两节相重，复沓回环，层层递进。开篇写丈夫远征在外，不知所居又不知归期，心中对丈夫的牵挂无法倾诉，只能因风寄意，但此诗的美妙在于话锋一转，不再写女子的愁怨，而将目光转向黄昏日色，寥寥几笔，勾勒出"日之夕矣"的乡村晚景。日色苍茫，思妇倚门而望，看见鸡栖于埘，羊牛归栏，斜阳墟落，行人暮归，而自己的丈夫却远在千里之外，杳无音信，思妇内心涌起深沉的相思，发出"如之何勿思"的感慨，我们仿佛能听见思妇的叹息，感受到思妇的牵挂。第二节复沓递进，思念丈夫的情感更甚，但理性制止了情感的泛滥，相对于第一节的"不知其期"，"不日不月"可以看出思妇心中对丈夫归期的无望，她将不日不月地守在家中等待丈夫的归来，但还是忍不住向苍天发问"曷其有佸"，依旧无人应答，她只能再一次将视线转向眼前暮归会聚的羊牛，对远在天边的丈夫殷切祈愿，即便归期无定，也希望他能够无饥渴，永安乐。

《君子于役》这首诗用恬淡的情境、平淡的语言营造出一种深沉的情感，爱之深、思之切、忧之远。思妇简单朴素的内心独白透出几分不可知的凄凉孤寂，更深沉的是对丈夫望穿秋水的想念和矢志不渝的情感，当思念无法消遣，只能凭风寄意，祈愿丈夫无饥无渴、平安喜乐，这种朴素真挚的情感深刻隽永，令人感动。

秦风·无衣

岂曰无衣？与子同袍①。

王于兴师②，修我戈矛③，与子同仇④。

岂曰无衣？与子同泽⑤。

王于兴师，修我矛戟⑥，与子偕作⑦。

岂曰无衣？与子同裳⑧。

王于兴师，修我甲兵⑨，与子偕行⑩。

注　释

① 袍：类似斗篷的过膝长衣，行军途中日以当衣，夜间为被。同袍为士兵之间友爱互助之意。
② 王：指周天子，秦国出兵以周天子号令为召，当时戎族为周王朝的强敌，秦国伐戎是为周天子征战。于：语气助词。兴师：出兵。
③ 戈、矛：均为长柄兵器。戈为横刃兵器，矛为直刃兵器。
④ 同仇：同仇敌忾，共同对付敌人。
⑤ 泽：通"襗"，指贴身的内衣。
⑥ 戟（jǐ）：长柄武器，类似戈和矛的合成武器，既有直刃又有横刃，刀刃处呈"十"字形或"卜"字形。
⑦ 偕作：一同起事。
⑧ 裳（cháng）：下裙，男女都穿，此处指战袍的下裳。
⑨ 甲兵：铠甲和兵器，泛指武器。
⑩ 偕行：一同前往。

题　解

本诗选自《诗经·秦风》。《秦风》共十篇，是秦人、秦地的土风乐歌。据今人考证,《秦风·无衣》的背景可能是秦国奉周天子号召抵御外族入侵,这是将士出征之前所唱的鼓舞士气的战歌。整首诗慷慨激昂,传达出将士之间友爱互助之情以及英勇抗敌的大无畏精神。

赏 析

《秦风·无衣》是《诗经》中著名的爱国主义诗篇,也是我国古代边塞诗的发轫之作,表现了秦地人民英勇无畏的尚武精神。整首诗采用回环复沓的手法,五句为一节,每节的前两句以"岂曰无衣"的设问起始,以"同袍""同泽""同裳"作答,再现了秦地将士团结互助的场景以及克服困难的决心;每节的第四句分别写"修我戈矛""修我矛戟""修我甲兵",表现了将士们齐心备战、蓄势待发的豪迈气概;每节的最后一句分别写"与子同仇""与子偕作""与子偕行",层层递进,表现了将士们奔赴战场的豪情壮志以及同生共死的英雄气概。

这首诗中秦地将士的形象英武坚定,他们即将奔赴战场,没有惆怅和犹疑,将士们奔赴战场时雄赳赳气昂昂,上下一心、同仇敌忾,表现出奋起抗争同生共死的豪情壮志,全诗在回环复唱中更凸显出将士们果决英武的气概和崇高的精神世界。

秦风·小戎

小戎俴收①，五楘梁辀②。
游环胁驱③，阴靷鋈续④。
文茵畅毂⑤，驾我骐馵⑥。
言念君子，温其如玉。
在其板屋⑦，乱我心曲⑧。
四牡孔阜⑨，六辔在手⑩。
骐骝是中⑪，騧骊是骖⑫。
龙盾之合⑬，鋈以觼軜⑭。
言念君子，温其在邑⑮。
方何为期⑯？胡然我念之⑰！
俴驷孔群⑱，厹矛鋈錞⑲。
蒙伐有苑⑳，虎韔镂膺㉑。
交韔二弓㉒，竹闭绲滕㉓。
言念君子，载寝载兴㉔。
厌厌良人㉕，秩秩德音㉖。

注 释

① 小戎：周代的一种兵车，因车厢狭小，称为小戎。俴（jiàn）：浅。收：轸，即车厢。
② 五楘（mù）：用皮革缠在车辕上，起加固和装饰的作用。梁辀（zhōu）：车辕，即车前驾牲畜的两根横木。
③ 游环：系在马背上容易活动的铜环。胁驱：皮制的驾具，用以协助四驾马各行其道。

④ 靷（yìn）：牵引马车前进的皮带或绳索。鋈（wù）续：白铜环紧紧扣住皮带。
⑤ 文茵：有花纹的虎皮坐垫。畅：通"长"。毂（gǔ）：车轮中的圆木，用来插车轴。畅毂指代大的战车。
⑥ 骐：青黑色花纹的马。馵（zhù）：左后蹄白或者四蹄皆白的马。
⑦ 板屋：用木板建造的房屋。
⑧ 心曲：内心深处。
⑨ 牡：公马。孔：甚，很。阜：强壮。
⑩ 辔（pèi）：缰绳。古时征战，一车四马，内两马各一辔，外两马各两辔，共六辔。
⑪ 骝（liú）：赤身黑鬣的马。此句意为青黑色花纹的马和赤身黑鬣的马在中间驾车。
⑫ 騧（guā）：黑嘴的黄马。骊（lí）：纯黑色的马。骖（cān）：车辕外侧的两匹马称骖。此句意为黑嘴的黄马和黑马在外侧拉车。
⑬ 龙盾：画有龙纹图案的盾牌。合：两只盾合挂在车上。
⑭ 觼（jué）：有舌的环。軜（nà）：内侧两马的辔绳。此句意为将辔绳穿过舌环，固定好两匹马。
⑮ 邑：秦国的属邑。
⑯ 期：归期。
⑰ 胡然：为什么这样。
⑱ 俴驷：驾一辆兵车的披着薄金甲的四马。孔群：非常协调。
⑲ 厹（qiú）矛：头有三棱锋刃的长矛。錞（duì）：矛柄下端金属套。
⑳ 蒙：画有杂乱的羽纹。伐：盾。苑：花纹。
㉑ 虎韔（chàng）：虎皮弓囊。镂膺：马胸前的雕花金属饰品带子。
㉒ 交：相互交错。韔：名词作动词，把弓装入弓袋。此句意为两张弓，一张向左，一张向右，交错放在弓囊中。
㉓ 闭：弓檠（qíng）。竹制，弓卸弦后缚在弓里防损伤的用具。绲（gǔn）：通"捆"。縢（téng）：缠系。
㉔ 载寝载兴：此句意为且睡且醒，起卧不宁。
㉕ 厌厌：安宁柔和的样子。良人：古时女子对丈夫的敬称。
㉖ 秩秩：有秩序的样子，指进退有礼节。德音：良好的声誉。

题 解

本诗选自《诗经·秦风》。据今人考证，此诗创作于秦襄公十二年（前766），为秦襄公伐戎期间所作。当时周王室边患不断，秦襄公奉周天子之命率兵讨伐，荡平西戎，从而扩大了秦国的势力范围，大振其威势。此诗主题思想众说纷纭，今学者多采用思妇怀念远征西戎的丈夫之作，传达出对远征丈夫的思念和对建功立业、保家卫国的丈夫的尊崇敬爱。

赏 析

《秦风·小戎》从思妇的所见所感侧面抒发秦地人民对征战的看法和情感，充分表现了秦地人民的尚武精神和爱国情怀。本诗分为三节，每节十句，繁难字颇多，每章的前六句铺叙战车、战马和兵器的精良华美，第一节是思妇所见，她看见浩浩荡荡的出征队伍，战车精良，兵强马壮，丈夫执鞭驾车，威风凛凛；第二、三节则是思妇心中所想，丈夫在战场上浴血奋战、杀敌破贼，英勇无比，整首诗歌都在渲染盛大的军容和森严的军威。而每章的后四句，则传达出思妇对远征丈夫的情感，层层递进，第一节写"温其如玉""乱我心曲"，丈夫在思妇心中既是一个威风凛凛的军人，也是一个温润如玉的君子，想念他的时候令人意乱神迷，也令人心烦意乱；第二节写"温其在邑""方何为期"，心中的爱慕递增，丈夫从军戍边，保家卫国，待人温厚，盼夫归来的心情更加迫切；第三节写"载寝载兴""厌厌良人，秩秩德音"，丈夫是思妇心中无与伦比的英雄，孔武有力又温厚有礼，对丈夫的思念已使思妇起卧不宁，辗转反侧，此句传达出思妇对丈夫深沉的爱恋和思念。这首诗充满了浩荡威武的阳刚之气，但也夹杂了缠绵细腻的红粉气息，令人读来回味无穷。

《小戎》这首诗有别于一般征夫思妇诗中"可怜无定河边骨，犹是春闺梦里人"伤感悲叹的情感。诗中的女子虽因心爱的丈夫远征边关而牵挂思念，却毫无怨言，并以丈夫征战卫国而自豪光荣，丈夫不仅仅是她心中的爱人，更是征战沙场的英雄，是温厚有礼的君子，她虽珍视自己的爱，却将小我的情感藏在心中，把丈夫建功立业的理想和国家安危的责任高高升起。

豳风·东山

我徂东山①，慆慆不归②。
我来自东，零雨其濛。
我东曰归，我心西悲。
制彼裳衣，勿士行枚③。
蜎蜎者蠋④，烝在桑野⑤。
敦彼独宿⑥，亦在车下。
我徂东山，慆慆不归。
我来自东，零雨其濛。
果臝之实⑦，亦施于宇⑧。
伊威在室⑨，蠨蛸在户⑩。
町畽鹿场⑪，熠耀宵行⑫。
不可畏也，伊可怀也。
我徂东山，慆慆不归。
我来自东，零雨其濛。
鹳鸣于垤⑬，妇叹于室。
洒扫穹窒⑭，我征聿至⑮。
有敦瓜苦⑯，烝在栗薪⑰。
自我不见，于今三年。
我徂东山，慆慆不归。
我来自东，零雨其濛。
仓庚于飞⑱，熠耀其羽。

之子于归，皇驳其马⑲。

亲结其缡⑳，九十其仪。

其新孔嘉㉑，其旧如之何？

注　释

① 徂（cú）：往。东山：在今山东曲阜，亦名蒙山，诗中东山指士兵远征的地方。
② 慆（tāo）慆：长久。
③ 行（xíng）枚：古代行军途中为避免说话衔在士兵口中的横木。勿士行枚：代指不再行军打仗。
④ 蜎（yuān）蜎：虫蠕动的样子。蠋（zhú）：虫名，似蚕而色青。
⑤ 烝（zhēng）：乃。
⑥ 敦彼：蜷缩成一团的样子。
⑦ 果蠃（luǒ）：瓜名，蔓生葫芦状的植物。
⑧ 施：蔓延。
⑨ 伊威：虫名，一种生长在潮湿阴暗处的虫子，俗称土虱或地鳖虫。
⑩ 蟏蛸（xiāo shāo）：虫名，一种长脚的蜘蛛。
⑪ 町畽（tiǎn tuǎn）：野外。屋旁的空地，禽兽践踏的地方。
⑫ 熠耀（yì yào）：萤火虫。宵行：夜间流动。
⑬ 鹳（guàn）：水鸟名，形状似鹭。垤（dié）：土堆。
⑭ 洒扫穹窒：打扫屋子，堵住老鼠洞。
⑮ 聿（yù）：语气助词。
⑯ 敦：古代盛酒的器具。瓜苦：瓠瓜，一种葫芦。古代婚礼上将瓠瓜剖为两瓢，夫妻各执一瓢饮酒。
⑰ 栗薪：用木枝搭起木架。
⑱ 仓庚：黄莺的别名。
⑲ 皇驳：黄白色的马，迎亲所骑的马。
⑳ 亲：指女方的母亲。缡（lí）：女子的佩巾。古代婚俗女子出嫁时，母亲要亲自为女儿结缡。
㉑ 新：指新婚。孔嘉：美满。

题　解

　　本诗选自《诗经·豳风》。《豳风》共七篇，豳地在今陕西彬县一带，是周民族的发祥地，《豳风》是《国风》中最早的诗。据今人考证，《豳风·东山》背景可能是周公东征，这是一首写远征士卒归家途中思家的诗，表达了既渴望早日归家，又害怕物是人非的五味杂陈的心情，是"近乡情更怯，不敢问来人"的最好写照。

赏　析

　　《豳风·东山》通过一名普通士兵的视角写行军途中的所见所闻、所思所感，传达出士兵细密如织、五味杂陈的心境。诗歌分为四小节，每节开头重复"我徂东山，慆慆不归。我来自东，零雨其濛"，交代了诗歌的背景。东征士卒归乡，同时也为全诗奠定了一个冷落凄迷的基调，士兵归乡途遇蒙蒙细雨，绵密的雨丝正如他的内心，别是一般滋味。第一小节写士兵东征结束，终于可以解甲归田，"制彼裳衣，勿士行枚"通过琐屑的细节可以看出士兵对战争的厌倦以及复员归家的欣喜。接下来的文字和第二小节写士兵归途幕天席地、风餐露宿的辛苦，"蜎蜎者蠋""敦彼独宿""町畽鹿场，熠耀宵行"一系列的野外描写真实再现了士兵夜住晓行的孤寂和辛酸。第三小节写士兵在孤寂的雨夜想念自己的家和妻子，想象琐屑日常，想象曾经的物事，三年未归却归乡心怯；最后一小节写士兵遥想当年新婚的场景，自己骑着毛色不一致高头大马迎娶妻子，妻子的母亲为她结缡祈愿，甚至想到纷繁的礼俗，那是很遥远的事情却是士兵心中温热的梦，让他在阴冷寂寞的雨夜能踏实地入睡，有一个温暖的期望。

　　这首诗最大的艺术特色在于极其丰富的联想，有再现，有追忆，有遥想，有期许，一幕幕场景以"蒙太奇"的切换手法呈现，让读者随着士兵想象回到从前，返至当下，又飞到未来，所想象的场景和事物都平凡琐屑，却包含了朴素细腻的温情，让人不由动容，一个常年在外征战的硬汉内心始终有一寸温热柔软的地方，也正是这些温柔甜蜜的回忆让士兵在艰难困苦的时候有梦可依。

小雅·采薇

采薇采薇①，薇亦作止②。
曰归曰归，岁亦莫止③。
靡室靡家④，玁狁之故⑤。
不遑启居⑥，玁狁之故。
采薇采薇，薇亦柔止⑦。
曰归曰归，心亦忧止。
忧心烈烈⑧，载饥载渴⑨。
我戍未定⑩，靡使归聘⑪。
采薇采薇，薇亦刚止⑫。
曰归曰归，岁亦阳止⑬。
王事靡盬⑭，不遑启处⑮。
忧心孔疚⑯，我行不来⑰！
彼尔维何？维常之华⑱。
彼路斯何⑲？君子之车⑳。
戎车既驾㉑，四牡业业㉒。
岂敢定居㉓？一月三捷㉔。
驾彼四牡，四牡骙骙㉕。
君子所依，小人所腓㉖。
四牡翼翼㉗，象弭鱼服㉘。
岂不日戒㉙？玁狁孔棘㉚！
昔我往矣㉛，杨柳依依㉜。

今我来思㉝,雨雪霏霏㉞。
行道迟迟㉟,载渴载饥。
我心伤悲,莫知我哀!

注 释

① 薇:即薇菜,豆科野豌豆属的一种,学名为荒野豌豆,又名大巢菜,种子、茎叶均能食用。《史记·伯夷列传》载:"武王已平殷乱,天下宗周,而伯夷、叔齐耻之,义不食周粟,隐于首阳山,采薇而食之。"说的是伯夷、叔齐隐居山野,义不仕周的故事。
② 作:指薇菜冒出地面。止:句末助词,无实意。
③ 莫(mù):通"暮",此处指年末。
④ 靡(mǐ)室靡家:没有正常的家庭生活。靡:无。室:与"家"义同。
⑤ 狁(xiǎn yǔn):中国古代少数民族名。
⑥ 不遑(huáng):无暇。遑:闲暇。启居:跪、坐,指休息、休整。
⑦ 柔:柔嫩。"柔"比"作"更进一步生长,指刚长出来的薇菜柔嫩的样子。
⑧ 烈烈:炽烈,形容忧心如焚。
⑨ 载(zài)饥载渴:指又饥又渴。
⑩ 戍(shù):防守,这里指防守的地点。
⑪ 聘(pìn):问候的音信。
⑫ 刚:坚硬。
⑬ 阳:农历十月,小阳春季节。今犹言"十月小阳春"。
⑭ 盬(gǔ):止息,了结。
⑮ 启处:休整,休息。
⑯ 孔:甚,很。疚:病,苦痛。
⑰ 我行不来:我不能回家。
⑱ 常:常棣(棠棣),即苃苡,植物名。
⑲ 路:高大的战车。斯何:犹言维何。斯:语气助词,无实义。
⑳ 君子:指将帅。
㉑ 戎(róng):兵车。
㉒ 牡:雄马。业业:高大的样子。

㉓ 定居：犹言安居。
㉔ 捷：胜利。谓接战、交战。一说邪出，指改道行军。此句指一月多次行军。
㉕ 骙（kuí）：雄强，威武。这里的骙骙是指马强壮的意思。
㉖ 小人：指士兵。腓（féi）：庇护，掩护。
㉗ 翼翼：整齐的样子。谓马训练有素。
㉘ 象弭：以象牙装饰弓端的弭。弭（mǐ）：弓的一种，其两端饰以骨角。一说弓两头的弯曲处。鱼服：鲨鱼鱼皮制的箭袋。
㉙ 日戒：日日警惕戒备。
㉚ 棘（jí）：急。
㉛ 昔：从前，文中指出征时。往：当初从军。
㉜ 依依：形容柳丝轻柔、随风摇曳的样子。
㉝ 思：用在句末，没有实在意义。
㉞ 雨（yù）：这里作动词，为"下"的意思。霏（fēi）霏：雪花纷落的样子。
㉟ 迟迟：迟缓的样子。

题 解

　　本诗选自《诗经·小雅》。从《小雅·采薇》的内容来看，当是将士戍役劳还之时所作，约作于西周时期。至于此诗具体的创作年代，学界尚无定论，主要有三种说法。其一，《毛诗序》："《采薇》，遣戍役也。文王之时，西有昆夷之患，北有猃狁之难。以天子之命，命将率遣戍役，以守卫中国。故歌《采薇》以遣之。"可见《毛诗》认为《采薇》所叙乃周文王时事。其二，汉代齐诗、鲁诗、韩诗认为《采薇》是周懿王时事，旁证有《汉书·匈奴传》："（周）懿王时王室遂衰，戎狄交侵，暴虐中国，中国被其苦。诗人始作，疾而歌之曰：'靡室靡家，猃狁之故''岂不日戒，猃狁孔棘'。"其三，王国维《鬼方昆夷猃狁考》中据铜器铭文考证，认为"《采薇》《出车》实同叙一事"，"《出车》亦宣王时事"，即《采薇》所叙也是周宣王时事。

　　此三种说法颇有影响，但历代皆有反对意见：其一"周文王时事"说，从诗歌内容而言，乃是叙写征战返归之事，而非出征始发；从抒情来看，有忧伤之感，但并无慰藉之情，且全诗并无天子之语，故周文王歌《采薇》以遣戍役尚不成立。清儒崔述、姚际恒、方玉润均反对此说。其二"周懿王时事"说，程俊英《诗经注析》认为"经传皆无明文",《汉书》晚出,不能反证。其三"周宣王时事"说,所据皆考古成果,未得文献证实。陈子展《诗经直解》认为"狁患周,非止一世",故不必拘泥。

赏 析

《小雅·采薇》是一首戍卒返乡诗,诗歌以一名戍卒的口吻,唱出了从军将士的艰辛生活和思归情怀,但全诗字里行间充斥着对狁扰边的痛恨和忠于职守的责任,又使整首诗歌升华,恋家思亲的个人情和为国赴难的责任感相互交织,使得豪迈与悲凉融合在一起,奠定了全诗的感情基调,整首诗歌更具真实感和感染力。全诗可分为三个部分,第一部分为前三章,三章均以"采薇"起兴,采用重章复沓的形式,表达普通士卒远别家室、久戍不归的凄苦心情。前三章均写"采薇采薇",我们可以想象出戍卒们一边在遥远的边地采薇充饥,一边屈指计算着离家的日子。"薇亦作止""薇亦柔止""薇亦刚止"写薇菜由刚刚破土冒芽到叶片鲜绿柔嫩,再到根茎粗硬,光阴流转,一年将尽,戍卒却依旧等不来归期。"采薇"之于戍卒,不仅仅意味着生命的消长,四时的变化,更代表着思念的滋长。第二部分为四、五章,这两章戍卒不再拘泥于私人情感,而开始追述行军作战的紧张生活,写军容之壮、戒备之严,流露出作为军人特有的骄傲自豪之情,"戎车既驾,四牡业业。岂敢定居?一月三捷"写出了威武的军容、高昂的士气和节节胜利的自豪;"驾彼四牡,四牡骙骙。君子所依,小人所腓"写出了在将军的指挥和战车的掩护下,士卒们冲锋陷阵、所向披靡的战斗场面;最后写"岂不日戒?狁孔棘",将士们夜以继日、严阵以待,是因为狁猖狂无度,扰我边陲,也间接解释了久戍难归的原因,士卒们走向战场,身份便不单单是儿子、丈夫、父亲,更是一名保家卫国的战士,这一部分已由开始的思归念远的忧伤转为激昂的战斗豪情,洋溢着报效国家、不惜血洒疆场的英雄情怀。第三部分为最后一章,也是整首诗歌的点睛之笔,这一章不再直抒内心缠绵的情感,也不再追忆渲染激烈战斗的场景,而是将视角延伸在归途的景色上:"昔我往矣,杨柳依依。今我来思,雨雪霏霏。"当年离家赴边之时,春光烂漫,杨柳依依,而今归来,岁暮天寒,大雪纷飞。这几句虽未直言内心的情感，却流淌着一种深邃隽永的情思。诗歌没有继续写戍卒归家之后的场景，而是定格在漫天的风雪中，历经九死一生的戍卒们步履蹒跚归来的背影中，言有尽而意无穷，令人产生无限的感慨和遐想。清代方玉润《诗经原始》曰："此诗之佳，全在末章，真情实景，感时伤事，别有深意，不可言喻，故曰'莫知我哀'。不然凯旋生还，乐矣，何哀之有耶？"

《小雅·采薇》蕴含着丰富的情思——相思之情和报国之志。边地生活的煎熬艰辛与战场厮杀的淋漓自豪，盼归不得归的思念和近乡情怯的哀叹交织在一起，奏响的是真实的生命乐章。诗歌采用了《诗经》中典型的重章复沓和比兴的手法，同时善用情景的反衬、意象的捕捉，是家喻户晓、代代相传的名篇。

小雅·出车

我出我车，于彼牧矣①。
自天子所，谓我来矣②。
召彼仆夫③，谓之载矣。
王事多难，维其棘矣④。
我出我车，于彼郊矣。
设此旐矣⑤，建彼旄矣⑥。
彼旟旐斯⑦，胡不旆旆⑧。
忧心悄悄⑨，仆夫况瘁⑩。
王命南仲⑪，往城于方⑫。
出车彭彭⑬，旂旐央央⑭。
天子命我，城彼朔方。
赫赫南仲⑮，猃狁于襄⑯。
昔我往矣，黍稷方华⑰。
今我来思，雨雪载涂⑱。
王事多难，不遑启居⑲。
岂不怀归，畏此简书⑳。
喓喓草虫㉑，趯趯阜螽㉒。
未见君子㉓，忧心忡忡。
既见君子，我心则降㉔。
赫赫南仲，薄伐西戎㉕。
春日迟迟㉖，卉木萋萋㉗。

仓庚喈喈㉘，采蘩祁祁㉙。

执讯获丑㉚，薄言还归㉛。

赫赫南仲，狁于夷㉜。

注　释

① 于：去往。牧：郊外可以放牧的地方。《尔雅》："邑外谓之郊，郊外谓之牧。"
② 谓：使。谓我来，即使我来。下文的"谓之载"，即使之载。
③ 仆夫：即车夫。
④ 维：句首发语词，无实义。棘：通"急"，紧急。
⑤ 设：陈列。旐（zhào）：绘有龟蛇图案的旗帜。
⑥ 建：树立。旄（máo）：旗杆上装饰有牦牛尾的旗子。
⑦ 旟（yǔ）：绘制有鹰隼图案的旗帜。斯：语气助词，无实义。
⑧ 旆（pèi）旆：旌旗飘动飞舞的样子。
⑨ 悄（qiǎo）悄：心情沉重忧愁的样子。
⑩ 况瘁：憔悴疲惫的样子。
⑪ 王：即周宣王。南仲：周宣王时期的大臣，曾率军讨伐狁，立中兴之功。
⑫ 方：地名，即下文中"朔方"，在周王畿之北。城于方：即在朔方筑城。
⑬ 彭彭：指车马众多。
⑭ 旂（qí）：绘制有蛟龙并悬挂铃铛的旗子。《周礼》称"交龙为旂"。央央：鲜明的样子。
⑮ 赫赫：形容威仪显赫的样子。
⑯ 襄（rǎng）：通"攘"，平息。即平息狁入侵之乱。
⑰ 方：正值。华：茂盛的样子。
⑱ 雨（yù）雪：下雪。载：满。涂：通"途"，路途。
⑲ 遑：空闲。启居：安坐休息。
⑳ 简书：写在竹简上的文书，即王命。下文的"薄伐西戎"，即简书的内容。
㉑ 喓（yāo）喓：昆虫的鸣叫声。
㉒ 趯（tì）趯：蹦蹦跳跳的样子。阜螽（zhōng）：蚱蜢。

㉓ 君子：征夫的妻子对征夫的称谓。
㉔ 我：征夫家中的妻子。降：安宁平和。
㉕ 薄：语气助词。西戎：即周王室西方的戎族外敌。
㉖ 迟迟：白昼时间比较多，日色长。
㉗ 卉（huì）：草的总称。萋萋：草木茂盛的样子。
㉘ 喈（jiē）喈：鸟儿鸣叫声。
㉙ 蘩（fán）：白蒿。祁祁：众多茂盛的样子。
㉚ 执：捕获。讯：问询、审问。获：通"馘"，割耳朵，古代对待俘虏多杀而割其左耳。丑：罪魁祸首。这句话的意思是捕获的敌人需要问询口供的就拘捕起来，其中的罪魁祸首杀掉并割其左耳。
㉛ 还（huán）：通"旋"，凯旋。
㉜ 猃狁：周王室北方的少数民族强敌，常年侵扰周王室。夷：荡平。

题 解

本诗选自《诗经·小雅》。《小雅》共七十四篇，创作于西周初年至末年，其中以西周末年厉、宣、幽王时期为背景的诗篇众多，《小雅》中一部分诗歌吸取了《国风》的风格，尤其是写战争和劳役的作品，《小雅·出车》便具有典型性。据今人考证，《小雅·出车》是以周宣王平乱四夷为背景，歌咏周宣王讨伐猃狁的英明武治，颂扬领兵统帅南仲的赫赫战功，传达了一种慷慨激昂、军威浩荡的气势和保家卫国的豪情。

赏 析

《左传》曾言"国之大事，在祀与戎"，因而筑城防守、保家卫国便成为古代君王臣民最神圣的事。《小雅·出车》记述了周宣王时期的大将南仲在朔方筑城，抵挡猃狁入侵的史实。诗歌开篇写王命紧急，浩浩荡荡的军队奔赴一线筑城抗敌，渲染了军威浩荡的气氛，继而写君臣一心，将士奋战，很快荡平猃狁之扰，这是第一部分。第二部分接着写治乱有功的将士在归途中的感慨。"昔我往矣，黍稷方华。今我来思，雨雪载涂"写将士们不禁想起离家从军时正是五谷秀穗、丰收在望的好时节，而今归来时道路崎岖、大雪纷飞，虽然归期有期，难免心中波荡起几分伤感。"岂不怀归，畏此简书"写出将士们心中的挣扎，归乡心切，日夜望穿秋水，却难以抛弃保家卫国、戍边御敌的责任。第三部分写将士们的妻子在家中惶惶终日，担忧在外征战的夫君，这一部分想象的描写尤为动人。漫漫长夜，幽幽虫鸣，妻子吊着一颗心担忧丈夫，丈夫在远方的风雪里思念家人，然而，征战的鼓点随时响起，荡平猃狁立即又赶赴抵御西戎的战场，又是一番激战，幸得死里逃生。最后一部分笔锋一转，写大获全胜后"春日迟迟，卉木萋萋"的明丽景象，将士们的归程从"雨雪载涂"的冬季走到"仓庚喈喈"的春天，虽路途艰险、跋山涉水，但终究回到家乡，回到温暖明媚的地方，而回首这场持久的战役，是一场伟大的胜利。

  这首诗歌化用了《国风》中《草虫》《七月》等多处诗句，凸显了宫廷乐歌受到民风民歌的影响，这深深影响了后代的诗歌创作。全诗的主题虽在于彰显周宣王统治的英明威严以及大将南仲的勇猛无畏，但也鲜明地刻画了真实的士兵形象，他们在战场上浴血奋战、视死如归，但也满怀着对家乡亲人深沉的思念，神圣的使命感和深切的思念交织如麻，使得士兵们白昼"杀敌誓死破残贼"，夜晚"碧海青天夜夜心"。

屈　原

　　屈原（前340—前278），芈姓，屈氏，名平，字原；又自云名正则，字灵均。战国时期楚国丹阳（今湖北宜昌）人。屈原是楚武王熊通之子屈瑕的后代，出身显贵，受过良好教育，少时博闻强识、理想宏大，早年受楚怀王赏识，官至三闾大夫，监管内政外交大事。他极力推崇改革，主张对内选贤举能，修明法度，对外联合抗秦。因触犯楚国贵族利益，被排挤诽谤，先后被流放至汉北和沅湘地区，后秦大将白起攻入楚国郢都，屈原自沉汨罗江，以身殉国。

　　屈原是战国时期伟大的爱国主义诗人、政治家、思想家，中国浪漫主义文学的奠基人。他结合楚国方言和民谣的形式韵律，创作了形式活泼、自由的崭新文学体裁——骚体。其作品主要收录在《楚辞》中。据《汉书·艺文志》记载，《楚辞》共二十五篇，代表作有《离骚》《天问》《九歌》《九章》等。他的诗歌热情奔放，饱含了爱国主义的激情和忧国忧民的悲悯之情，在中国和世界文学史上占有十分重要的地位。

九歌·国殇

操吴戈兮被犀甲[①]，车错毂兮短兵接[②]。
旌蔽日兮敌若云，矢交坠兮士争先[③]。
凌余阵兮躐余行[④]，左骖殪兮右刃伤[⑤]。
霾两轮兮絷四马[⑥]，援玉枹兮击鸣鼓[⑦]。
天时怼兮威灵怒[⑧]，严杀尽兮弃原野。
出不入兮往不反[⑨]，平原忽兮路超远[⑩]。

带长剑兮挟秦弓，首身离兮心不惩⑪。

诚既勇兮又以武，终刚强兮不可凌。

身既死兮神以灵⑫，子魂魄兮为鬼雄。

注 释

① 吴戈：吴国制作的戈，春秋战国时期，吴国的冶铁技术比较先进，吴戈以锋利著称。被（pī）：通"披"，穿着。犀甲：犀牛皮制作的铠甲，质地坚硬。
② 错：交错。毂（gǔ）：车轮中心的圆孔，诗中泛指战车的轮轴。短兵：指刀剑类的短兵器。
③ 矢（shǐ）：箭。
④ 凌：侵犯。躐（liè）：践踏。行：行列。
⑤ 骖（cān）：古代驾在车前两侧的战马。殪（yì）：死。
⑥ 霾：通"埋"，埋进土里。絷（zhí）：系绊马足，束缚住。古代作战中将要战败时，埋轮缚马，表示坚守不退、视死如归。
⑦ 援：持，拿着。玉枹（fú）：镶玉的鼓槌。先秦作战击鼓督战，以旗鼓指挥进退。
⑧ 怼（duì）：怨恨。威灵：威严的神灵。
⑨ 反：通"返"，返回。
⑩ 忽：渺茫的样子。
⑪ 惩：悔恨。
⑫ 神以灵：指死而有知，英灵不泯。神：指精神。

题 解

本诗选自《楚辞·九歌》。《九歌》是楚国诗人屈原在汉族民间祭神乐歌的基础上改编而成的诗歌，其中大多属于人神恋歌，而《国殇》则是追悼楚国阵亡士卒的挽歌，悼念和颂赞为楚国战死的将士，祭奠他们在天的英灵。诗歌感情真挚而激昂，充斥了凛然悲壮的气氛。

赏　析

　　《九歌·国殇》是唯一一首祭祀人鬼的乐歌。整首诗分为三个部分，第一部分通过描写楚国将士在战场殊死搏斗的激烈场面，表现了他们奋死抗敌、视死如归的气概。开篇四句长驱直入，将读者带领到激烈厮杀的战场。"车错毂""敌若云""矢交坠"无疑可看出敌众我寡的情势，而"士争先"则可以看出楚军前赴后继、奋勇拼搏的战斗精神。接下来四句描写战斗过程中的细节：在敌人强大的攻势下，纵使战马非死即伤，战队溃不成军，军队横尸遍野，但英勇的士兵仍不投降，埋轮缚马凸显出楚国军人坚守不退、誓死抵抗的决心。第二部分则描绘楚军败绩、横尸遍野的惨烈场面。"天时怼兮威灵怒，严杀尽兮弃原野"，军人的使命是保家卫国，军人的结局是马革裹尸，笼罩着一股肃杀寂寥的气氛，同时悲壮而神圣。最后一部分则歌颂楚军将士英勇无畏、威武不屈的尊严和民族精神。"诚既勇兮又以武，终刚强兮不可凌"，他们坚强刚毅、不可凌辱，是国家的骄傲；"身既死兮神以灵，子魂魄兮为鬼雄"，他们虽败犹荣，即使死去了，但他们以死报国的崇高精神永远高悬在楚国民众的心头。

　　这首诗气势雄壮，笼罩着肃杀的气氛和悲壮的基调。诗人满腹激情传达出对英雄战士威武不能屈、凌然不可辱的刚烈精神的深深崇敬，这不仅是楚国军队的精神，更是楚国人民的坚强个性，这种刚毅不屈的精神影响着一代又一代楚国人自强不息，最终将楚国原本的蛮荒之国建设成国富民强的战国一霸。

荆　　轲

　　荆轲（？—前227），战国末期著名刺客，姜姓，齐国贵族庆氏后代。卫国人，后秦灭魏，逃亡至燕，燕人称荆轲。燕太子丹以重金相聘，尊为上卿，意欲使其刺杀秦王。秦王政二十年（前227），荆轲带着在逃秦国将军樊於期的头颅和夹有匕首的燕国督亢（今河北涿州）的地图，在易水边辞别太子丹、高渐离以及众宾客，踏上了"贡献为虚，刺杀为实"的使秦之程。进献秦王地图时，图穷而匕见，刺杀秦王不中，被杀。

易　水　歌

风萧萧兮易水寒①，壮士一去兮不复还！

注　释

① 萧萧：秋风冷落凄清的样子。兮：语气助词。易水：河流名，当时燕国的南界，在今河北易县。

题　解

　　《易水歌》又名《渡易水歌》，相传是燕国太子丹在易水河畔为前往秦国刺杀秦王的侠士荆轲饯别时，荆轲所作的歌谣，虽为残歌，但极尽渲染苍凉悲壮的肃杀气氛，塑造了一个经典的为国捐躯、义无反顾的壮士形象。
　　《史记·刺客列传》载："太子及宾客知其事者，皆白衣冠以送之。至易水之上,既祖,取道。高渐离击筑,荆轲和而歌,为变徵之声。士皆垂泪泣涕,又前而为歌曰:'风萧萧兮易水寒,壮士一去兮不复还!'复为羽声慷慨,士皆瞋目,发尽上指冠。于是,荆轲就车而去,终已不顾。"

赏 析

《易水歌》虽然只有两句,俨然是一首残歌,却对整个中国边塞诗的走向产生了直接而深沉的影响。开篇承袭《诗经》的起兴手法写秋风萧萧,易水寒洌,营造出肃杀悲凉的气氛,为壮士在此饯别,平添悲壮凛洌之气,蓄势充足。接下来的"壮士一去兮不复还",荆轲明知凭一己之力难以抵挡千军万马,此去凶多吉少,有去无回,但他深知这是国家最后一点希望,若能以一己之躯换得国家安宁,则纵死无悔。这种大义凛然、义无反顾的气魄在愁云惨淡的气氛下更显悲壮,这种"知其不可为而为之"的忘我精神也成为中国古代英雄的精神血脉。正如南宋诗人张戒在其《岁寒堂诗话》中感慨此歌谣"能写出天地愁惨之状,极壮士赴死如归之情"。

《易水歌》成功地塑造了为国捐躯、死而后已的英雄形象,同时也蕴含丰富深沉的文化内涵,慷慨陈词,令人意犹未尽。今人梁启超谓之"千古不朽的杰歌"。

项　羽

项羽（前232—前202），秦末起义领袖，楚汉之际西楚霸王。项氏，名籍，字羽。楚国下相（今江苏宿迁）人，累世为楚将。少有壮志，力能扛鼎。公元前209年陈胜起义后随叔父项梁在吴（今江苏苏州）起兵响应。项梁战死后，秦将章邯乘胜围赵于巨鹿，项羽率军往救，破釜沉舟，一举摧毁秦军主力。前206年，秦亡，项羽进军咸阳，烧毁宫室，自立为西楚霸王，都彭城（今江苏徐州）。公元前202年被刘邦汉军围困于垓下（今安徽灵璧），突围至乌江，全军覆没，无颜面对江东父老，遂自刎。

垓 下 歌①

力拔山兮气盖世，时不利兮骓不逝②。
骓不逝兮可奈何，虞兮虞兮奈若何③？

注　释

① 垓（gāi）下：古地名，在今安徽灵璧境内。
② 骓（zhuī）：原指青白相间的马，文中指项羽坐骑乌骓马。
③ 虞：即虞姬。奈若何：那你怎么办？

题　解

《垓下歌》是西楚霸王项羽在败局已定的垓下之围前夕所作的绝命诗。全诗流露出时移世易、英雄末路的悲叹。

《史记·项羽本纪》载："项王军壁垓下，兵少食尽，汉军及诸侯兵围之数重。夜闻汉军四面皆楚歌，项王乃大惊……项王则夜起，饮帐中。有美人名虞，常幸从；骏马名骓，常骑之。于是项王乃悲歌慷慨，自为诗曰：'力拔山兮气盖世……'歌数阕，美人和之。项王泣数行下，左右皆泣，莫能仰视。"

赏 析

项羽的《垓下歌》是他的绝命歌，更是英雄末路的悲歌，唱出了往昔英雄的冲天豪气，更突显了英雄强弩之末的悲壮与苍凉。诗歌开篇"力拔山兮气盖世"有气吞万里之势，项羽曾率领楚军推翻强秦暴政，宰割天下，力能扛鼎，才气过人，号称"西楚霸王"。他的一生不乏所向披靡、勇冠三军的辉煌战绩，但经历了四面楚歌的惨败，垓下之围穷途末路，再回顾往昔的辉煌岁月，也只是过眼云烟。短短四句悲歌，有对盛衰兴亡的感慨，更多的是对时不再来的悔恨，令人读起来无限苍凉。"时不利兮骓不逝。"项羽将最终的失败归结于天时不利的客观因素，而丝毫无罪己之意，也显示出项羽性格中的盛气凌人、刚愎桀骜，这或许也是他原本占领绝对优势，最终却败北于草莽起身的刘邦的原因。"骓不逝兮可奈何"抒发的是英雄末路、无可奈何的悲叹，项羽最终未能逃脱垓下之围。他与刘邦的决斗不仅仅是一场军事对抗，更是一场政治计谋的较量，而刚愎耿直的项羽终不是隐忍强劲的刘邦的对手，当他真正看清局势、正视对手的时候，已是强弩之末，即便他想要再次"破釜沉舟"，也没有了转机。"虞兮虞兮奈若何？"项羽也曾作为盖世英雄，强弩之末不但制胜无术，甚至连心爱的姬妾都难以保全，他内心愤慨悲叹，无语向苍天，只能留下万般感慨。

古往今来，殊死搏斗、视死如归的英雄数不胜数，然而项羽确是最令人动容的悲剧英雄。他才华超逸，气盖一世，纵横战场、扭转战局的奇迹数不胜数，然而直率刚烈的性情终究斩断了他的宏图，也葬送了他的性命；他本有苟且逃生的机会，却因失败而羞愤，自刎于乌江；面对死亡，他无所畏惧，然而心爱的姬妾与宝马他无法护得周全，令他抱憾。《垓下歌》是他的绝命歌，更是他真实性情的喷薄流淌。自刎乌江的结局古往今来评说纷纭，然而无可否认的是他飞扬的自信甚至自负、真率袒露的情感、刚烈而不求苟安的性格以及视死如归的豪情，这一切令他永远在史册载入浓墨重彩的一笔。

刘 邦

　　刘邦（前256—前195），西汉王朝的建立者，即汉高祖。字季。沛县丰邑（今江苏丰县）人。出身农家，曾任泗水亭长。陈胜起义不久后，刘邦集结三千子弟响应，攻占沛县等地，时称沛公，后投奔项梁，被封为武安侯。公元前206年，秦亡，刘邦先入关中，废秦苛法，与关中父老约法三章，鸿门宴后封汉王。楚汉战争，他知人善任，联合各方势力击败项羽，一统天下。公元前202年，刘邦即帝位，定都长安，史称西汉。登基后相继铲除韩信、彭越、英布等异姓诸侯王，又裂土分封九个同姓诸侯国；与民休养生息，豁免徭役，维持了汉初的和平稳定局面。公元前195年，刘邦因讨伐英布叛乱，被箭射伤，病重不起，同年崩，庙号太祖，谥号高皇帝。

大 风 歌

大风起兮云飞扬，
威加海内兮归故乡①，
安得猛士兮守四方②。

注　释

① 威：威势，威严。加：施加。海内：四海之内，即天下。
② 安得：哪里求得。四方：国家。

题 解

《大风歌》是汉高祖刘邦战胜反叛军得胜还朝途中所作的一首抒怀壮曲。相传其背景是公元前196年，淮南王英布起兵反汉，来势汹汹，高祖刘邦御驾亲征，大败叛军，得胜还朝途中经过家乡沛县，与昔日父老亲友酒酣之后所唱的歌曲，抒发了自己统一四海的远大政治理想以及求贤若渴的忧虑心情。全诗虽只有三句，但背景宏阔，陈词慷慨，有咫尺万里之势。

赏 析

如果说《垓下歌》是失败者的悲歌，那么《大风歌》便是胜利者的壮词。首句用"大风起""云飞扬"来起兴追昔，渲染了一种山呼海啸的气势，比喻汉初天下群雄并起争夺江山的激烈情形。第二句笔锋一转描摹当下，自己已由当年乱离中的草莽领袖成为威加海内、御宇天下的君王，颇含志得意满之气、君临天下之势，也有世事沧海桑田的感慨。第三句则不是一味沉湎在雄霸天下的君王梦里，而充满了对边塞动荡的担忧，虽然当下天下暂稳，但北方匈奴蓄势待发，南方边境时局不稳，终日忧心忡忡，急于寻求猛士镇守四方、保卫家国。整首诗篇幅虽短，却气势逼人，各种复杂情感交织在一起，有对霸业的自豪，有对世事的感慨，有对故土亲人的留恋，有对国家忧患的悲哀，有对天下贤士的渴望，充溢着颇高的王霸气象。

《大风歌》是汉代经典英雄抒怀之作，语言精切凝练、境界宏阔壮远、情感跌宕起伏，正如王世贞所说："《大风》三言，气笼宇宙，张千古帝王赤帜。"

汉乐府民歌

　　汉乐府民歌即两汉时期音乐机关所采集的民间歌辞。据《汉书·艺文志》所载，共一百三十八首，后大多失传，今存汉乐府民歌四十首左右，宋代郭茂倩所编的《乐府诗集》，在"相和歌辞""杂曲歌辞"以及"鼓吹曲辞"三类中多有保存，大多是东汉时期的作品，感于哀乐，缘事而发，广泛地反映了两汉时代的社会生活和人民的思想情感。汉乐府民歌是继《诗经》《楚辞》之后，形成的一种新诗体，其突出特点是叙事诗多，篇幅较长，句式不一。汉初大多是三、四、五、七言间出的杂言，后趋向于整齐的五言诗体，对东汉文人五言诗的发展起了积极的作用。

战　城　南

战城南，死郭北①，野死不葬乌可食②。
为我谓乌：且为客豪③！
野死谅不葬④，腐肉安能去子逃⑤？
水声激激⑥，蒲苇冥冥⑦；
枭骑战斗死⑧，驽马徘徊鸣⑨。
梁筑室，何以南？何以北⑩？
禾黍不获君何食？愿为忠臣安可得？
思子良臣⑪，良臣诚可思⑫：
朝行出攻，暮不夜归！

注　释

① 郭：外城。
② 野死：战死荒野。乌：乌鸦。
③ 客：文中指战死者，因战死者多为外乡人，故称客。豪：通"嚎"，大声哭喊。
④ 谅：当然。
⑤ 安：哪里。
⑥ 激激：清澈的样子。
⑦ 冥冥：深暗的样子。
⑧ 枭（xiāo）骑：枭通"骁"，骁勇。指善战的骏马。
⑨ 驽（nú）马：劣马，无精打采的马。
⑩ 梁：桥梁。此句意为桥梁上建筑防御工事，怎样通往南北。
⑪ 思：思念。子、良臣为同位语，都指战死的忠臣将士。
⑫ 诚：确实。

题　解

《战城南》是一首汉乐府民歌，选自宋代郭茂倩《乐府诗集·鼓吹曲辞》，是"汉铙歌十八曲"之一。据今人考证，这首诗创作于西汉武帝和宣帝两朝期间，是一首哀悼阵亡战士、控诉无休止战争的挽歌，通过描写战后尸横遍野、田园荒芜的悲惨景象，谴责连年战争给广大人民带来的深重灾难。

赏　析

《战城南》这首诗饱含了反战、厌战的情绪，抒发了当时人民对于战争的诅咒，对阵亡将士英灵的哀悼。诗歌开篇便呈现出一幅激战之后"战城南，死郭北，野死不葬乌可食"的荒凉恐怖的画面，极尽描写战争的惨烈和伤亡的惨重。"战城南，死郭北"说明敌军已攻破外城郭，将士们殊死抵挡，严防死守，最终伤亡惨重，尸横遍野，保家卫国的英雄无人埋葬，最终沦落到暴尸荒野被乌鸦啄食的地步，令人触目惊心。面对这种惨状，作者无人追问，更无力问天，想象着死去的将士自知自己的肉身无法逃脱乌鸦之口,只求乌鸦在啄食之前大声嘶鸣,算是为他们恸哭鸣哀,令人心生悲凉。为了国家拼死搏斗的战士不能享恩誉、归故里,更不能入土为安,只能沦为荒野恶臭的腐肉,被乌鸦啄食,骨血归于尘土,甚至没有人为他们鸣哀哭泣,只能祈求乌鸦为他们嘶鸣祭奠。接着作者描写战后的景象:"水声激激,蒲苇冥冥;枭骑战斗死,驽马徘徊鸣。"惨烈的战争结束,一切又恢复了荒寂,河水变得清冽,蒲苇是密密如织的幽暗,那些骁勇善战的战马和战士一起倒下,荒原上散布着无精打采的劣马,它们在残阳如血的黄昏里徘徊嘶鸣。作者心中的义愤填膺再也难以压抑,他沉痛地质问统治者,如若桥梁上都建起了防御堡垒,哪里还分辨得了南北东西;人民将士都战死沙场,哪里还有禾黍麦苗。穷兵黩武的结果是忠臣良将奔赴战场,永无归期,农民不能生产,百姓不能生活,将士难以入土,人民失去亲人,国无本何为国?话语中饱含了愤怒的谴责,意味悠长。

清代学者陈本礼在其著作《汉诗统笺》中评曰:"客固不惜一己殪之尸,但我为国捐躯,首虽离兮心不惩,耿耿孤忠,豪气未泯。"将士的孤忠令人敬重又让人悲愤,而战争的伤痛令人忧惧又让人无奈,统治者的穷兵黩武令人发指又让人悲哀。

十五从军征

十五从军征,八十始得归①。
道逢乡里人,家中有阿谁②?
遥看是君家③,松柏冢累累④。
兔从狗窦入⑤,雉从梁上飞⑥。
中庭生旅谷⑦,井上生旅葵⑧。
舂谷持作饭⑨,采葵持作羹⑩。
羹饭一时熟,不知贻阿谁⑪。
出门东向望,泪落沾我衣。

注 释

① 始:才。
② 阿(ē):语气词,无实义。
③ 君:你,表示尊称。
④ 冢(zhǒng):坟墓。累(léi)累:连续不断的样子。
⑤ 窦(dòu):洞穴。
⑥ 雉(zhì):野鸡。
⑦ 中庭:屋前的院子。旅:未经播种而野生。
⑧ 葵:葵菜,一种野生蔬菜。
⑨ 舂(chōng):把谷物放入石臼里捣去谷壳或捣碎。
⑩ 羹(gēng):煮或蒸成的汁状、糊状或冻状的食物。
⑪ 贻(yí):赠送。

题 解

《十五从军征》是一首汉乐府民歌,选自宋代郭茂倩《乐府诗集·横吹曲辞》，名为《紫骝马歌词》，这是一首揭露当时社会繁重艰辛徭役的汉乐府民歌，通过一名"少小离家老大回"的老兵服役归来家中无人生还、萧条冷落的场景，表现了小人物在黑暗的封建社会下的无奈与苦难。诗歌真实深刻，催人泪下。

赏　析

《十五从军征》是一首征夫从戎归来、晚景凄凉寥落的怨诗。开篇"十五从军征，八十始得归"交代了诗歌的背景，这位主人公少年从军，暮年得归，在边关度过了自己的一生，侧面反映出当时兵役的漫长繁重。"道逢乡里人，家中有阿谁"，终于回到家乡，却近乡情更怯，鼓起勇气询问家中的情况，得到"遥看是君家，松柏冢累累"的回复令征夫心中霜雪齐下：家中已无人生还，荒芜败落，远远望去只有一座接着一座的枯坟凸起。"兔从狗窦入，雉从梁上飞。中庭生旅谷，井上生旅葵。"家中无人，门庭冷落，只有野兔野鸡匆匆来去，庭中井上荒生的谷物野菜昭示着父母亲友逝去的年轮，放眼望去家中的落败死寂让征夫悲从心来，却无人言说，只能随手拈来园中的杂谷野菜，持饭充饥。"羹饭一时熟，不知贻阿谁。"当饭熟羹沸的时候，却不知将羹饭送给谁，永远不能与家人共享天伦之乐。征夫一生从戎，孤寂寥落，年老终于归来，却更加绝望。"出门东向望，泪落沾我衣"，诗歌的最后两句抒发了老兵沉痛的悲伤。他走出荒芜破败的家门环顾四周，却发现物非人非，没有一个亲人，也没有一个从前的朋友，甚至没有一个熟识的人，归来后的一切孤独凄凉，令他泪流满面。我们仿佛能看到这样一位退役的老兵站在破败的门庭外孤独绝望的样子，令人潸然泪下。

这首诗通过一个"十五从军征，八十始得归"的老兵的归途见闻和归来心理，深刻地刻画了凄清败落、沉寂而无丝毫生气的"家"的景象，饱经风霜、苍老垂垂的老兵面对衰草、古柏、荒坟的家园孤独而绝望，再回顾自己的一生，服役整整六十五年，少年漂泊，中年艰辛，而晚景寥落，自己的家人更殁于昏暗的岁月。虽无痛诉，却让人深深地感受到一个黑暗绝望的时代。

李　　陵

　　李陵（？—前74），西汉将领。字少卿。陇西成纪（今甘肃秦安）人。西汉名将李广之孙。善骑射，少为侍中，武帝时，封为骑都尉。汉武帝天汉二年（前99），匈奴来攻，李陵自请御敌，以少击众，率步卒出居延北，行三十日至浚稽山，与单于交战，击杀匈奴数千，后矢尽援绝，投降匈奴。在匈奴处滞留二十余年，后病死。

别　　歌

径万里兮度沙漠①，为君将兮奋匈奴②。
路穷绝兮矢刃摧③，士众灭兮名已隤④。
老母已死⑤，虽欲报恩将安归？

注　释
① 径：行走。度：越过。
② 奋：奋力作战。
③ 路穷绝：穷途末路。摧：摧毁。
④ 隤（tuí）：败坏。
⑤ 老母已死：李陵战败降匈奴后，跟随李陵打仗的士兵逃回去说，李陵投降匈奴教他们练兵御汉，于是李陵在汉的家属皆被诛杀。

题　解

　　《别歌》是汉代大将李陵作于汉昭帝始元六年（公元前81）送苏武归汉的离别诗。李陵是汉代飞将军李广的孙子，也是当时的名将，武艺超群，关爱士卒。汉武帝天汉二年（公元前99），李陵率五千兵马攻击匈奴，与匈奴主力八万人殊死搏斗八天，杀敌一万余人，最后弹尽粮绝，没有援兵，被迫投降。《史记》载曰"无面目报陛下"，汉武帝盛怒之下，诛杀李陵亲族。自此一生，李陵深陷匈奴，未能归返，抱憾终生。据史料载，他一生没有为匈奴打过一次仗。

苏武作为汉朝使者出使匈奴，被匈奴扣留十九年，与李陵成为生死之交。汉昭帝即位，汉匈和亲，苏武被放归汉，临别之际，李陵置酒作别曰"异域之人，一别长绝"，之后泣不成声。一首《别歌》，表达了他万分矛盾而沉重的情感。

赏 析

一首《别歌》，满腔悲愤。离别在即，既有对挚友归乡的祝愿，更多的是对自己无家可归、声名败落命运的悲愤，以及此生再无亲友的孤独与绝望。诗歌开篇回忆自己当年驰骋疆场、英勇战斗。"径万里兮度沙漠"，气势雄浑，格调高亢。"为君将兮奋匈奴"，再次申明自己忠心不二，孤军深入，勇斗强敌。诗歌的前两句满腹深情表白自己对国家和君王的忠贞：为国御敌、英勇抗战、殊死搏斗，与下文汉武帝的寡恩薄义、赶尽杀绝的行为形成鲜明的对比。第三句笔锋突转写："路穷绝兮矢刃摧，士众灭兮名已隤。"作者无奈叹道自己投降匈奴的无可奈何与终身抱憾，自己带着队伍孤军深入，突围无果，矢箭用尽，刀枪钝敝，士卒死伤殆尽，无人支援。穷途末路之时，无奈降敌与其周旋，却成为一生的奇耻大辱，不仅自己声名扫地，连累父母亲族被赶尽杀绝。此句述说，艰难羞愤，字字啼血，句句锥心。自己本是汉家名将，却因时事所迫降敌周旋，却得不到君王群臣的谅解。误入匈奴地，再无归期时，只能最后叹道："老母已死，虽欲报恩将安归？"在这个世上，自己再也没有家乡，也没有亲人，没有尽孝的机会，也没有报恩的资格，唯一的挚友也将离开茫茫草原，自君别后，再无亲友，此生谁料，心在大汉，身老异乡，不禁令人泪湿沾襟。

李陵的故事千百年来历久不衰，因为这不仅仅是李陵的个人命运，更是千千万万精忠报国而不得其所的良臣名将内心的呼声。他们在李陵的故事和结局中看见了自己的影子，内心百感交集，既沉重悲愤又无可奈何。

曹　操

曹操（155—220），东汉末著名政治家、军事家、诗人。字孟德。沛国谯县（今安徽亳州）人。年二十举孝廉。东汉末，镇压黄巾起义，扩大势力范围。汉献帝初平三年（192），占据兖州，后讨伐董卓，迎献帝都许，"挟天子以令诸侯"，继而于官渡之战中，以少胜多，击败袁绍，一统中国北方。汉献帝建安十三年（208），率军南下，因不习水战，败于孙刘联军，遂形成三国鼎立的局面。后于建安二十五年（220），病死洛阳。其子曹丕称帝，追尊其为魏武帝。

曹操精兵法，著《孙子略解》《兵书摘要》等书。善诗歌，今存二十二首，代表作有《蒿里行》《苦寒行》《观沧海》《龟虽寿》等多篇，风格清俊通脱、雄浑苍劲，鲁迅称之为"改变文章的祖师"，四言诗尤为突出。

蒿　里　行[①]

关东有义士[②]，兴兵讨群凶[③]。
初期会盟津[④]，乃心在咸阳[⑤]。
军合力不齐[⑥]，踌躇而雁行[⑦]。
势利使人争，嗣还自相戕[⑧]。
淮南弟称号[⑨]，刻玺于北方[⑩]。
铠甲生虮虱[⑪]，万姓以死亡[⑫]。
白骨露于野，千里无鸡鸣。
生民百遗一[⑬]，念之断人肠。

注　释

① 蒿里行：本为汉乐府旧题，属于《相和歌辞·相和曲》，内容为当时人送葬时多唱的挽歌，曹操借此乐府旧题写时事。蒿里：本为山名，相传在泰山之南，死者所葬之地。"蒿里"之曲原是齐国东部的民谣，是当时士大夫、庶民死后出殡所唱的挽歌。

② 关东：函谷关（今河南灵宝）以东的地区。义士：诗中指起兵讨伐董卓的将士。

③ 讨群凶：讨伐董卓及其党羽。

④ 初期：原本期望。盟津：即孟津（今河南孟州），相传周武王伐纣曾在此会盟八百诸侯。此句意为原本期望能与关东诸将在此地会盟，如同武王伐纣同盟一样齐心协力，旗开得胜。

⑤ 乃心：其心，指起义军的心。咸阳：秦朝的都城，此处借指长安，此时汉献帝被挟持到长安。

⑥ 力不齐：诗中指讨伐董卓的各方力量各怀心思，难以统一。

⑦ 踌躇（chóu chú）：犹豫迟疑。雁行：大雁飞行的队列，讽刺诸军列阵观望不前的样子。此句为倒装句，应为"雁行而踌躇"。

⑧ 嗣（sì）：后来。还：通"旋"，不久。自相戕（qiāng）：自相残杀。代指当时盟军中的袁绍、公孙瓒等势力内讧攻杀。

⑨ 淮南弟称号：此句讲述背景，袁绍的异母弟袁术于汉献帝建安二年（197）在淮南寿春（今安徽寿县）自立称帝。

⑩ 刻玺于北方：此句讲述背景，袁绍于汉献帝初平二年（191）谋废献帝，刻制印玺欲立幽州牧刘虞为皇帝。

⑪ 铠甲：战士行军的战服。虮虱（jǐ shī）：虱卵。此句意为由于战士常年行军作战不脱战服，铠甲上都生出虱子。

⑫ 万姓：百姓。以：因此。

⑬ 生民：人民。遗：剩下。

题　解

《蒿里行》作于东汉末年，以袁绍为盟主、曹操为奋威将军的起义联军西讨董卓。然而讨伐在即，联军各路势力逡巡不前，各怀心思，甚至内讧而四分五裂、自相残杀，开始了汉末长期的军阀混战，给普通百姓带来了繁重的兵役和深重的苦难。曹操有感于此，激愤而作，表达对军阀不相统一、混战割据的痛

40

诉和对普通百姓的同情。

赏析

　　《蒿里行》这首诗作者通过冷静苍凉的笔触，叙写东汉末年军阀混战之间的权力争夺，战火频仍，人命微贱，酿成了"白骨露于野，千里无鸡鸣"的悲惨历史事实。开篇十句勾勒了一个宏阔的历史背景，关东各郡集结联盟的起义军推举势大兵强的渤海郡守袁绍为盟主，准备兴兵讨伐挟持天子、祸国殃民的乱臣贼子董卓，但起义联军讨伐前期保存实力，逡巡不前。盟军虽来势汹汹，却各怀心思，图谋私利，乃至讨伐未起，而四分五裂，自相残杀，甚至盟军首领袁绍、袁术兄弟铸印刻玺、割据自立。作者用十分凝练的语言叙写天下割据的混乱局面，为内讧互相攻杀、争霸天下的局面而激愤。紧接着笔锋一转，将目光凝视到行军服役的战士与手无缚鸡之力的百姓。诸将争霸，士兵们成了他们争权夺利的牺牲品。连年征战，将士们身不解甲，以至于身上长满了虱子。无数无辜的百姓们在战火中流离失所，惨死丧命，以至于荒原遍野都是森森的白骨，千里的郊野听不见鸡鸣狗吠，看不到村落炊烟。战争中一派满目疮痍，萧索凄凉的景象令作者痛心疾首，令读者目不忍睹。全诗在这样悲惨的景象和悲愤的情感中戛然而止，激起人们心中深深的愤慨和沉重的悲哀。

　　曹操的诗歌充满了雄浑刚劲、悲怆苍凉的力量，这首《蒿里行》篇幅不长，却叙事宏阔，抒情悲愤，格调高亢，气势悲壮。作者用明白如话的语言写军阀的势力斗争，自相残杀，寓明显的讽刺与批判于笔下：前篇叙事凝聚了无限的愤慨，后篇描写白骨蔽野、千里无人的悲惨景象，使作者已压抑不住内心的悲愤。乱伤之死，犹在眼前，令人心惊，诗歌充满了强烈的批判和控诉。

苦 寒 行

北上太行山①，艰哉何巍巍②！
羊肠坂诘屈③，车轮为之摧。
树木何萧瑟，北风声正悲。
熊罴对我蹲④，虎豹夹路啼。
溪谷少人民⑤，雪落何霏霏⑥！
延颈长叹息⑦，远行多所怀。
我心何怫郁⑧，思欲一东归⑨。
水深桥梁绝，中路正徘徊。
迷惑失故路，薄暮无宿栖。
行行日已远，人马同时饥。
担囊行取薪⑩，斧冰持作糜⑪。
悲彼《东山》诗，悠悠令我哀⑫。

注 释

① 太行山：位于山西和华北平原之间的纵向山脉，地跨北京、山西、河南、河北区域境内，是我国古代的军事要地。
② 何：多么。巍巍：高耸的样子。
③ 羊肠坂（bǎn）：地名，在壶关（今山西长治）东南，因坂道蜿蜒弯曲如羊肠而得名。诘屈：曲折盘旋。
④ 罴（pí）：熊的一种，亦称马熊或人熊。
⑤ 溪谷：山中低洼有水源的地方。溪谷为山中人们聚居的地方，"少人民"说明山中人烟稀少。
⑥ 霏霏：雨雪盛密的样子。
⑦ 延颈：伸长脖子，远眺。

⑧ 怫（fú）郁：忧郁不安。
⑨ 东归：指东归故乡谯县（今安徽亳州），作者为谯人。
⑩ 担囊：背负行李。行取薪：边行路边捡柴。
⑪ 斧冰：用斧子凿冰取水。糜：稀粥。
⑫ 悠悠：忧思绵长的样子。

题 解

《苦寒行》作于汉献帝建安十一年（206）春，曹操亲征高干途中所作。高干原为袁绍外甥又是其下重臣，建安九年（204），因慑于曹操武力威势而归降；次年，又趁曹操北征乌桓之际兴兵反叛，割据于壶关口。随后曹操为了彻底铲除袁绍势力，平定北方，带着连年疲惫征战的将士，冒着北方冬末凛冽的寒风，翻越蜿蜒峻峭的太行山，率兵亲征，挥师北上。此诗作者通过描写行军途中的恶劣环境和愁闷的心理，展现艰苦而辛酸的军旅生活。

赏 析

《苦寒行》原为乐府旧题，曹操借此书写自己远征太行的艰难险阻以及军旅生活的艰苦辛酸，抒发了自己平定北方、安定天下的宏大心愿。诗歌前十句描写了十分艰险恶劣的军旅环境，"北上太行山，艰哉何巍巍"将读者带领到陡峭险峻、寒气逼人的太行山。紧接着一重一重的考验接踵袭来，战士们荷戈执戟走在蜿蜒陡峭的峰刃，翻越令人闻之色变的"羊肠坂"，人困马乏，车摧轮毁；战士们举步维艰，人烟稀少，又适逢冬季，北风凛冽，大雪纷飞，树木萧瑟，山中猛兽时不时出没，夹路伏击，这是对人身心的极限挑战；将士们忧惧绝望，就连作者也延颈叹息，心中怫郁。作者行走在毫无生还气息的行军路上，面对艰险而荒寂的太行山野，心中也无数次涌现怀归之思。"我心何怫郁，思欲一东归。"我们可以看到即使戎马倥偬一生的枭雄也有忧惧思归的心理，更令人读之辛酸亲切。但作者并没有一味沉浸在消极的情绪中，而是继续行军前行，面对无数未知的艰难险阻：水深梁绝、迷惑失路、夜暮无宿、担囊伐薪、凿冰取

43

水……一幕幕犹如不断切换的电影镜头。如果说前面述说的是行军途中对生理极限的挑战，那么这一幕幕行军途中的辛酸时刻便是对精神上的极度消磨。身无所栖，心无所依，前路难觅，归期未知，令人不忍卒读。最后两句作者借用《诗经·豳风·东山》周公东征，大获全胜，终于使得三军将士"勿士行枚"并重归乐土的典故，表达自己北征高干、平乱北方的决心和信念；最后两句也一扫全诗所笼罩的忧愁伤悯之感，思归怀乡之情，将其升华为平乱北方、安定天下的大气磅礴和高古气韵。

　　《苦寒行》这首诗作者将叙事、写景、抒情融为一体，描写了北度太行山行军之苦，更将自身征途的忧思怀想与战士们的彷徨思归之情结合起来，抒发了对将士们的体恤之情，以及带领将士们平乱北方、荣归故里的英雄气概，具有非同凡响的雄调壮格。

王 粲

　　王粲（177—217），东汉末文学家，建安七子之一。字仲宣。山阳高平（今山东邹县）人。年轻时有才名，西京扰乱，避难荆州，依刘表，未被重用。后归曹操，官至魏国侍中。王粲能诗善赋，为"七子之冠冕"，与曹植并称"曹王"，今存著作近六十篇，多散佚。代表作《七哀诗》，叙写避乱荆州途中见闻感慨，语言质朴，风格苍凉，是建安诗歌中的杰作。《登楼赋》书写怀才不遇及思亲怀乡之情，清丽动人，为抒情小赋中的名篇。

七 哀 诗①

西京乱无象②，豺虎方遘患③。
复弃中国去④，委身适荆蛮⑤。
亲戚对我悲，朋友相追攀⑥。
出门无所见，白骨蔽平原⑦。
路有饥妇人，抱子弃草间⑧。
顾闻号泣声⑨，挥涕独不还。
未知身死处，何能两相完⑩？
驱马弃之去，不忍听此言。
南登霸陵岸⑪，回首望长安。
悟彼下泉人⑫，喟然伤心肝⑬。

注 释

① 七哀诗：王粲自创的古诗题名。七哀：表示哀思之多。
② 西京：指长安，西汉时的都城，东汉建都于洛阳。汉献帝初平元年（190），董卓挟持汉献帝迁都长安。无象：混乱没有法度。
③ 遘（gòu）：通"构"，构成。遘患：作乱。
④ 中国：京师。古称帝王所都为中，故中国代指京师，这里指长安。
⑤ 委身：托身。适：去，往。荆蛮：原指中原人民对楚地民族的称呼，诗中指荆州，荆州当时未遭战乱，逃难过去的人很多，当时的荆州牧刘表曾从学于王粲祖父，故王粲去投奔他。
⑥ 追攀：攀车相送，表达依依不舍。
⑦ 蔽：覆盖。
⑧ 弃：抛弃。
⑨ 顾：回头看。
⑩ 未知身死处，何能两相完：此二句是饥妇人的哭诉，连自己都不知道性命几何，身死何处，又怎能两相保全。完：保全。
⑪ 岸：高原，文帝陵凭山起陵，建于原上。
⑫ 悟：领悟。下泉：《诗经·曹风》中的篇名，曹国为春秋时期的小国，此诗写曹国臣子感伤周王室衰落，诸侯国以强凌弱，小国危在旦夕，因而怀念周初各诸侯国之间安定有序的样子。
⑬ 喟（kuì）然：叹息的样子。

题 解

《七哀诗》作于汉献帝初平三年（192），是年六月，董卓部将李傕、郭汜在长安作乱，大肆烧杀抢掠，王粲无奈逃亡荆州，依靠世家故旧刘表避难。此诗即为王粲离开长安逃往荆州期间所作。他亲眼看见离乱期间饥妇弃子、民不聊生、死伤无数、白骨蔽野的情景，无限悲愤下作此诗。此诗深刻地反映了汉末人民乱离之苦，表达了作者深深的忧愤和悲悯之情。

赏 析

《七哀诗》深刻地描写了汉末动乱期间人民饥不饱腹、颠沛流离的惨状，强烈地表达了作者对战争动乱的控诉和憎恨。诗歌开头四句"西京乱无象，豺虎方遘患。复弃中国去，委身适荆蛮"交待了时代背景：西京长安因为奸人当道，作乱起事，使得承平日久的长安混乱不堪，各割据势力大肆烧杀抢掠、你争我夺。无奈之下，作者只能流离逃亡，离开中原逃往荆州。"复弃"中的"复"表明逃亡已不是第一次，表露了作者对自己生逢乱世，难以安居乐业，总是奔波逃亡生活的怨愤。继而写离别的场景："亲戚对我悲，朋友相追攀。"当作者要驱车离开时，亲戚朋友争相赶来，紧紧攀住车辕拉着他，涕下沾襟，不忍离开。或许分别在我们当下已微不足道，但在古代尤其是乱离时代，往往都是一别生死两茫茫，所以亲人苦别离的场景让人心酸。送君千里终须一别，作者流着泪离开长安，走在荒无人烟的原野，只有蔽野的白骨和无尽的死寂。萧条阴森的场景触目惊心，但比死绝的气息更令人悲哀的是活着的无奈，作者接着看见"路有饥妇人，抱子弃草间。顾闻号泣声，挥涕独不还"。战乱饥荒迫使饥妇无奈抛下自己的亲生骨肉，妇人想要狠心离开却忍不住看着草丛中嗷嗷待哺的婴儿，止不住痛彻心扉，泪流满面。作者仿佛听见了饥妇内心无可奈何的呓语——"未知身死处，何能两相完"，他明白没有生存能力弱小的婴儿流落荒野不久将变成一具白骨，然而乱离中无依无靠的饥妇无疑也难以逃脱死亡的命运。动乱时代，人命微贱，在命运的轮盘中，个人的挣扎永远都是微不可闻的。作者看到这里内心已经溃不成军，"驱马弃之去，不忍听此言"，眼前的一幕幕场景让作者不寒而栗，悲伤绝望，他只能强迫自己不闻不问，快速离开这让人窒息的地方，然而天下之大，却到处都是战火、饥荒与绝望，又该去哪里寻找希望。无奈至极，作者"南登霸陵岸，回首望长安。悟彼下泉人，喟然伤心肝"，他南登霸陵高处，回首远方的长安，怀念贤能仁慈的西汉国君汉文帝，怀念海晏河清的"文景之治"。作者沉湎过去，更感到现实的可悲，贤君不可得，盛世不再来，他只能站在曾经先君陵墓的脚下，叹古伤今，肝肠寸断，悲愤不已。此情此景，令人不忍卒读。

　　王粲所作的《七哀诗》共三首，这首是其中第一首，也是艺术成就最高的一首。这首短小的叙事诗，生动深刻地刻画了汉末动乱人民乱离颠沛、死生无常的惨状，抒发了作者对黑暗时代的揭露和控诉，对人民苦痛的深刻体会和同情，具有强烈的感染力以及诗史意义。

曹　丕

　　曹丕（187—226），即魏文帝，三国时魏国的建立者、文学家，建安文坛的领袖人物。字子桓。沛国谯县人。汉献帝建安二十二年（217）被立为魏太子，二十五年（220）称帝即位，都洛阳，国号魏。善著诗赋，其诗现存约四十首，其中《燕歌行》为现存最早且艺术上很完整的七言诗。所著《典论·论文》是我国第一篇文学批评专论，提出了"文以气为主"的文学主张。

至广陵于马上作

观兵临江水，水流何汤汤①。
戈矛成山林，玄甲耀日光②。
猛将怀暴怒，胆气正纵横。
谁云江水广，一苇可以航③。
不战屈敌虏，戢兵称贤良④。
古公宅岐邑⑤，实始翦殷商⑥。
孟献营虎牢⑦，郑人惧稽颡⑧。
充国务耕殖⑨，先零自破亡⑩。
兴农淮泗间⑪，筑室都徐方⑫。
量宜运权略⑬，六军咸悦康⑭。
岂如东山诗，悠悠多忧伤。

注 释

① 汤汤（shāng shāng）：水势浩大、水流很急的样子。
② 玄甲：即铠甲。
③ 谁云江水广，一苇可以航：此二句典出于《诗经·卫风·河广》"谁谓河广？一苇杭之"。
④ 戢（jí）兵：收敛兵器。
⑤ 古公：即周太公，周文王的祖父，古代周族的首领，传说为后稷的十二代孙。相传戎狄当时争夺古父所居豳地，古父带领族人迁居于岐山下，建筑家室城郭，广施德行，人多归之，后遂周兴。
⑥ 翦（jiǎn）：歼灭。此句意为古父在岐山开发经营，是为了后来歼灭殷商做准备。
⑦ 孟献：即孟献子，春秋时期鲁国大夫，贤能仁德。虎牢：城名，今河南荥阳。
⑧ 稽颡（qǐ sǎng）：跪拜，古代请罪的一种礼节。
⑨ 充国：使国家充盈富强。耕殖：即耕植，这里指发展农业，农业为务国之本。
⑩ 先零自破亡：此句意为如果不以农为本，便会自取灭亡。
⑪ 淮泗：指淮河、泗水流域，在今河南、山东、江苏境内。
⑫ 徐方：古国名，今安徽泗县。
⑬ 量宜运：指适时度量，运筹得当。此句意为在国家大政上运筹帷幄。
⑭ 六军：泛指军队。咸：都。悦康：安康喜悦。

题 解

《至广陵于马上作》作于黄初六年（225）十月，即曹丕称帝后的第六年，也是他病逝的前一年，是年他率领魏国水师攻打吴国。此事《三国志·魏书·文帝纪》载："冬十月，行幸广陵故城，临江观兵。戎卒十余万，旌旗数百里。是岁大寒，水道冰，舟不得入江，乃引还。"作者意气风发，却无奈退兵，故在广陵故城的长江边上举行了盛大的阅兵仪式。这首诗是他马上即兴之作，描写了军队雄壮气势如虹，而天公不作美，无奈班师，亦向敌方宣威，流露出对战斗胜利的志在必得，格调高昂，有慷慨之气。

赏 析

　　《至广陵于马上作》是作者曹丕率兵东征,求战不成,班师之际,阅兵向敌方宣威的诗歌,表达了作者的壮心满怀,踌躇满志,以及对己方实力强大的自信。诗歌开篇便气势不凡,前两句起兴,写浩浩汤汤的江水有吞吐山河之气,而雄赳赳气昂昂站立在岸边的军队更是意气纵横,操戈执戟的士兵斗志昂扬。作者看着自己威严雄壮的军队,内心激荡出无限的感慨和斗志,继而发出"谁云江水广,一苇可以航"的感慨。浩荡江水、千里冰封虽能挡住骁勇驰骋的铁骑和精猛的水师,但是抵挡不了"一苇可以航"的纵横意气,这两句强烈地表达了作者乐观昂扬的信心和克敌制胜指日可待的决心。作者内心激荡欣喜,完全没有求战受阻的沮丧,反而止不住"俱怀逸兴壮思飞",想象自己带领军队,荣归故都,国家昌盛,人民安乐,不再有兵事徭役;战士们放下兵戈,兴办农桑,修筑台阁,过着幸福安泰的生活。想到这里作者喜不自胜,"不战而屈人之兵"才是战争的最高境界,作者遐思翩飞,想到了周朝的先人古父选中岐山开荒拓土,为周朝后来伐纣建国积蓄了巨大的能量;春秋时期孟献子向晋国国君献计在虎牢之地修筑城防,使得郑国俯首称臣;汉将赵充国平乱不以兵袭,而是开辟荒野,吸引羌族部落归附汉朝。作者不禁问苍天此番不诉诸武力取得和平,在淮泗之间发展农业、修筑军事防御是否也能堪比贤良,作者心中的答案无疑是肯定的,所以诗歌满意地慨叹:"量宜运权略,六军咸悦康。岂如东山诗,悠悠多忧伤。"作者采用《诗经·豳风·东山》将士得胜后班师却疲惫不堪,满心孤寂的悲伤,反衬自己平战结合,机动制敌,既取得战事上的威严,也没有使得将士疲惫不堪,百姓民不聊生,表达了作者自命不凡的豪情壮志。

　　《至广陵于马上作》是曹丕青年意气之作,统观全篇,可以看到一个意气风发、踌躇满志的青年君王:他渴望建功立业,治国安邦,胸怀经天纬地之志,但也掩盖不了青年意气的理想主义和骄矜自负的不切实际。他的征战诗中虽有对民众疾苦、战乱危害的描述,但大多触及表层,难深内里,多被丹旗白旌、操戈执戟的气势如虹场面所掩盖,难及其父曹操笔下的雄浑苍凉。

曹　植

曹植（192—232），建安时代最杰出的诗人。字子建。沛国谯县人。曹操第三子，曹丕同母弟，曾封陈王，谥号思，世称陈思王。天资聪颖，颇以才华深受曹操喜爱，几欲立为太子，后因其"任性而行，不自雕励"而失宠。后曹丕即位，他受到严酷的压迫，一再贬爵徙封，四十一岁病逝。曹植诗歌现存九十多首，绝大部分是五言诗。风格清新壮健，语言自然流丽，内容主要表现执着地追求政治理想和个人抱负的实现，后期则更多表现其反抗迫害和慷慨不平的思想感情。

白　马　篇

白马饰金羁①，连翩西北驰②。
借问谁家子？幽并游侠儿③。
少小去乡邑④，扬声沙漠垂⑤。
宿昔秉良弓，楛矢何参差⑥！
控弦破左的⑦，右发摧月支⑧。
仰手接飞猱⑨，俯身散马蹄⑩。
狡捷过猴猿，勇剽若豹螭⑪。
边城多警急，虏骑数迁移⑫。
羽檄从北来⑬，厉马登高堤⑭。
长驱蹈匈奴⑮，左顾陵鲜卑⑯。
弃身锋刃端，性命安可怀？
父母且不顾，何言子与妻？

名编壮士籍,不得中顾私⑰。

捐躯赴国难,视死忽如归⑱。

注　释

① 金羁:用黄金装饰的马络头。
② 连翩:鸟飞的样子,这里指骏马奔驰,轻捷疾速的样子。三国魏时期,西北方多是匈奴、鲜卑等少数民族劲敌。西北驰:即奔赴战场。
③ 幽并(bīng):幽州和并州,均为古九州之一。幽州约在今河北北部和辽宁一带,并州约在今山西和河北一带。这两地自古都是出勇武豪侠的地方。游侠儿:指闯荡江湖、行侠仗义、快意恩仇之人。
④ 去:离开。
⑤ 扬:扬名。垂:通"陲",边陲。
⑥ 楛(hù)矢:用楛木做箭杆的箭。参差:长短不一。
⑦ 控弦:拉弓。左的:左方的射击目标。
⑧ 摧:摧毁。月(ròu)支:又称"素支",箭靶名。
⑨ 接:迎面而射。猱(náo):猿类,十分擅长攀爬树木,身手矫捷,所以诗中称"飞猱"。
⑩ 散:射碎。马蹄:箭靶名。以上四句均写游侠射技精湛,左右俯仰都能一矢中的。
⑪ 勇剽(piāo):勇猛剽悍。螭(chī):传说中形状似龙的猛兽。
⑫ 虏:古代对少数民族的蔑称。迁移:移动,诗中指多次来犯。
⑬ 檄(xí):军事诏令的文书,一般写在二寸长的木简上。羽檄:插有羽毛的军事诏令,标志军事紧急。
⑭ 厉马:策马。高堤:高坡。这句是写游侠听到诏令后策马登高,观察敌情。
⑮ 长驱:长驱直入,也作右驱。蹈:践踏。匈奴:三国魏时期北部的少数民族外敌。
⑯ 陵:冲击,制服。鲜卑:汉末以来活跃在辽西一带的少数民族外敌。
⑰ 中:心中。顾私:考虑家庭或自己的私事。
⑱ 忽:轻视。

题 解

《白马篇》是曹植采用汉乐府歌辞《杂曲歌辞·齐瑟行》的形式写作而成，以篇首二字为题目，此诗又名《游侠篇》。这首诗通过描写边疆的一位武艺高强的勇猛少年怀着一腔报国热血奔赴战场，抒发自己的报国志向。诗歌中的英雄少年既是作者心中的理想，又投射出自己的影子，凝聚和闪耀着时代的光辉，是曹植前期的经典代表作品，青春气息浓厚，兼有民歌的轻捷晓畅以及文人辞赋的铺陈渲染、汪洋恣肆。

赏 析

《白马篇》成功刻画了一个身手矫捷、英俊潇洒、志节高奇的游侠少年。诗人开篇写"白马饰金羁，连翩西北驰"，将读者瞬间带入紧张急迫的氛围中，又为接下来英雄少年"幽并游侠儿"的出场制造了悬念，金羁白马、驰骋边疆，一位潇洒游侠少年的整体形象跃然纸上。紧接着六句写这位幽并游侠"少小去乡邑"，更不辞辛苦修习武艺，"宿昔秉良弓，楛矢何参差！"日夜弓箭不离手，锄强扶弱、救人患难，这也是他"扬声沙漠垂"的原因。接下来六句多角度描写游侠少年的高强武艺，他射艺精湛，"控弦破左的，右发摧月支。仰手接飞猱，俯身散马蹄"，左右俯仰都能正中靶心且威力无穷；他身手利落，"狡捷过猴猿"，又英勇彪悍，"勇剽若豹螭"。通过这一章节，对游侠武艺的出神入化的描写，表现了他不仅英俊潇洒、往来随意，更勇武剽悍、身手利落，而这仅仅是他成为英雄少年的一个前提，因为行侠仗义、快意恩仇只能算是一位受人敬仰的游侠，而英雄之所以是英雄更在于他有鸿鹄之志。诗歌接下来描写"边城多警急，虏骑数迁移"，胡虏来犯，边境危急，少年不误片刻绝尘而去，厉马登高观察敌情，随时准备着奋战沙场，保家卫国，这一使命感充斥在游侠少年的血液之中：他不辞劳苦，不惮死亡，更将个人私事置之度外，丈夫志四海，大丈夫奋战沙场、马革裹尸是无上的光荣，无丝毫犹疑，捐躯卫国那是死得其所，当死的意义大于生存，便视死如归。

曹植的《白马篇》塑造了一个拯救"世积乱离"的完美英雄少年，英俊潇洒，豪气云天，也诠释了少年曹植的功名信念以及报国志向：他渴望成为能够流惠下民的侠士，更渴望成为勠力上国的英雄。一句"捐躯赴国难，视死忽如归"更将全诗升华，意气昂扬，慷慨激昂。

送应氏

步登北邙阪①,遥望洛阳山。
洛阳何寂寞,宫室尽烧焚②。
垣墙皆顿擗③,荆棘上参天④。
不见旧耆老⑤,但睹新少年。
侧足无行径,荒畴不复田⑥。
游子久不归,不识陌与阡⑦。
中野何萧条,千里无人烟。
念我平常居⑧,气结不能言⑨。

注释

① 北邙(máng):山名,即邙山,在今洛阳北部,东汉、魏晋的王侯公卿多葬于此。阪:通"坂",山坡。
② 宫室尽烧焚:汉献帝初平元年(190),董卓挟汉献帝迁都长安,将洛阳的宫室宗庙全部烧毁。
③ 顿:塌毁。擗:通"劈",分裂。
④ 荆棘上参天:荆棘参天,形容萧条荒凉。
⑤ 耆(qí):六十岁以上的老人。耆老:犹言德高望重的老年人。
⑥ 荒畴:荒废的田亩。田:名词作动词,耕种。
⑦ 陌与阡:阡、陌均指田间小路,东西为陌,南北为阡。
⑧ 我:指代久不归的游子(即应氏),曾居洛阳。平常居:曾一道生活的人。
⑨ 气结:呼吸不畅,指心情郁闷。

题 解

《送应氏》共两首,此为第一首,此诗作于汉献帝建安十六年(211),距离董卓挟献帝迁都长安,作乱焚毁洛阳城已二十余年。时值汉末军阀混战,曹植随父曹操西征马超,途经洛阳,见到了当时颇负诗名的应氏兄弟(即应玚、应璩),应氏兄弟旋将有北方之行,亲友故旧为他们设宴践行,临别之际,诗人颇为不舍,感慨万千,遂作诗送别。诗歌描绘渲染了洛阳惨遭乱离焚毁后的荒凉萧条,表达了作者对世事多变、民生凄惨的伤时感怀。

赏 析

《送应氏》虽为送别诗,但写法别开生面,不诉离别,转而代北上的"游子"应玚表达乡土之思;写景叙事互为依托,语调悲沉,多角度地渲染开"游子"内心的忧虑和悲哀。诗歌开篇两句"步登北邙阪,遥望洛阳山"写诗人登高俯视,以远观的视角呈现眼前的荒凉和虚无。"洛阳何寂寞,宫室尽烧焚。垣墙皆顿擗,荆棘上参天",接下来四句匆匆几笔带过历史乱离的云烟,当年的烧杀劫掠、兵荒马乱也早已时过境迁,只有眼前的断壁残垣还留下曾经的痕迹,一派苍凉,毫无生气,只有疯长的蒿草和参天的荆棘,不禁令诗人感怀,往事不堪回首,辗转不过几十年却已桑田沧海。"不见旧耆老,但睹新少年。侧足无行径,荒畴不复田。游子久不归,不识陌与阡"——这片土地上曾经的君王将相、忠臣死士都化为一抔黄土,董卓之乱后,军阀混战,战火频仍,这里已经见不到一个年老的人,在外归来的年轻人立足在这片荒芜之中,想要举步前行,却不知归路,四下一片蔓草丛生,没有炊烟和农田,没有人烟和家园,这个再也无家可归的"游子"只能短暂驻足于此,倏忽走远,曾经的洛阳城荣光华美,令人艳羡,而今的洛阳城却了无人迹,萧索凄凉。诗人代"游子"抒发昔是今非的伤感和悲凉,无不是自己的心声感怀,"中野何萧条,千里无人烟",历史的繁华倏忽消退,一去不返,诗人目睹眼前荒残破败、人烟萧条的土地,内心萦绕着难以散去的虚无和悲凉，充满了对社会乱离、人民苦痛的感怀和悲伤。

《送应氏》已不仅仅是一篇送别之诗，更是作者发自内心的咏怀之诗，他看到惨烈的现实，看到战乱之后的良田荒芜、人民流离、赤地千里的苍凉悲愤，少年的曹植便骨气奇高，眼里不仅有豪情意气的英雄主义，更有民生疾苦的感同身受。全诗句句是景，却字字是情，不仅仅是对一两人的小情，而是对天下苍生的深情。

蔡　琰

蔡琰（生卒年不详），东汉末著名女诗人。字文姬。陈留圉县（今河南杞县）人。蔡邕之女。少博学多识，妙于音律，初嫁，夫亡无子，归宁于家。汉末动乱，为董卓部将掳掠，沦落匈奴十二年，生二子，后曹操以金璧赎回，再嫁董祀。感伤乱离，追怀悲愤，今存《悲愤诗》两首，五言、骚体各一首，感情真挚，动人肺腑，是具有强烈抒情气息的叙事长诗。

悲愤诗（其一）

汉季失权柄，董卓乱天常①。
志欲图篡弒②，先害诸贤良③。
逼迫迁旧邦④，拥主以自强。
海内兴义师⑤，欲共讨不祥⑥。
卓众来东下⑦，金甲耀日光。
平土人脆弱⑧，来兵皆胡羌⑨。
猎野围城邑⑩，所向悉破亡。
斩截无孑遗⑪，尸骸相撑拒⑫。
马边悬男头，马后载妇女。
长驱西入关，迥路险且阻⑬。
还顾邈冥冥⑭，肝脾为烂腐。
所略有万计，不得令屯聚。

或有骨肉俱，欲言不敢语。
失意几微间，辄言毙降虏[15]。
要当以亭刃，我曹不活汝[16]。
岂敢惜性命，不堪其詈骂[17]。
或便加棰杖，毒痛参并下[18]。
旦则号泣行，夜则悲吟坐。
欲死不能得，欲生无一可。
彼苍者何辜[19]，乃遭此厄祸。
边荒与华异[20]，人俗少义理[21]。
处所多霜雪，胡风春夏起。
翩翩吹我衣，肃肃入我耳[22]。
感时念父母，哀叹无穷已。
有客从外来，闻之常欢喜。
迎问其消息，辄复非乡里[23]。
邂逅徼时愿[24]，骨肉来迎己。
己得自解免，当复弃儿子。
天属缀人心[25]，念别无会期。
存亡永乖隔[26]，不忍与之辞。
儿前抱我颈，问母欲何之。
人言母当去，岂复有还时。
阿母常仁恻，今何更不慈。
我尚未成人，奈何不顾思。
见此崩五内[27]，恍惚生狂痴。
号泣手抚摩，当发复回疑。

悲愤诗（其一）

兼有同时辈，相送告别离。
慕我独得归，哀叫声摧裂。
马为立踟蹰㉘，车为不转辙。
观者皆嘘唏，行路亦呜咽。
去去割情恋，遄征日遐迈㉙。
悠悠三千里，何时复交会。
念我出腹子，匈臆为摧败㉚。
既至家人尽，又复无中外。
城郭为山林，庭宇生荆艾。
白骨不知谁，纵横莫覆盖。
出门无人声，豺狼号且吠。
茕茕对孤景㉛，怛咤糜肝肺㉜。
登高远眺望，魂神忽飞逝。
奄若寿命尽，旁人相宽大㉝。
为复强视息，虽生何聊赖。
托命于新人，竭心自勖励㉞。
流离成鄙贱，常恐复捐废㉟。
人生几何时，怀忧终年岁。

注　释

① 天常：即"天之常道"，天理。
② 篡弑（cuàn shì）：杀君夺位的不义之事。
③ 诸贤良：被董卓杀害的丁原、周珌等贤良之臣。
④ 旧邦：指西京都城长安，公元190年董卓焚烧东京都城洛阳，强迫百姓迁都长安。

⑤ 义师：指以袁绍为盟主的起兵讨伐董卓的联军。
⑥ 不祥：乱军。
⑦ 卓众：指董卓的部下李傕、郭汜等所率领的军队。公元192年，李傕、郭汜等出兵关东，大肆烧杀抢掠。
⑧ 平土人：中原人。
⑨ 胡羌：董卓部下的羌胡军队，彪悍善战。
⑩ 猎野：古代将与少数民族打仗称为猎野，彰显中华威仪。
⑪ 孑（jié）遗：指战乱之后存活的少数人。
⑫ 撑拒：摊开支撑。形容尸体遍野，堆积杂陈。
⑬ 马边悬男头，马后载妇女：此二句形容战争的惨烈残酷，生灵涂炭。长驱西入关，迥路险且阻：此二句形容道路陌生艰险，充满恐惧。
⑭ 邈冥冥：遥远不可期的样子。
⑮ 毙降虏：即死囚。
⑯ 亭：通"掼"，刺杀。亭刃：即杀死。我曹：我辈，兵士的自称。此二句意为兵士对被虏者不满意时，就以死威胁。
⑰ 詈（lì）骂：即咒骂。
⑱ 参：兼。这里指毒打和痛苦交并。
⑲ 彼苍者：指苍天。这句为呼天而问，这些被虏者到底犯了什么罪。
⑳ 边荒：边远之地，诗中指南匈奴，地处河东平阳（今山西临汾）。《后汉书》记载，兴平二年（195）十一月，李傕、郭汜为南匈奴军左贤王所破，疑蔡琰在此次战争中沦落到南匈奴手中。
㉑ 少义理：即此地不讲礼节，风俗野蛮，隐括自己被蹂躏侮辱的种种惨遇。
㉒ 肃肃：拟声词，指风声。
㉓ 辄（zhé）：就。复：回复。
㉔ 微（xí）：通"倖"，侥幸。此句意为一直所期待的事情竟意外发生了。
㉕ 天属：天然的亲属，指父母、兄弟姐妹、子女等。缀：联系。
㉖ 乖：背离。
㉗ 五内：五脏。
㉘ 踟蹰（chí chú）：踌躇不前。
㉙ 遄（chuán）征：疾速地赶路。遐迈：远行。
㉚ 匈臆：即胸臆。
㉛ 茕（qióng）茕：孤独的样子。
㉜ 怛咤（dá zhà）：悲伤感叹。糜：粉碎，捣烂。
㉝ 宽大：劝她宽心。
㉞ 勖（xù）：勉励。
㉟ 捐：放弃，抛弃。

题 解

本诗选自《后汉书·列女传》。《悲愤诗》是我国诗歌史上文人创作的第一首自传体五言长篇叙事诗，是女诗人蔡琰对自己动荡一生的记录和对汉末动乱、颠沛流离生活痛心疾首的回望。蔡琰在汉末军阀混战中被董卓部下掳走，后辗转沦落至南匈奴处，滞留十二年，无奈嫁于南匈奴左贤王，生养两个孩子，建安十二年（207）被曹操赎回，再嫁董祀。诗歌宏大叙事，概括了中平六年（189）至初平三年（192）十四年动乱浩劫的详情，诗中所写，均有史可依，表达了作者对动乱年月自身蒙难深广的悲愤，以及对黑暗时代深刻的控诉。

赏 析

《悲愤诗》（其一）是一篇五言长篇叙事诗，全诗一百零八句，共计五百四十字，详述了诗人在汉末动乱中辗转流离的悲惨遭遇，具有史诗的规模和强烈的悲剧色彩。诗歌按时间叙事，交代了军阀混战的背景，接着写国家动乱，遭异族乘虚入侵，痛诉了自己被李傕、郭汜军队掳掠，继而又陷入胡羌，之后被赎回归家的痛苦。诗人在屈辱痛苦中挣扎十多年，即便最后归返家园，心中也苍凉悲戚，溢于言表。诗歌开篇铺陈以董卓为首的穷凶极恶的豺狼在国境内进行疯狂的野蛮屠杀和烧杀抢掠，他们杀人如麻，手上无数鲜血，"马边悬男头，马后载妇女"实录了当时积尸盈野、白骨相撑，妇女被劫掠，痛哭绝望的场景。紧接着作者记述俘虏营中的残酷生活，成千上万的俘虏聚在一起，稍有不慎便会遭到毒打和辱骂，俘虏们求生不得，求死不能，过着暗无天日的生活。然而命运的浩劫并没有止于此，诗人在被俘流离的途中，又沦落到匈奴手中。"边荒与华异，人俗少义理。"诗人用平淡的语言将自己被辱失身的悲痛隐去，用边地酷寒的胡风和霜雪衬托自己悲凉酸楚的心情，而当作者感到人生无望，在边地了此残生的时候，命运的旋转之门又向诗人敞开。"邂逅徼时愿，骨肉来迎己。"家乡的人前来赎回自己，诗人喜极而泣，转而又痛楚不已，返回故乡势必要丢弃自己的两个儿子，从此隔山岳，世事两茫茫，纵使对边地的遭遇充满了怨愤，然而骨肉亲情怎能不刺痛诗人的内心。一边是望眼欲穿的家乡，一边是血浓于水的亲情，诗人再次陷入了极度的痛苦和矛盾之中，诗人最终还是决定离开，临别之际，两个儿子质问母亲的话语令诗人痛彻心扉。"儿前抱我颈，问母欲何之。人言母当去，岂复有还时。阿母常仁恻，今何更不慈。我尚未成人，奈何不顾思。"诗人在战乱中屡遭横祸，悲惨屈辱，然而两个单纯无辜的孩子未尝不可怜，他们没有做错任何事，却要失去母亲，而母亲听到儿子的质问，更是五内俱焚，恍惚若痴，肝肠寸断。一同被俘的妇女无不艳羡诗人能重归故里，只有诗人内心霜雪俱下，难以言悲，这让我们深深地感受到战争对人民生命和幸福的摧毁。最后一部分，作者记述自己归国后物非人非的遭遇：长久的战乱使得当年的城郭变成山林，庭院长满了荆棘杂草，白骨横野，人民流离，自己的亲人也纷纷凋丧。诗人苍凉满目，孤寂绝望，更痛心的是当初狠心隔断亲情，抛弃儿子，归来后无尽的思念日夜折磨着她，诗人感到自己已经走到生命的尽头，已是一副躯壳，勉强度日。然而命运的年轮依旧衍开，似乎是眷顾自己，再嫁新人，但一番流离又遭屈辱，精神的枷锁永恒缚在诗人的心中，她战战兢兢，自艾自怜，不知何时能摆脱痛苦，找到光明流淌的出口，回顾前尘种种，只能哀叹一句"人生几何时，怀忧终年岁"。

《悲愤诗》语言明白晓畅，无雕琢斧凿之痕，字字啼血，句句是泪，诗人所描述表达的不仅仅是自己惨痛的遭遇，更是无数汉末动乱人民的苦难，令人触目惊心，不忍卒读。

陈　　琳

　　陈琳（？—217），建安七子之一。字孔璋。广陵（今江苏扬州）人。初为何进主簿，何进被害后，北依袁绍，袁绍败北后，归附曹操，任司空军谋祭酒，管记室，善作书檄，当时曹魏的军国书檄多出于陈琳之手。建安二十二年（217），陈琳在盛行的瘟疫中病逝。今传《陈记室集》一卷，他的诗歌今仅存四首，以《饮马长城窟行》最有价值。

饮马长城窟行

饮马长城窟，水寒伤马骨。
往谓长城吏，慎莫稽留太原卒①！
官作自有程②，举筑谐汝声③！
男儿宁当格斗死④，何能怫郁筑长城⑤。
长城何连连⑥，连连三千里。
边城多健少⑦，内舍多寡妇。
作书与内舍，便嫁莫留住。
善侍新姑嫜⑧，时时念我故夫子！
报书往边地，君今出语一何鄙⑨？
身在祸难中，何为稽留他家子⑩？
生男慎莫举⑪，生女哺用脯⑫。
君独不见长城下，死人骸骨相撑拄⑬。
结发行事君，慊慊心意关⑭。
明知边地苦，贱妾何能久自全⑮。

注　释

① 慎莫：千万不要，表示恳请的语气。稽留：滞留，诗中指延长服役期限。太原：地名，今山西中部境内。
② 官作：官府工程，诗中指筑城任务。程：期限。
③ 筑：夯类等筑土工具。谐汝声：要使你们的声音协调。
④ 宁当：宁愿。格斗：搏斗。
⑤ 怫（fú）郁：烦闷。
⑥ 连连：漫长而连绵不断的样子。
⑦ 健少：健壮的年轻人。
⑧ 姑嫜（zhāng）：古代妻子对丈夫的父母的尊称，母亲称"姑"，父亲称"嫜"。
⑨ 鄙：粗野，浅薄，这里指役夫的妻子答复役夫的愤怒。
⑩ 他家子：别人家的女子，这是戍卒解释自己让妻子改嫁的苦衷。
⑪ 举：本义指古代为初生婴儿举办的洗沐礼，这里指养育成人。
⑫ 哺：哺育，喂养。脯（fǔ）：干肉。
⑬ 撑拄：支撑。骸骨相互撑拄，犹见死人之多。以上四句是化用秦时民谣："生男慎勿举，生女哺用脯。不见长城下，尸骸相支拄。"
⑭ 慊（qiàn）慊：怨恨的样子，诗中指两地思念。关：一作"间"。
⑮ 久自全：长久地保全自己。

题　解

　　这首《饮马长城窟行》采用汉代乐府旧题，又名《饮马行》，属《相和歌辞·瑟调曲》。相传古长城边上有泉眼，可供饮马，曲名由此而来。诗人借用秦代统治者奴役百姓修筑长城的史实为背景，通过筑城役兵夫妻的辛酸对话，揭露了无止境的徭役给人民生活带来的深重灾难，同时也赞美了戍卒夫妻之间忠贞不渝的深厚情感。

赏　析

　　《饮马长城窟行》通过一对筑城戍卒夫妻的书信对话，侧面地表现了当时人民备受压迫的苦痛和无奈，揭露了统治者的残暴和无道。诗歌开头"饮马长城窟，水寒伤马骨"，拉开了环境的大背景，边地筑城，水寒沁骨，突出了边地艰难的生存环境，役夫们常年生活在这样冰冷黑暗的环境下，终于难以负荷，请求督工的长官"慎莫稽留太原卒"。从"慎莫"两字可以看出，役夫们已经频频被羁留服役，内心充满了恐慌和担忧。然而纵然役夫们诚惶诚恐，卑躬屈膝，督工长官也只是打着一派官腔"官作自有程，举筑谐汝声"，从督工长官不屑的语气中可以看出，役夫们在他们心中只是修筑长城的苦力，他们在乎的只是官家工程的完好，役夫们的心酸悲苦根本无关紧要，他们微弱尘土，命如草芥，即便饿死冻死也是长城脚下终会腐化的白骨。役夫们面对无情的现实，终于不再怀有幻想，愤怒地呐喊"男儿宁当格斗死，何能怫郁筑长城"，这一声呼喊是他们为自己生存的尊严的呐喊，是他们不再忍辱负重豁出命来的对抗。从官兵和役夫的对话中，我们看到忍辱负重的戍卒充满了生不如死、忍无可忍的悲痛，这里已经隐含了被奴役的人民和统治者之间的尖刻矛盾。诗歌至此，笔锋突转，役夫和长城吏的对话戛然而止，转而写役夫和妻子的书信往还，中间夹有四句过渡："长城何连连，连连三千里。边城多健少，内舍多寡妇。"修筑长城的工程延绵漫长，劳役遥遥无期，役夫归期无望，这牺牲的是千家万户普通夫妻的幸福，常年服役使得无数家庭妻离子散，无数夫妻天各一方，这不是一家一姓的悲惨，而是广大人民的苦难。心酸无奈之下，丈夫忍痛"作书与内舍"，希望自己的妻子"便嫁莫留住，善侍新姑嫜"，役夫对归期充满绝望，不想连累妻子，希望妻子能够再觅良婿，并且琐碎地叮嘱好好侍奉新公婆，早日融入幸福的新家庭。但役夫的内心是痛苦挣扎的，他既希望妻子能够幸福，也希望妻子不要忘记自己，真实朴素地表达了内心绝望复杂的情感，令人感动。而妻子收到丈夫的书信，立即"报书往边地"，痛斥丈夫"出语一何鄙"，妻子内心愤怒，自己岂是背信弃德、不能共苦之人，表现她对丈夫的爱忠贞不渝，语嗔情坚，其心可鉴。紧接四句"生男慎莫举，生女哺用脯。君独不见长城下，死人骸骨相撑拄"是当时流行的民歌，古来人们都是重男轻女，而民歌却一反常情，足以见人们对于男儿服役的畏惧和愤怒，诗人这里借役夫之口，吐尽对无止境徭役的愤恨。"结发行事君，慊慊心意关。明知边地苦，贱妾何能久自全"写世道不行，人民受苦，妻子收到丈夫来自边地绝望的书信，无助无奈只能以心明鉴，生死相许，忠贞不渝。

  诗歌结尾没有出现"死"字，却充满了悲壮肃杀的氛围，役夫知道自己终将死于无止境黑暗的劳役，而妻子也誓死相随，这不是一个家庭的不幸，而是成千上万家庭的缩影，悲剧是将美好的东西撕碎了给人看，而时代的悲剧就是无情地碾碎千家万户的温情和希望。

阮　　籍

阮籍（210—263），三国时期魏国文学家、名士。字嗣宗。陈留尉氏（今河南尉氏）人。阮籍是"建安七子"之一阮瑀的儿子，与嵇康等并称"竹林七贤"。少有济世壮志，魏高贵乡公时曾封关内侯，任散骑侍郎，后迫于司马氏黑暗统治，采取消极抵抗的态度，终日谈玄纵酒，放浪形骸，以此来反抗当时黑暗的政治和虚伪的礼教。他曾慕步兵营人善酿酒而求为步兵尉，世称"阮步兵"。世传《阮步兵集》一卷，代表作为八十二首五言《咏怀》诗，揭露统治阶级内部的黑暗和罪恶，表现正直之士在恐怖统治下的苦闷和彷徨。

咏怀·炎光延万里

炎光延万里①，洪川荡湍濑②。
弯弓挂扶桑，长剑倚天外③。
泰山成砥砺，黄河为裳带④。
视彼庄周子⑤，荣枯何足赖⑥？
捐身弃中野，乌鸢作患害⑦。
岂若雄杰士⑧，功名从此大⑨。

注　释

① 炎光：日光。
② 湍濑（tuān lài）：沙石上的急流。
③ 扶桑：神话中的树木名。《说文》云："扶桑，神木，日所出也。"长剑倚天外：典出于宋玉《大言赋》："长剑耿耿，倚天之外。"此二

句用弓挂扶桑，剑倚天外来衬托此篇所写的"雄杰士"的英雄形象。

④ 砥砺（dǐ lì）：磨刀石。裳带：系衣服的带子。此二句典出于《史记·高祖功臣侯者年表》"使河如带，泰山若砺，国以永宁，爰及苗裔"，表示在"雄杰士"眼中，泰山渺小得像一块磨刀石，黄河狭窄得像一条带子。

⑤ 庄周：战国时期的思想家、哲学家，道家学派的代表人物，主张无为逍遥。

⑥ 荣枯：本指开花枯萎，这里引申为生死、兴衰等。

⑦ 乌鸢作患害：典出于《庄子·列御寇》，庄子临死交代门人待他死后将其尸体抛至旷野，不必埋葬。门人担心让乌鸢啄食，庄子说，埋在土里让蝼蚁啄食，抛在地面让乌鸢啄食，有何不同？此二句意为庄子虽然达观，但也不能永生不死，死后抛于旷野，也难逃被乌鸢啄食的命运。

⑧ 雄杰士：阮籍所幻想的能摆脱人世，超然于天地之外的人物。

⑨ 功名：道德名声。从此大：永传不朽。

题 解

本诗选自阮籍《咏怀诗》，是其中的第三十八首。正始十年（249），曹爽被司马懿所杀，司马氏大权独揽，屠杀异己，阮籍在政治上倾向于曹魏皇室，对司马氏独专朝政颇为不满，但迫于司马氏暴力强制，他采取酣醉不醒、醉卧山林的消极抵抗态度。在此背景下，他创作《咏怀诗》八十二首。这首《咏怀·炎光延万里》通过颂扬真正的雄杰之士以河岳为狭小，以挂弓扶桑、倚剑天外为抱负，抒发诗人心中的济世理想。

赏 析

魏晋之际，政局不稳，天下多故，名士多难自全，朝不保夕，面对倏忽如逝水的生命，人们充满了忧虑和迷惘，这首《咏怀·炎光延万里》便是诗人摆脱生命的焦虑所追求的人生态度。开篇"炎光延万里，洪川荡湍濑"语出恢宏，渲染了一个壮阔雄浑的境界，这为接下来"雄杰士"的出场提供了一个广阔高远的空间，此语横出，有吞吐山河、包纳八荒之势。接下来两句"弯弓挂扶桑，长剑倚天外"则描写雄杰士的活动：雄杰士把弯弯的弓弦挂在扶桑树上，将长剑倚靠在天外，运用"弯弓扶桑""倚剑天外"的典故刻画了雄杰士高大威武的形象，虽明显带有夸张色彩，但给人以奇思妙想之感，与前文的壮阔渲染相谐和。紧接两句使用夸张的手法写巍峨的泰山在雄杰士的眼中不过是一块磨刀石，而雄壮的黄河也似乎只是一条衣带，这两句不仅表现雄杰士有盖世无双的武艺，更有气吞山河的气概。以上六句诗人穷尽宇宙天地为雄杰士的威武高大形象做陪衬，而接下来的六句诗人将通过雄杰士的人生管窥生命的价值。"视彼庄周子，荣枯何足赖？捐身弃中野，乌鸢作患害"，诗人引用庄子主张不要棺椁的天葬，表现对庄子齐生死思想的承认，这是以顺遂自然的方式对倏忽而逝生命的对抗。庄子视生死齐一，视荣枯为常，这固然是一种超脱人生的方式，但在诗人看来，另有一种凌驾于生死界限之上的生命价值，那便是建立永恒不朽的"功名"。诗歌最后以"岂若雄杰士，功名从此大"收束全篇，意在表达生命不仅仅是从生到死的过程，而应如同雄杰士一样建立"功名"，用不朽的"功名"延续自己的存在，真正超越肉身的生死。

历来世人均视阮籍为鄙薄"功名之辈"之人，而此诗明显表达了诗人真实的内心并非无意为之，而是不可为，诗人从内心中认同只有功名事业才能摆脱人生的荣枯，只有忠义气节才能流芳于千古。清方东树《昭昧詹言》亦云："此以高明远大自许，狭小河岳。言己本欲建功业，非无意于世者。今之所以望首阳，登太华，愿从仙人渔父以避世患者，不得已耳，岂庄生枯槁比哉！所谓宏放也。其实庄子、屈子、陶公皆同此意。而此诗语势壮浪，气体高峻，有包举六合气象，与孔北海相似。"

鲍　照

鲍照（？—466），南朝宋杰出文学家，与谢灵运、颜延之合称"元嘉三大家"。字明远。东海（今江苏涟水）人，久居建康（今江苏南京）。出身寒微，因献诗为临川王刘义庆所赏识，擢为国侍郎，又做过中书舍人，后任临海王刘子顼前军参军，在荆州为乱军所杀，一生坎坷。鲍照工诗，有《鲍参军集》，长于乐府，辞藻华美，骨力遒劲，其诗多抒写对社会的愤懑和自己的理想抱负，风格峻峭跌宕、粗犷豪放，语言通俗自然。七言诗最富独创性，对唐人七古有重要的影响。

代出自蓟北门行①

羽檄起边亭②，烽火入咸阳③。
征师屯广武④，分兵救朔方⑤。
严秋筋竿劲⑥，虏阵精且强⑦。
天子按剑怒，使者遥相望。
雁行缘石径⑧，鱼贯度飞梁⑨。
箫鼓流汉思⑩，旌甲被胡霜⑪。
疾风冲塞起，沙砾自飘扬⑫。
马毛缩如猬⑬，角弓不可张⑭。
时危见臣节⑮，世乱识忠良。
投躯报明主，身死为国殇⑯。

注 释

① 代：拟的意思。蓟（jì）：古代燕国的国都，今北京西南。
② 羽檄（xí）：古代的军事文书，插鸟羽以示紧急，必须迅速传递。边亭：边境上瞭望敌情的戍楼。
③ 烽火：边防告急的烟火，古代边境发现敌情便会在高台上燃起烽火报警。咸阳：都城名，秦曾建都于此，借指京城。
④ 征师：征发的部队。屯：驻兵防守。广武：地名，今山西代县西北部。
⑤ 朔方：汉代郡名，今内蒙古河套西北部及后套地区。
⑥ 严秋：肃杀的秋天。筋竿：弓箭。此句意为弓弦和箭杆都因深秋的干燥而变得强劲有力。
⑦ 虏阵：指敌方的阵容。虏：古代对北方少数民族的蔑称。
⑧ 缘：沿着。
⑨ 鱼贯：形容前后接连，像鱼群游动一样。飞梁：凌空飞架的桥梁。
⑩ 箫鼓：两种乐器，这里指军乐。流汉思：流露出对家国的思念。
⑪ 旌甲：旌旗，铠甲。
⑫ 砾（lì）：碎石。
⑬ 缩：蜷缩。猬：刺猬。
⑭ 角弓：以牛角做的硬弓。
⑮ 节：节操。
⑯ 投躯：献身。国殇（shāng）：为国牺牲的人。典出自屈原《九歌·国殇》，颂扬为国捐躯的壮士，寄托对英烈的崇敬之情。

题 解

这首《代出自蓟北门行》采用汉乐府旧题，属《杂曲歌辞》，此为拟作。诗人通过渲染边庭战事的紧急和战斗环境的恶劣，突出描写了战士赴边途中历经严寒艰难的状况，抒发了诗人对壮士从军卫国、视死如归的壮志豪情的崇敬。

赏 析

《代出自蓟北门行》以远景的视野向读者呈现一场大战的全过程，用跳跃式镜头、多角度、全方位地展示了边亭告警、战争爆发时紧张复杂的情景。诗歌开篇"羽檄起边亭，烽火入咸阳"，狼烟烽火起，强敌入侵，兵临城下，战争一触即发，十万火急，给人以紧张激烈的现场感。紧接四句"征师屯广武，分兵救朔方。严秋筋竿劲，虏阵精且强"写敌方入侵消息传到京师，天子震怒，立即调兵遣将，屯驻广武，奔赴朔方，歼灭胡虏。这几句表现了敌方兵临城下的嚣张示威，汉军紧急迎战内心歼敌的愤怒和决心，暗示一场激战即将拉开。"天子按剑怒"以下六句，没有直接描写战争场面，而是侧面渲染作战环境的恶劣和士兵行军征战生活的艰险。疾风劲草，霜雪齐下，夜间的箫鼓声分外呜咽凄凉，但是对于士兵而言，护卫家国的责任傍身，他们将一己的苦累忧思吞下，迈开步伐前往九死一生的阵地；"雁行缘石径，鱼贯度飞梁"，他们如同雁行一字、鱼贯而出，行军有序，纪律分明，这里我们仿佛感受到战前死寂般的宁静，看到了一个个沉默寡言、坚忍无畏的士兵，他们枕戈待旦，准备投入即将惨烈的斗争。诗人接下来并没有直接写战场上的拼杀搏斗，血肉横飞，而是重点描写战争中气候巨变给战争带来的毁灭性影响。"疾风冲塞起，沙砾自飘扬。马毛缩如猬，角弓不可张。"疾风呼啸，飞沙走石，骏马在恶劣的气候下瑟缩不前，角弓被寒冰冻结难以拉开，写出了战士作战的艰难，更侧面流露出战争的惨烈，我方无数的将士捐躯战场，永远留在苦难荒凉的边地，无不令人痛心。最后四句作者抒发感慨："时危见臣节，世乱识忠良。投躯报明主，身死为国殇。"将士们忠君报国，不辞劳苦，不畏牺牲，拼死沙场的大无畏精神令人敬仰，也表达了诗人处于乱世同样怀有一腔报国之心的热忱日月可鉴。

这首诗在表现激烈的战争中，穿插了胡地风物的描写，如边亭、广武、朔方、胡霜，丰富了边塞诗的意象和表达方式，为后世的边塞诗开拓了表达视野和方式，交驰的羽檄、连天的烽火、雁行鱼阵的军容及边地箫鼓的渲染更突出了战士们赴敌捐躯、视死如归的忠良气节。这首诗言辞慷慨，立意高远，自古严峻的环境下更能考验出坚强的意志和忠良的气节，不仅再现了战时激烈悲壮的场面，更传达出激荡人心的强大力量。

代陈思王白马篇

白马骍角弓①，鸣鞭乘北风②。
要途问边急③，杂虏入云中④。
闭壁自往夏⑤，清野径还冬⑥。
侨装多阙绝⑦，旅服少裁缝⑧。
埋身守汉境，沉命对胡封⑨。
薄暮塞云起，飞沙被远松。
含悲望两都⑩，楚歌登四墉⑪。
丈夫设计误，怀恨逐边戎⑫。
弃别中国爱⑬，要冀胡马功⑭。
去来今何道，单贱生所钟⑮。
但令塞上儿，知我独为雄。

注 释

① 骍（xīng）角弓：赤色兽角制作的硬弓。后以"骍角"表示后裔俊拔远超前辈。
② 鸣鞭：鸣响马鞭。
③ 要途：亦作"要涂"。边急：边疆的危急情势。
④ 杂虏：混杂的敌虏，旧时对边疆少数民族的蔑称。云中：原为战国赵地，秦时置郡，治所在云中县（今内蒙古托克托东北），这里代指北边极远之地。
⑤ 闭壁：关闭壁垒，谓只守不战。
⑥ 清野：作战时，暂时转移周围田野的人口、牲畜、财物、粮食，清除附近的房屋、树木等，使敌人无所获取。何承天《安边论》称："故坚壁清野以俟其来，整甲缮兵以乘其弊。"
⑦ 侨装：行装。阙（quē）绝：阙通"缺"，匮乏断绝。

⑧ 旅服：旅途中穿的服装。
⑨ 胡封：胡人的封地。
⑩ 两都：指西汉的西都长安和东都洛阳。东汉著名辞赋家班固著《两都赋》。
⑪ 楚歌：楚人之歌，因其高亢凄厉，引申为悲歌。四墉（yōng）：四周城墙。
⑫ 边戎：边地战事。
⑬ 中国爱：中原国家里的爱人。
⑭ 要冀：要求和希冀。
⑮ 所钟：所钟爱的事。

题　解

鲍照是南朝或流于绮靡艳丽或枯涩玄奥文风中继承和发扬建安风骨为数不多的现实主义作家。这篇《代陈思王白马篇》虽题为"代陈思王"作，诗中描写了一个建功立业的壮士形象，但正如郭茂倩《乐府诗集》中所言："始则盛称京洛之美，终言君恩歇寡，有怨旷沉沦之叹。"

赏　析

鲍照的《代陈思王白马篇》相较于曹植的《白马篇》现实意味更加浓重，曹植的《白马篇》突出少年游侠昂扬奋发、潇洒不羁的精神气概，整体基调轻快乐观，而此诗则通过写一名壮士虽勇敢忠烈但难得重用，含有满腔悲愤。诗歌前四句大笔勾勒出一位戎服疾驰、杀敌卫国的战士形象，通过"乘北风""问边急""入云中"点出时节与地点，渲染了军情紧急、剑拔弩张的紧张气氛。接下来八句写战地生活的严峻艰辛，军队坚壁清野半年，时值寒冬，装备衣服都十分匮乏，黄沙蔽日，荒凉满目，但战士们在艰苦的作战环境中依旧尽忠职守，严守边塞。诗人用"埋身""沉命"这样沉重庄肃的词表示战士们戍边卫国、誓死不退的决心。正当诗中升腾着沉郁壮烈的英豪之气的时候，诗人笔调忽转，转而抒写战士们沉郁的内心情感：他们经常登高远望国家最繁华的长安与洛阳，战士们心生悲凉，他们满怀立功边陲的壮志，抛家舍子来到荒凉的北国边境，一心想要上阵杀敌，建功立业，却始终难有所作为，终日在苦寒的边境蹉跎岁月。京城的达官显贵自出生便是高门贵胄，而出身寒门的人想要改变自己的命运却难如登天，即便走上从军远征的道路依旧难有出头之日。故而，诗人在此诗的结尾发出高亢辽远的呼声："但令塞上儿，知我独为雄。"尽管战士们满腔悲愤，却始终不改英雄本色，尽管功名难就，依旧想要拼死用累累战绩证明自己忠勇不凡的一生。

这首诗特点在于情感的复杂矛盾：雄壮与悲哀，俊快与沉郁，统一在一首诗中，形成浑厚、深沉的风格。诗人将自己的情感融入笔下壮士的形象之中，带有深沉的悲愤与英烈之气。

北朝民歌

　　北朝民歌是北朝时期（北魏、东魏、西魏、北齐、北周）产生的类似于汉乐府的一种诗歌形式。多是各族人民口头创作，大多篇幅短小，抒情性强，受鲜卑族等北方诸民族文化影响较深，以鼓角横吹曲为主，作者主要为汉、鲜卑以及其他北方民族的人民。艺术风格质朴坦率、豪放刚健，表现出北方民族英武洒脱的精神风貌，民歌内容则广泛反映了北朝二百多年间社会现实状况和时代特征，不仅在艺术上对于后代文学有巨大影响，在文学史上也占有一定的地位。

木 兰 诗

唧唧复唧唧①，木兰当户织②。
不闻机杼声③，唯闻女叹息。
问女何所思，问女何所忆④。
女亦无所思，女亦无所忆。
昨夜见军帖⑤，可汗大点兵⑥，
军书十二卷⑦，卷卷有爷名⑧。
阿爷无大儿，木兰无长兄。
愿为市鞍马⑨，从此替爷征。
东市买骏马，西市买鞍鞯⑩，
南市买辔头⑪，北市买长鞭。
旦辞爷娘去，暮宿黄河边。
不闻爷娘唤女声，但闻黄河流水鸣溅溅⑫。

旦辞黄河去，暮至黑山头。
不闻爷娘唤女声，但闻燕山胡骑鸣啾啾[13]。
万里赴戎机[14]，关山度若飞[15]。
朔气传金柝[16]，寒光照铁衣。
将军百战死，壮士十年归。
归来见天子，天子坐明堂[17]。
策勋十二转[18]，赏赐百千强[19]。
可汗问所欲，木兰不用尚书郎[20]，
愿驰千里足，送儿还故乡[21]。
爷娘闻女来，出郭相扶将；
阿姊闻妹来[22]，当户理红妆[23]；
小弟闻姊来，磨刀霍霍向猪羊[24]。
开我东阁门，坐我西阁床。
脱我战时袍，著我旧时裳[25]。
当窗理云鬓[26]，对镜帖花黄[27]。
出门看火伴[28]，火伴皆惊忙：
同行十二年，不知木兰是女郎。
雄兔脚扑朔，雌兔眼迷离[29]；
双兔傍地走，安能辨我是雄雌[30]？

注 释

① 唧（jī）唧：织布机的声音。一说为叹息声，意思是木兰无心织布，停机叹息。
② 当户：对着门或者在门旁，泛指在家中。
③ 机杼（zhù）声：织布机发出的声音。机：指织布机。杼：织布的

梭子。
④ 忆：惦记。
⑤ 军帖（tiě）：征兵的文书。北魏时期实行府兵制度，即朝廷将一部分民户划为"府户（军户）"，免其租调（人口税），但军户必须世代服兵役，当朝廷需要士兵上战场时，每户要出一名男丁应召出征。
⑥ 可汗（kè hán）：古代西北地区少数民族对君主的称呼。大点兵：大规模征兵。
⑦ 军书十二卷：征兵的名册有很多卷。十二：泛指多。下文"十年""十二转""十二年"，用法与此相同。
⑧ 爷：指父亲，北方呼父为"阿爷"。下文"阿爷"意同。
⑨ 市：买。鞍马：马匹和乘马用具。
⑩ 鞯（jiān）：马鞍下的垫子。
⑪ 辔（pèi）头：驾驭牲口用的嚼子、笼头和缰绳。
⑫ 溅（jiān）溅：拟声词，水疾流的声音。
⑬ 但闻：只听见。胡骑：胡人的战马。啾啾：拟声词，马鸣叫的声音。
⑭ 戎机：军机，指战争。
⑮ 关山度若飞：像飞一样跨过一道道关，越过一座座山。度：越过。
⑯ 朔：北方。金柝（tuò）：即刁斗，古代军中用的一种铁锅，白天用来做饭，夜晚用来报更。此句意为北方的寒气传送着打更的声音。
⑰ 明堂：古代天子用来宣明政教之所，即皇帝朝会、祭祀、庆赏、选士的宫殿。
⑱ 策勋：记功。转（zhuǎn）：勋功每升一级为一转，十二转为最高功勋。
⑲ 赏赐百千强（qiáng）：赏赐很多财物。百千：表示数量多。强：有余。
⑳ 不用：不做。尚书郎：官名，魏晋以后在尚书台分设若干曹，主管各曹事务的称为尚书郎。
㉑ 千里足：可驰千里的脚力，指好马。此二句意为愿得良马速返故乡。
㉒ 姊（zǐ）：姐姐。
㉓ 理：梳理。红妆：指女子明丽的妆束。
㉔ 霍霍：磨刀迅速时发出的声音。
㉕ 著（zhuó）：通"着"，穿着。
㉖ 云鬓（bìn）：像云一样的鬓发，形容好看的发髻。
㉗ 帖花黄：当时流行的妆饰，将金黄色的纸剪成星、月、鸟等状贴在额前，或在额头上涂一点黄颜色。帖：通"贴"，粘贴。
㉘ 火伴：古代兵制，十人为一火，火伴即同火的人。
㉙ "雄兔"两句：据说，提着兔子的耳朵悬在半空时，雄兔两只前脚时时动弹，雌兔两只眼睛时常眯着，所以容易辨认。扑朔：形容雄兔脚上的毛蓬松的样

子。迷离：形容雌兔的眼睛被蓬松的毛遮蔽的样子。
㉚ "双兔"两句：当两只兔子一起在地上跑时便区别不出它们的雌雄。傍地走：指在地上跑。以上四句通过雄兔雌兔在跑动时不能区别的比喻，对木兰的才能和智慧加以赞扬和肯定，传达了一种"谁说女子不如男"的观念。

题　解

《木兰诗》又名《木兰辞》，关于它的成诗年代，有汉魏、南北朝、隋唐多种说法，据今人考证，此诗不晚于南朝陈时期，在流传的过程中可能经过隋唐文人的润色。《木兰诗》最早著录于南朝陈僧智匠所撰的《古今乐府》，全文载于宋郭茂倩《乐府诗集》第二十五卷，署名"古辞"。从诗中的地名看，可能与东北库莫奚、契丹的战争有关。诗篇详尽叙述了木兰女扮男装、代父出征的传奇故事，塑造了木兰光彩夺目的巾帼英雄形象，反映了北方人民矫健尚武的精神风貌，具有典型的北朝民歌特色。

赏　析

《木兰诗》是一首妇孺皆知、流传甚广的杰出北朝民歌，亦是罕见的长篇叙事诗歌。全诗三百二十八字，结构紧凑，层次清晰，语言凝练，风格刚劲，字里行间闪动着真淳朴茂的生气。全诗可分为六个部分，第一部分从"唧唧复唧唧"到"从此替爷征"，叙写了木兰替父从军的缘由。开篇写木兰无心织布，忧心忡忡，是因为军情紧急：征兵文书连夜抵家，敌人大举进犯，家中却无壮丁奔赴战场。木兰不忍年老的父亲远征边关，但是国家兴亡，匹夫有责，双重的考验之下，木兰义不容辞、挺身而出，"愿为市鞍马，从此替爷征"，一个刚毅果决的女子形象出现在我们眼前。第二部分从"东市买骏马"到"但闻燕山胡骑鸣啾啾"，叙写木兰全副武装，辞别亲人，奔赴边关的场景。木兰既下定决心奔赴战场，便毫不犹疑，毫不忧惧，从购买装备到准备出征，表现出昂扬洒脱的气质；辞别亲人，也没有哭哭啼啼、娇弱伤感，万里征程自此始，从此红妆不着身，奔赴战场丝毫没有闺阁之气，留给世人的是一个英姿飒爽的身影。

"旦辞黄河去，暮至黑山头。不闻爷娘唤女声，但闻燕山胡骑鸣啾啾。"暮至黑山，风餐露宿，木兰艰难的从军生活拉开帷幕。第三部分从"万里赴戎机"到"壮士十年归"，叙写木兰征战沙场，经历千难万险，终得凯旋，这一部分写出了木兰虽为女流，但是征战沙场英武骁勇。"赴""度""飞"等刻画了木兰勇往直前的气概；"朔气传金柝，寒光照铁衣"写出了征战生活的艰苦卓绝和充满戒备的紧张气息；"将士百战死，壮士十年归"更突出战争旷日持久、漫长艰难，木兰生还不易，短短六句叙写了木兰漫长艰险的从军生涯，毫不拖沓，却更加表现出木兰的坚毅勇敢。第四部分从"归来见天子"到"送儿还故乡"，叙写木兰归来入见天子，婉辞封赏。木兰捍卫家国义不容辞，战功卓著，天子欲赐尚书郎，但木兰却对封官加爵毫无兴趣，只愿速归故里，与亲人团聚。木兰立下赫赫战功却不受官职，凸显了她淡泊名利，远赴边关只为忠孝的高尚气节；归心似箭更表现了她对故乡亲人的思念，故而远离边关不是不伤感、不思念，而是只能将小儿女的心思放在心底，将责任高悬在自己的肩头。第五部分从"爷娘闻女来"到"不知木兰是女郎"，描绘木兰返还家乡的动人场面。这一部分诗人浓墨重彩地书写木兰归家团圆的场面：父母双亲不顾年迈相扶出城迎接，姐姐特意梳理红妆，隆重相迎，弟弟满心欢喜地杀猪宰羊。这一部分将喜庆欢腾的气氛推至顶点，亲人相亲相爱，一派欢喜和乐，木兰抵达家中，更是按捺不住激动欣喜的心情，东走西顾，焦急脱下戎装，悉心梳妆打扮，这里呈现在我们面前的已经全然不是前文刚毅果决的巾帼英雄，而是一个活泼灵动的少女。梳洗打扮之后的木兰明丽照人，令同行的伙伴惊讶不已，更惊艳不已：十二年朝夕相伴，木兰女扮男装竟然无人识破，更见木兰内心的坚忍与缜密。这一部分具有极强的喜剧效果，也是全诗的高潮。最后一部分以木兰的回答"雄兔脚扑朔，雌兔眼迷离；双兔傍地走，安能辨我是雄雌"作结，木兰机智幽默地回答了众人心中的疑惑，此等智慧令人拍手叫绝，更回味无穷，这个结尾也表现了民歌特有的清新活泼。

整首诗歌从头至尾向我们展现了一个完整的木兰形象，她既有刚毅果决、勇敢无畏的一面，又有灵动可爱、机智活泼的一面，更有深明大义、不慕荣利的一面，她的身上既灌注了女子善良细心、机敏活泼的灵气，又充满了男子刚毅勇敢、捍卫家国的豪气以及对父母的孝心和对国家的忠心。诗歌全面深刻地塑造了木兰的英雄形象，也表现了当时北方人民豪爽淳朴的民风，冲破了女不如男的封建观念。《木兰诗》作为民歌中的杰作，对后世文学产生了深远的影响。

敕 勒 歌

敕勒川①，阴山下②。
天似穹庐③，笼盖四野④。
天苍苍⑤，野茫茫⑥，
风吹草低见牛羊⑦。

注 释

① 敕（chì）勒川：敕勒族居住的原野，在现在山西、内蒙古一带，北魏时期把今河套平原至土默川一带称为敕勒川。
② 阴山：在今内蒙古北部。
③ 穹（qióng）庐：用毡布搭成的帐篷，即蒙古包。
④ 四野：草原的四面八方。
⑤ 苍：青色。
⑥ 茫茫：辽阔无边的样子。
⑦ 见（xiàn）：通"现"，显露。

题 解

《敕勒歌》是我国北朝民歌，收入《乐府诗集·杂歌谣辞》，明清时人所编诗集多有著录。相传其背景为当时东魏高欢被西魏军所败，遂使斛律金唱此歌以鼓舞士气。原歌辞为鲜卑语，后被译成汉语。诗歌描绘了苍茫草原的辽阔和牛羊的繁盛，表现了敕勒人民对家园的钟情深爱，风格雄浑质朴，是历代民歌中的珍品。

赏 析

《敕勒歌》篇幅短小精悍,寥寥数语勾勒出北国草原高远辽阔、壮丽富饶的风光,境界开阔,格调高远。诗歌开篇"敕勒川,阴山下"便将读者的视角拉远至一方高远辽阔的天地,以高亢的语调吟咏出北地的辽远,格调雄浑壮阔,无丝毫矫饰,透露出敕勒民族雄强有力的性格特点。紧接着写"天似穹庐,笼盖四野",极言天野恢宏,苍茫无尽;"天苍苍,野茫茫,风吹草低见牛羊"描绘了一片苍茫无尽的草原上牛羊在奔跑的景象。诗人以如椽之笔向读者勾画了一幅北国风光图,天空苍阔辽远,原野碧绿无垠,牛羊肆意奔跑,读罢仿佛我们能闻到这样自由纯净的空气,更感受到置身于苍茫草原的旷远和适意。

这首民歌具有鲜明的游牧民族的色彩,全诗一气贯注,从语言到意境可谓是质直朴素、浑然天成;语调轻快浅近,气象苍莽辽阔,如同画家大笔挥洒,酣畅淋漓地抒发了游牧民族真淳率直、豪迈潇洒的气质和情怀。

卢思道

卢思道（535—586），隋代文学家、诗人。字子行。范阳（今河北涿州）人。少师从于"北地三才"之一邢邵。才学超群。历仕北齐、北周。北齐时期，卢思道即以文章著名，北齐文宣帝死后，当朝文士各作诗十首，择善用之，卢思道得八首，时人称"八米卢郎"；入北周后，授仪同三司，后出为武阳太守；入隋后，官至散骑侍郎，事迹见《北齐书》《北史》本传。工诗，长于七言，对仗工整，善于用典，语言流畅，气势充沛，融柔婉轻倩于刚健清远的气势之中，开初唐七言歌行之先声。有集三十卷，已佚，明人辑有《卢武阳集》一卷，今存诗二十七首。

从军行

朔方烽火照甘泉①，长安飞将出祁连②。
犀渠玉剑良家子③，白马金羁侠少年④。
平明偃月屯右地⑤，薄暮鱼丽逐左贤⑥。
谷中石虎经衔箭⑦，山上金人曾祭天⑧。
天涯一去无穷已⑨，蓟门迢递三千里⑩。
朝见马岭黄沙合⑪，夕望龙城阵云起⑫。
庭中奇树已堪攀，塞外征人殊未还。
白雪初下天山外，浮云直向五原间⑬。
关山万里不可越，谁能坐对芳菲月。
流水本自断人肠，坚冰旧来伤马骨⑭。
边庭节物与华异，冬霰秋霜春不歇⑮。

长风萧萧渡水来，归雁连连映天没。
从军行，军行万里出龙庭，
单于渭桥今已拜⑯，将军何处觅功名。

注 释

① 朔方：西汉郡名，北方（今内蒙古河套地区）。战国时为赵国领地，赵国衰落后为匈奴占领，秦始皇时期曾收复，秦末又陷入匈奴之手，汉武帝时收复，重置朔方郡，多次徙民移居朔方，穿凿河渠，屯田戍守，并修筑长城、要塞。甘泉：即"甘泉宫"（在今陕西淳化甘泉山），原为秦始皇离宫，汉武帝扩建后改名为甘泉宫，武帝常于五月来此避暑，在此朝见诸侯，燕飨外宾，八月回长安，为汉武帝时仅次于长安未央宫的重要政治活动场所。此句意为北方边塞的战火已迫近秦汉时期的离宫。

② 飞将：指飞将军李广。祁连：祁连山关隘。

③ 犀渠：用犀皮制作的盾牌。玉剑：剑鼻和剑镡用白玉制成的剑。良家子：好人家的子弟。

④ 金羁（jī）：金饰的马络头。

⑤ 平明：天刚亮的时候。偃（yǎn）月：原指横卧形的半弦月。这里指阵法，全军呈弧形配置，形如弯月，作战时注重攻击侧翼，适用于不对称的地形。右地：匈奴右贤王的领地。

⑥ 薄暮：傍晚的时候。鱼丽：古代阵法，指步卒环绕战车进行疏散配置的一种阵法，杀伤力强。左贤：即左贤王，匈奴贵族的封号，在匈奴诸王侯中，地位最高，常以太子为之，此处代指匈奴的重要首领。此两句意为，凌晨起便在边塞之地摆下"偃月"之阵，夜幕降临时以"鱼丽"之阵战胜匈奴的左贤王。

⑦ 谷中石虎经衔箭：典出于《史记·李将军列传》，李广打猎时看见草丛中的一块大石头，以为老虎，一箭射去，结果整个箭杆都射进石头里。经：曾经。

⑧ 金人：匈奴人所铸的用以祭天的神器。汉元狩二年（公元前121），霍去病击破匈奴休屠王，夺得匈奴人的珍宝"祭天金人"，放置于甘泉宫内。

⑨ 穷已：穷尽。
⑩ 蓟（jì）门：即蓟丘（在今北京城北）。迢递：连绵不绝貌。
⑪ 马岭：即马岭关（在今河北邢台西），是秦汉以来中国北部边陲一个重要的关隘，乃兵家必争之地。
⑫ 龙城：指匈奴祭祀天地、祖先、鬼神的地方，是匈奴的政治中心地，故事中常用龙城指代匈奴王庭所在地。此两句意为，早上见到马岭关上的滚滚黄沙，晚上看见的是匈奴王庭处的兵阵如云。
⑬ 五原：关塞名。西汉武帝时始置，是西汉西北边防非常重要的边郡，西与朔方郡为邻，是捍卫匈奴入侵的要塞，直接关系到秦都咸阳和汉都长安的安危。
⑭ 旧来：从来，向来。
⑮ 冬霰（xiàn）：冬天空中降落的白色小冰粒。春不歇：在春天依然不停歇。形容塞外气候冬秋长而春季短。
⑯ 单于（chán yú）：匈奴君王的称呼。渭桥：汉唐时代长安附近渭水上的桥梁，为离别之地。公元前 51 年，汉宣帝亲临由渭桥入朝的匈奴呼韩邪单于时，呼韩邪单于决定向汉朝臣服，永做汉朝的外藩。拜：拜服。

题 解

《从军行》采用汉乐府旧题，属《相和歌辞》。全诗二十八句，诗风融合南朝的流丽和北朝的慷慨，是卢思道的代表作。此诗作于北齐文宣帝天保末。生于范阳的卢思道是唐以前唯一生于边塞，长于边塞又创作边塞诗的文人。隋朝建立之前，征戍频繁，给人民带来了深重的灾难和痛苦。这首诗通过征人思妇的不同视角，前半部分写征人为国征战，后半部分写思妇闺中幽怨，从慷慨到哀怨再到质询，表达了人民对于战争的深刻复杂的情感。

赏 析

这首《从军行》是卢思道的代表作，也充分体现了他融汇南北朝的写作风格，并使之和谐统一。全诗既大气磅礴又婉转流丽，既写出了将士的奋勇抗战，又写出了思妇的幽怨；既有"长安飞将出祁连""白马金羁侠少年"的慷慨激昂、雄健奔放，又有"谁能坐对芳菲月""流水本自断人肠"的婉约哀怨。诗歌开篇写"朔方烽火照甘泉"，狼烟烽火起，战事危急，渲染了强烈的战争氛围，令人不禁担忧。紧接"长安飞将出祁连"一句，诗人以简练的笔墨写出了战士抗战的英勇利落，如此迅疾有序地出战想必是常年应战抗敌的结果，生动地写出了战士们长期紧张待战的生活。"犀渠玉剑良家子，白马金羁侠少年"，战士们手持"犀渠玉剑"，身骑"金羁白马"，都是出身良好世家的子弟，英姿勃发的勇猛少年。他们无论黎明还是黄昏都必须严以待战，摆开精密的战阵，与敌军进行殊死厮杀，他们战斗的地方是曾经飞将军李广和骠骑将军霍去病战斗过的地方，他们感到光荣伟大。上述诗人均在描写边地战场将士们的神威，而自"天涯一去无穷已，蓟门迢递三千里"诗风突转，写思妇的牵挂幽怨，军队取得节节胜利，但作战的地方越来越远，战斗结束的时间也越来越遥不可期。连年的战争使得将士家中的思妇、亲人只能遥望塞北，望穿秋水。"庭中奇树已堪攀，塞外征人殊未还"两句，诗人用侧面烘托的手法写战争的漫长与残酷：征人戍边万里，思妇独守家中，纵是良辰美景，亦无人可看，无人言说，因此思妇只能发出无奈的长叹"关山万里不可越，谁能坐对芳菲月"，来表达内心的孤寂与伤感。"流水本自断人肠，坚冰旧来伤马骨"，这两句写出了思妇对征人的担忧，坚冰伤的不仅仅是马骨，更伤的是在外远征的丈夫，他们背井离乡，生活苦寒，战场凶险，刀剑无眼，表现了思妇悲切的怨情。"长风萧萧渡水来，归雁连连映天没"写冬去春来，雁归而人不归，蕴含了征夫思妇无限的相思和不得团聚的忧愤。诗歌以"单于渭桥今已拜，将军何处觅功名"作结——战争已经取得彻底的胜利，四方臣服，将军还要到哪里去追寻功名呢？婉转地讽刺了靠征战猎取功名的将军和好战不顾及民生的朝廷，言有尽而意无穷，表达了人民对战争深深的不满。

卢思道的《从军行》将边塞诗本身多具有的雄劲刚健的格调与南朝文人的绮丽华美的文风相融合，也将出塞将士的英勇奋战、塞外战场的荒远苦寒、故乡亲人的思念牵挂相融合，相较之前同题作品中专就某一方面内容展开铺写的模式，显得更加真实厚重。此诗以七言长篇歌行的形式出现，语言清新流畅，气韵和谐，于自然中见雄劲，委婉中裹苍凉，对唐代七言歌行的发展有一定的影响。

杨　　素

杨素（？—606），隋朝开国大臣、诗人。字处道。弘农华阴（今陕西华阴）人。士族出身，少有壮志。初仕北周，任车骑将军、汴州刺史、徐州总管等职。参与平定北齐之役，辅佐杨坚灭陈，统一全国，封越国公。历任内史令、尚书右仆射，后拥立杨广即位，迁尚书令，改封楚国公，卒谥景武。生平见《隋书》本传、《资治通鉴》卷一百七十八。杨素善文，工曹隶。《隋书》本传赞其诗"词气宏拔，风韵秀上，为一时盛作"。有集十卷，已佚。清人严可均辑《全上古三代秦汉三国六朝文》中收录十篇。

出塞（其一）

漠南胡未空[1]，汉将复临戎。
飞狐出塞北[2]，碣石指辽东[3]。
冠军临瀚海[4]，长平翼大风[5]。
云横虎落阵[6]，气抱龙城虹[7]。
横行万里外，胡运百年穷[8]。
兵寝星芒落[9]，战解月轮空[10]。
严鐎息夜斗[11]，骍角罢鸣弓[12]。
北风嘶朔马，胡霜切塞鸿[13]。
休明大道暨[14]，幽荒日用同[15]。
方就长安邸[16]，来谒建章宫[17]。

注　释

① 漠南：指蒙古高原大沙漠以南的地区。胡：胡人。
② 飞狐：古代重要关隘（在今河北涞源北、蔚县南），两崖峭立，一线微通，蜿蜒百余里，为古代河北平原与北方边郡间的交通咽喉。
③ 碣（jié）石：山名（在今河北昌黎北），碣石山余脉的柱状石亦称碣石，该石自汉末起逐渐沉没入海。辽东：指辽河以东的地区（今辽宁东部和南部）。
④ 冠军：古代官职名，这里指汉代名将霍去病，霍去病曾因征战匈奴军有功而被封为"冠军侯"。瀚海：古地名，其含义随时代而变，唐代是蒙古高原大沙漠以北及准噶尔盆地一带的广大沙海的泛称，今指呼伦湖或贝加尔湖地带。
⑤ 长平：古代官职名，这里指汉代名将卫青，卫青因出击匈奴，屡建奇功，官至大将军，封"长平侯"。
⑥ 虎落：古代用以遮护城邑或者营寨的竹篱，也用以作为边塞分界的标识。
⑦ 龙城：汉时匈奴王庭的所在地，为匈奴人祭天之处。
⑧ 胡运：胡人的运数。
⑨ 星芒：星星的光芒。
⑩ 战解：战事解除。月轮：圆月，泛指月亮。空：天空。这里是当空的意思。
⑪ 譙（jiāo）：刁斗，古代军用的炊具。三足有柄，白天用来做饭，夜晚用来打更。严譙：严格打的譙声。夜斗：夜空中的北斗星。
⑫ 骍（xīng）角：红色的牛角，这里指暗红色的角弓。鸣弓：弓箭射出时发出的声响。
⑬ 切：迫近。塞鸿：塞外的鸿雁。鸿雁秋季南来，春季北去，故古人常以之作比，表达对故乡亲人的思念。
⑭ 休明：美好清明，用以赞美明君或盛世。大道：指仁德的王道。暨：到，及。
⑮ 幽荒：幽远的边荒之地。日用同：时间用的都一样，这里指边塞与中央统一。
⑯ 方就：刚到。长安邸：长安的府邸，即家宅。
⑰ 谒（yè）：拜谒。建章宫：汉武帝于太初元年（公元前104）建造的宫苑，在汉长安直城门外的上林苑中，武帝曾一度在此朝会、理政。宫殿建筑毁于新莽末年大火。后遂用以泛指皇家宫殿。

题　解

《出塞》采用汉乐府旧题，属《横吹曲辞》，汉武帝时李延年依胡曲改制，多用以描写边疆将士的生活情景。杨素所作《出塞》共两首，是其代表作，此诗为第一首。据《隋书》记载，此诗创作于开皇十八年（598）前后，杨素出任车骑大将军西征突厥时所写。此诗不仅素描了他亲目战场的历历情景，也表达了他对外事、战事、国事的种种态度，诗风词气宏拔，旷达强劲。

赏　析

杨素的《出塞》二首，言辞慷慨，雄壮豪放，第一首尤为豪气干云。他生逢乱世，战乱频仍，多次亲历战争，《出塞》更是他西征突厥所作，英风豪气，动人心扉。诗歌开篇写道"漠南胡未空，汉将复临戎。飞狐出塞北，碣石指辽东"，这四句先声夺人，写边塞告急，将军火速率领军队出塞迎敌，节奏紧张，气氛肃杀；"出""指"两字更充满气势和力量，刚健威武，精悍有力。紧接着两句"冠军临瀚海，长平翼大风"运用典故，以汉代名将霍去病、卫青在匈奴地界所向披靡，暗示我军的势如破竹之势，扫荡敌军如同风卷残云。"云横虎落阵，气抱龙城虹。横行万里外，胡运百年穷"，写我军战阵有序，进攻神勇，以迅雷之势横行战场，敌军的王都"龙城"也被我军围困，水泄不通，突厥百年侵扰我国边境的忧患将彻底解除。然而此诗的精髓更在于之后对战争凯旋的描写，诗歌描写了战争结束后的黎明："兵寝星芒落，战解月轮空。"星月渐隐，东方未明，一切都是肃静的，少了几分阴云弥漫，夜空宁静。"严鐎息夜斗，驿角罢鸣弓。北风嘶朔马，胡霜切塞鸿"，写无战之夜听不到平明的打更声，心中时时刻刻绷紧的弦也终于松弛下来，镶嵌着红色兽角的弓自此悄卧无息，依旧有胡地的北风呼啸，敌军的战马嘶鸣，大雁从头顶飞旋而过，飞过苦寒的塞北，飞向温暖的江南，人们在夜的宁静里，等待拂晓，等待光明。最后四句"休明大道暨，幽荒日用同。方就长安邸，来谒建章宫"，写军队班师回朝，将士们意气飞扬，踌躇满志，等待他们的不仅仅是优厚的封赏，更有阔别已久的故乡亲人，翘首以盼的梦中家园。

杨素的诗歌充满了北方刚健质直的风格，但也吸收了南朝精巧流丽的气息，是南北诗歌交融的产物。这首《出塞》充满了刚健与自信，诗人"忧国不忧身"的爱国情怀盈于胸中，真实地写出了战地边塞的生活，表现了渴望积极建立功业的愿望。诗歌虽述说平实，但流动着粗犷深沉的悲凉情思，充满了对国计民生的思虑祈愿，风格苍凉宏壮，旷达强劲。

薛 道 衡

薛道衡（540—609），隋代大臣、诗人。字玄卿。河东汾阴（今山西万荣）人。六岁而孤，专精好学。历仕北齐、北周、隋。隋朝建立后，任内史侍郎，加开府仪同三司。隋炀帝时期，出为番州刺史，改任司隶大夫，后因忤逆隋炀帝，被杀。生平见《隋书》《北史》本传。薛道衡为隋代诗歌艺术成就最高的诗人，其诗带有浓厚的齐梁宫体诗的绮靡色彩，但已突破宫廷文学的范围，朝着刚健清新的方向发展，对唐初诗歌的发展产生了有益的影响。其边塞诗气势雄健有力。原有集三十卷，已散佚。今存明人所辑《薛司隶集》一卷，《先秦魏晋南北朝诗》中录诗二十余首，《全上古三代秦汉三国六朝文》录其文八篇。

出塞（其一）

高秋白露团[1]，上将出长安[2]。
尘沙塞下暗[3]，风月陇头寒[4]。
转蓬随马足[5]，飞霜落剑端[6]。
凝云迷代郡[7]，流水冻桑干[8]。
烽微桔槔远[9]，桥峻辘轳难[10]。
从军多恶少[11]，召募尽材官[12]。
伏堤时卧鼓[13]，疑兵乍解鞍[14]。
柳城擒冒顿[15]，长坂纳呼韩[16]。
受降今更筑[17]，燕然已重刊[18]。
还嗤傅介子[19]，辛苦刺楼兰[20]。

注　释

① 高秋：天高气爽的秋天。
② 上将：泛指高级将领。
③ 塞下：边塞附近，泛指北方边境地区。
④ 陇头：陇山山头，代指边塞。
⑤ 转蓬：随风飘转的蓬草，比喻飘零无定。
⑥ 飞霜：飞旋的秋霜，即降霜。
⑦ 代郡：郡名，始置于公元前475年，在今河北蔚县代王城。
⑧ 桑干：河名，今河北西北部和山西北部一带，因每年桑葚成熟时河水干涸，故得名桑干河，是海河的重要支流。
⑨ 烽微：烽火微弱。桔槔（gāo）：俗称"吊杆""称杆"，是一种原始的汲水工具。
⑩ 桥峻：桥梁险峻。辘轳（lù lu）：古代利用轮轴原理制成的井上汲水工具。
⑪ 恶少：勇猛少年。
⑫ 材官：秦汉时期始置的一种地方预备兵兵种。
⑬ 伏堤：埋伏于堤岸。卧鼓：即息鼓，表示战事已息。
⑭ 疑兵：布置疑兵。解鞍：解下马鞍。
⑮ 柳城：汉代柳城，今辽宁朝阳境内。冒顿（mò dú）：西汉初年匈奴单于，挛鞮氏，于秦二世元年（公元前209），杀父而自立，建立军政制度，东灭东胡，西灭月支，北服丁零，南服楼烦、白羊。西汉初年，经常侵扰边地。
⑯ 长坂：即高坡。纳：纳降。呼韩：汉时匈奴单于呼韩邪的简称，此处借指古代北方和西北地区少数民族的首领。
⑰ 受降：即受降城。汉代受降城位于秦汉长城以北，大致在朔方郡西北的漠南草原地带，于公元前105年接受匈奴左大都督投降而筑。
⑱ 燕然：古山名，今蒙古国境内的杭爱山。东汉和帝永元元年（89），车骑将军窦宪领兵出塞，大败北匈奴，汉和帝命班固撰《封燕然山铭》，在燕然山上刻石勒功，记汉威德。重刊：重新刊刻。
⑲ 嗤（chī）：嗤之以鼻，讽刺的意思。傅介子：西汉大臣，汉昭帝时，西域龟兹、楼兰联合匈奴杀汉使者，劫掠财物，傅介子要求出使大宛，以汉昭帝诏令责问楼兰、龟兹，并杀死匈奴使者。元凤四年（公元前77）又奉命以赏赐之名，携黄金锦绣至楼兰，于宴席中斩杀楼兰王，另立在汉楼兰质子为王，后功封义阳侯。
⑳ 刺楼兰：刺杀楼兰王。

题 解

薛道衡的这首《出塞》为和杨素的《出塞》二首所作，诗人作《出塞》二首，此诗为其一，约作于隋文帝开皇十九年（599）。据《隋书·杨素传》所载"（开皇）十八年，突厥达头可汗犯塞，以素为灵州道行军总管，出塞讨之……素奋击大破之，达头被重创而遁"，杨素出塞平乱时作《出塞》二首，好友薛道衡亦作《出塞》二首相和。薛道衡虽不若杨素曾率领千军万马征战沙场，然而也亲历此突厥侵扰的战事。全诗言辞慷慨，萦绕着肃杀之气，充满了战无不胜的自信。

赏 析

薛道衡的《出塞》为杨素《出塞》诗的和诗，相比于杨素的《出塞》诗，少了对边关战场真实的眼观目睹，少了对死伤苦痛更真实深刻的感受，但细节描写和景致渲染炉火纯青，充满了悲壮与苍凉。诗歌可分为四部分，第一到六句为第一部分，写出征的场面及行程。"高秋白露团，上将出长安。尘沙塞下暗，风月陇头寒。"诗歌开篇渲染了肃杀凄凉的氛围，天高秋深，白露沉沉，尘沙飞扬，天色昏暗，近似于"风萧萧兮易水寒"的肃杀冷冽，烘托出军队出塞的庄重悲壮。"转蓬随马足，飞霜落剑端。"随风飘零的蓬草裹挟着马足，寒冷的霜花飞旋在剑端，将士出征的凝重之气更加凸显。第七到十二句为第二部分，写汉军驻扎边关后所面对的内外状况："凝云迷代郡，流水冻桑干。烽微桔槔远，桥峻辘轳难。从军多恶少，召募尽材官。"阴云笼罩使人无法看清城郡，河流结冰更令人寸步难行，哨所的烽火黯淡且远离水源，楼门吊桥高峻，起落艰难，从军的队伍中军官大多威猛骁勇，只是里面还充斥着犯律被罚的恶少劣子。这一部分以铺陈的方式叙写军队的内外交困：环境的恶劣，内部的分散。这使得战斗危机重重，令人胆战心惊。第十三到十六句为第三部分，写与敌军对垒中我军善用战阵，最终擒敌制胜。"伏堤时卧鼓，疑兵乍解鞍。柳城擒冒顿，长坂纳呼韩。"我军战士临危不惧，进退有序，在解鞍喘息之间攻击伏兵，在将士的智勇双全和紧密配合下，我军在柳城擒拿了敌军首领冒顿，又在长坂招降了敌军头目呼韩邪，取得了全面彻底的胜利。言辞简练，毫不拖沓，读来酣畅淋漓。第十七句到二十句为第四部分，写得胜归来的喜悦欢乐与感慨。"受降今更筑，燕然已重刊。还嗤傅介子，辛苦刺楼兰。"我军得胜还朝，不仅取得了战争的全面胜利，还接受了突厥的投诚，彻底粉碎了突厥长久的侵扰与挑衅，令人喜不自胜。诗人最后引用傅介子出使西域与之媾和最终破灭楼兰的典故，讽刺其大费周章，不如直接出兵剿灭，永除后患来得痛快，充满了张扬的意气和自信，也表达了对杨素统兵作战成绩卓著的褒扬。

  隋代统一中国，结束了汉末以来长期分裂动乱的局面，这一统一的政治局面对文学创作也产生了巨大的影响，隋代的边塞诗相较于汉魏六朝更加威武刚健，充满了大国自信和慷慨豪迈，诗人的文学创作风格也弥合南北，开创了新局面。薛道衡虽生于北朝，却因多次出使陈朝，接触南使，吸取了南朝诗歌的艺术雕琢技巧，故其诗歌多用典故评说历史人物，但贵在朴实，形成了自己独特的艺术风格。

杨　广

　　杨广（569—618），即隋炀帝。一名英，小字阿摩。华阴（今陕西华阴）人。隋文帝杨坚与独孤皇后的次子，立为晋王，后弑父自立，称隋炀帝，是隋朝第二位皇帝。他有才华，也有恢宏抱负，并且勠力付诸实施。在位十二年，巡视边塞，开通西域，修建大运河，营建东都洛阳，开创科举制度，亲征吐谷浑，三征高句丽，但因滥用民力，残酷暴虐，为中国历史上著名的暴君之一。大业十四年（618）被宇文化及缢死于江都（今江苏扬州）。生平见《隋书》本纪。隋炀帝爱好文学，他的诗文在中国文学史上占据一席之地，对转变南北朝绮靡文风有承上启下之功，为唐诗雄浑辉煌的阳刚之美做出了铺垫。《隋书·经籍志》著录《炀帝集》五十五卷，已佚。《全隋诗》录存其诗四十多首。

饮马长城窟行

肃肃秋风起，悠悠行万里。
万里何所行，横漠筑长城①。
岂台小子智②，先圣之所营③。
树兹万世策④，安此亿兆生⑤。
讵敢惮焦思⑥，高枕于上京⑦。
北河秉武节⑧，千里卷戎旌⑨。
山川互出没⑩，原野穷超忽⑪。
摐金止行阵⑫，鸣鼓兴士卒⑬。

千乘万骑动⑭，饮马长城窟⑮。

秋昏塞外云，雾暗关山月。

缘严驿马上，乘空烽火发⑯。

借问长安侯⑰，单于入朝谒。

浊气静天山⑱，晨光照高阙⑲。

释兵仍振旅⑳，要荒事万举㉑。

饮至告言旋㉒，功归清庙前㉓。

注　释

① 横漠：横贯北部边境的沙漠。
② 台：三台，指三公。后为官员的自称，也可表示"我"的谦称。台小子：小子我，对自己的谦称。《尚书·汤誓》："非台小子，敢行称乱，有夏多罪，天命殛之。"
③ 先圣：先祖圣人。所营：所营造。
④ 兹：此。
⑤ 生：生民百姓。
⑥ 讵（jù）：表示反问的副词，岂。惮（dàn）：畏惧。焦思：忧思焦虑。
⑦ 上京：对国都的通称，起于汉朝。
⑧ 北河：河名，黄河由甘肃流向河套，至阴山南麓，分为南北两河，北边河称北河。武节：古代将帅凭以专制军事的符节。
⑨ 戎旌：战旗。
⑩ 出没：时隐时现。
⑪ 超忽：旷远的样子。
⑫ 摐（chuāng）金：摐，通"撞"，击打。金：指钲，古代行军布阵时用来节制步伐、指挥行阵的工具。
⑬ 鸣鼓：击鼓。古代战斗时用以振奋士气，发起进攻。
⑭ 千乘：古代用四匹马拉的一辆兵车叫一乘，千乘形容兵车很多。
⑮ 长城窟：长城脚下的冰窟。
⑯ 乘空：凌空，腾空。

⑰ 侯：古时在关隘道路上迎送宾客、侦察敌情的小吏。

⑱ 浊气：浑浊之气。天山：山名，即祁连山，以匈奴称天为祁连而得名，这里泛指边塞。

⑲ 高关：关塞名，故址在今内蒙古杭锦后旗北。据《史记·匈奴列传》载，战国时，赵武灵王"自代并阴山下，至高阙为塞"。

⑳ 释兵：放下兵器，比喻战争平息。振旅：即整顿军队。古代军队胜利归来谓之振旅。

㉑ 要荒：古时王畿外极远之地，亦泛指远方之国。此句意为远方众国俯首称臣。

㉒ 饮至：古代国君外出，临行必告于宗庙，返回时也必告于宗庙。对所从者有所慰劳，召百官共饮于宗庙，谓之"饮至"。

㉓ 清庙：即宗庙、太庙，取其清静肃穆之意。

题　解

《饮马长城窟行》是隋朝皇帝杨广所写的一首五言古诗，此诗疑作于大业五年（609），是隋炀帝西巡张掖途中所作。隋炀帝率大军从京城长安出发，到甘肃陇西，西上青海，横穿祁连山，经大斗拔谷北上，到达河西走廊的张掖郡，历时半年之久，行军途中自然环境恶劣，队伍遭遇暴风雪的袭击，士兵冻死大半，随行官员也大多失散。到达张掖之后，西域二十七国的君主使臣纷纷来朝见，表示臣服，各国商人也云集张掖，开通贸易。隋炀帝见此情景，多有感慨所作，表达了内心的雄傲与自信，气势浑然，有魏武之风。

赏　析

杨广的《饮马长城窟行》言辞慷慨，风骨凝然，力标本素，一洗颓风，以天子的视角，抒发睥睨天下、壮志凌云的霸气和傲气。诗歌以萧瑟秋风、万里古道起笔，直叙先圣"横漠筑长城"的初衷和目的是为了能够"树兹万世，安亿兆生"，即使得江山永固，百姓安宁，而自己作为隋代的第二代君王，怎能安然守成，在京师高枕无忧，不为边防之事殚精竭虑？这一部分写出了自己西巡边关的原因，也表达出一代君王胸怀大业、开疆拓土的壮志。紧接着八句则全方位描写在边塞的耳闻目睹："北河秉武节，千里卷戎旌。山川互出没，原野穷超忽。摐金止行阵，鸣鼓兴士卒。千乘万骑动，饮马长城窟。"杨广笔下的边塞相对于同时期其他诗人少了几分冷冽悲苦，多了几分硬朗大气，在他的眼中万里边关，山川萦绕，莽原浩瀚，军旅逶迤，金钲鼙鼓，千军万马，所向披靡，一派马啸人欢、威武雄阔的景象，也侧面反映出隋炀帝内心深处渴望建功立业，成为千古一帝的自负。炀帝面对一片"秋昏塞外云，雾暗关山月"的壮阔景象，心也随之飞到关山之外，想到国家兴盛，时代昌明，万国来朝，四海同贺，他渴望用强大征服天下，渴望用威势震慑四方。"浊气静天山，晨光照高关"两句写得庄严肃重，气象浑出，弥漫万里的晨雾与黄沙使得天山庄严，万里雄浑，晨曦的光芒慢慢涌现使得关隘崃峙，天地昌明。最后四句，诗人收回自己的飞越万里的壮思，感慨"释兵仍振旅，要荒事万举。饮至告言旋，功归清庙前"，他期待战争凯旋、战事平息的一天，他更期待万国来贺、天下归心的一天，他将在宗庙告知先圣社稷安稳，江山永固，他将成为人民心中超越秦皇汉武的千古一帝，万世圣主。

  隋炀帝虽然在历史中常以暴君的形象出现在人们眼前，但不可否认他眼光前瞻深邃、雄才壮志、刚毅果决的一面。他笔下的诗歌风骨浑厚、气象万千，有磅礴之势，一洗魏晋六朝绮靡颓废的文风，对于中国文学的推动更不容忽视。唐太宗李世民对于隋炀帝杨广的诗文便大加称赞，贞观二年（628）在朝堂之上大呼："朕观《隋炀帝集》，文辞奥博，亦知是尧、舜而非桀、纣。"这首《饮马长城窟行》作为隋炀帝的代表作品，雄健有力，气势磅礴，寓意深重，也与隋炀帝和隋朝的命运形成了鲜明的对比，令人叹惋不已。

杨　炯

　　杨炯（650—?），唐代诗人，初唐四杰之一。华阴（今陕西华阴）人。十岁举神童，二十七岁以应制举登科，授校书郎，崇文馆学士。后改任詹事司直，婺州盈川令，卒于任上，后人称之为"杨盈川"。生平见新、旧《唐书》本传。反对宫体诗风，主张"骨气""刚健"的文风，在五言律诗方面有突出贡献，其诗有乐府的自由明快和律诗的严谨优美。原有集，已散佚，明人辑有《盈川集》一卷。

从　军　行

烽火照西京①，心中自不平。
牙璋辞凤阙②，铁骑绕龙城③。
雪暗凋旗画④，风多杂鼓声。
宁为百夫长⑤，胜作一书生。

注　释

① 烽火：古代边防告急的烟火。西京：西都长安。
② 牙璋：调兵的符信，分两块，相合处呈牙状，朝廷和主帅各持一半。指代奉命出征的将帅。凤阙（què）：阙名。汉代营建建章宫的圆阙上有金凤，故以凤阙指代皇宫。
③ 龙城：又称龙庭，指塞外敌方的据点。
④ 凋：原意指草木枯败凋零，此处为使动用法，指使之失去了鲜艳的颜色。旗画：军旗上的彩画。
⑤ 百夫长：统领百名士兵的低级军官。

题　解

《从军行》原为汉乐府旧题，属《相和歌辞》，多用来写军旅生活。此诗作于唐高宗调露、永隆年间（679—681），吐蕃、突厥多次侵扰甘肃一带，唐礼部尚书裴行俭奉命出师讨伐。唐汝询在《唐诗解》中认为是诗人看到朝廷重文轻武，只有武官有建功立业的机会，内心愤愤不平，故作此诗以发泄牢骚。

赏　析

杨炯《从军行》描写一名读书士子在国家临危之际立志从戎、奔赴边塞和英勇战斗的全过程，言辞慷慨，笔力雄健，气势恢宏，诗人用严谨的律诗体裁叙写金鼓杀伐之事，完全不损其威势，足见其笔力。诗歌首联交代了整个事件展开的背景，诗歌开篇写硝烟烽火已烧到长安，一个"照"字凸显了战事危急，军情刻不容缓，将读者带入到紧张的征战氛围中。面对国家危难，读书士子满心激愤，深感国家兴亡，匹夫有责。"心中自不平"写尽了士子心中的暗流涌动，奋战沙场、保家卫国才是男儿应当肩扛的重任，一个"自"字表现了书生内心由衷的爱国情怀和责任感。颔联则以跳跃式的镜头描写军队的出发及应战的情景。第三句"牙璋辞凤阙"以全景的视角写军队辞京出征的情景，"牙璋""凤阙"用语典雅，显示了军队出征的庄重威严以及壮士身怀的崇高使命。第四句"铁骑绕龙城"又将镜头拉至边塞前线——此时浩浩荡荡的唐军将敌人的王庭围得水泄不通，一个"绕"字侧面传达了战争对峙双方的态势，唐军胜券在握，势在必得。颈联主要描写战斗场面，诗人没有直接描写战场激烈的厮杀，而是通过景物描写进行烘托。"雪暗凋旗画，风多杂鼓声"，前一句从视觉出发，写漫天风雪遮天蔽日，使得军旗上的彩画都黯然模糊，后一句则从听觉出发，写呼啸的狂风和激越的鼓声相互交杂在一起，更烘托出战斗的激烈。我们仿佛看到将士们冒着狂风暴雪与敌人交战拼杀，在激烈鼓声中奋战向前毫不退缩，我们仿佛能看到战场上刀光闪烁，箭镞飞舞，人仰马翻，血流成河，仿佛能听见战场上战马嘶鸣，杀声震天，令人血脉偾张，热血沸腾。尾联诗人呼喊出心中最真切的愿望："宁为百夫长，胜作一书生。"诗人渴望驰骋疆场，卫国奋战，即使只能充当兵阵之中普通的士卒军官，也胜过做置身书斋纸上谈兵的书生，抒发了诗人心中投笔从戎、保边卫国的强烈爱国情怀。

　　整首诗歌虽然篇幅短小，但内容丰富，层次分明，既写出了战争迫在眉睫的紧迫感、军队出征的威武庄严、敌我双方对峙的剑拔弩张、战斗奋战厮杀的激烈残忍，给人一种一泻千里、一往无前的奔放爽快，又给人以无限的想象回味，有力地表现了书生强烈的爱国激情和唐朝军队气吞山河的精神风貌，雄浑刚健，慷慨激昂。

战 城 南

塞北途辽远,城南战苦辛。

幡旗如鸟翼①,甲胄似鱼鳞②。

冻水寒伤马③,悲风愁杀人④。

寸心明白日⑤,千里暗黄尘。

注 释

① 幡(fān)旗:幡一作"幢"。指用竹竿等挑起长条形的旗子。
② 甲胄(zhòu):盔甲。甲:指铠甲。胄:指头盔。
③ 冻水寒伤马:这里化用陈琳《饮马长城窟行》中的诗句"饮马长城窟,水寒伤马骨",表面写马,实则写人,侧面地表达了边地苦寒,征战艰辛。
④ 悲风愁杀人:这里化用宋玉《九辩》中的诗句"悲哉秋之为气也!萧瑟兮草木摇落而变衰,憭栗兮若在远行,登山临水兮送将归",表现了塞外的萧瑟阴冷,倍添征人思乡怀归的愁绪。
⑤ 白日:代指君王。化用宋玉《九辩》中的诗句"去白日之昭昭兮,袭长夜之悠悠"。

题 解

《战城南》原为汉乐府旧题,《铙歌十八曲》之一,属《鼓吹曲辞》,其内容多写军旅战场景象,寓含悼亡伤逝的悲恸情感。杨炯《战城南》不同于汉乐府中的悲怆凄惨,而以征战者的口吻讲述远征边塞的豪情满怀、信心百倍,读之令人神情激奋。

赏 析

　　杨炯《战城南》以征战者的视角描写战争的场面，不同于汉乐府《战城南》阴冷肃杀、残忍凝重的基调，征战者在讲述战争时流露出满腹豪情和满腔自信。诗歌格调高亢激越，洋溢着浓烈的爱国情怀，令人读完酣畅淋漓，神思飞扬。诗歌开篇第一句"塞北途辽远"交代了战争的地点，仿佛画家的笔先挥毫泼墨抹出一个塞外广袤辽远的背景，也增加了诗歌空间的纵深感。紧接第二句"城南战苦辛"描写战争艰难苦辛，但并无汉乐府中"战城南，死郭北，野死不葬乌可食"的血腥悲惨，不忍卒读，而是将战斗的辛苦一笔带过，给人一种抽象的感受。颔联运用接近白描的手法描写战斗的场景"幡旗如鸟翼，甲胄似鱼鳞"，战场的宏大场面、威武气势如在眼前，战旗猎猎，盔明甲亮，刀光剑影隐隐可见，不但写出了军队气势气吞八荒，而且写出了战士们斗志昂扬。读者从诗句中更多感受到的是征战者卫国杀敌、征战沙场的豪情万丈，而非面对战争的畏难情绪和抵触心理。颈联则运用环境烘托渲染征战环境的恶劣和将士征战时复杂的情愫。"冻水寒伤马，悲风愁杀人"化用陈琳和宋玉的诗句，表达将士们在外征战内心柔软的一面：虽然将士们报国之志忠义凛然，在战场上殊死搏斗、奋不顾身，但是在寂寥无人的夜里依旧会想起远在万里的故乡亲人；秋风凛冽，塞外草衰，一派萧瑟之气，倍添征人思乡怀归的愁绪。而尾联笔锋一转，没有过度沉浸在伤感忧愁的情绪中，而是以雄浑苍茫的景致作结："寸心明白日，千里暗黄尘。"战士们心中满怀着一片忠义和赤诚，他们相信君王会明白，他们也相信国民能明白，他们征战在千里之外黄沙漫天的地方，不辞苦辛，不畏生死，为的是国家永远的昌盛和人民恒久的安宁。

　　杨炯的这首《战城南》虽然依旧在写边塞征战，但已呈现出另一种基调和风采，少了凄凉和悲苦，多了豪情和昂扬，抒发了将士们驰骋疆场、视死如归的伟大精神，也开始呈现出唐诗所特有的气象万千、风神飞纵。

卢照邻

卢照邻（635—689），唐代诗人，初唐四杰之一。字升之，号幽忧子。幽州范阳（今河北涿州）人。出生望族，曾为王府典签，邓王甚重之，后出任益州新都（今四川成都）尉。才高位卑，一生坎坷，晚年患风疾，手足痉挛，痛苦不堪，自投颍水而死。生平见新、旧《唐书》本传。卢照邻前期诗歌才气横溢，奔放有力，后期诗文严峻凄苦，以七言歌行著称，《长安古意》是其托古讽今的名篇。原有集，已散佚，明人张燮辑有《幽忧子集》七卷，《全唐诗》录其诗两卷。

陇头水

陇阪高无极①，征人一望乡。
关河别去水②，沙塞断归肠。
马系千年树，旌悬九月霜③。
从来共鸣咽④，皆是为勤王⑤。

注　释

① 陇阪：即陇山，矗立于陕甘边境，山下有陇关，此山为渭河平原和陇西高原的分界山。
② 去：离开。
③ 旌（jīng）：古时指用羽毛装饰的旗子。
④ 呜咽：伤心哽咽的声音。
⑤ 勤王：指君王有难，臣子起兵救援。

题　解

《陇头水》原为汉乐府旧题，又名《陇头吟》《陇头曲》，属《横吹曲辞》，多表达戍边将士的悲苦和行人的思乡之情。陇山具有特殊的地理意义，一是距离汉唐国都长安不远，登上山巅，便可东望秦川；二是外接沙漠边陲，一过此山便意味离开中土，去往塞外，所以陇山意蕴深厚。此诗是卢照邻由蜀入陕度陇山时创作的一首五言律诗，诗人借乐府旧题表达征战生活的艰难困苦和征人思乡怀远的情绪。

赏　析

"初唐四杰"中的王、杨、卢三人是未曾真正踏足过边塞的，但他们以古乐府为题作新辞，往往以想象中的边塞为题材，以所听闻的地名为点缀，以典故中的人物为背景展开丰富的描写。这首《陇头水》虽是诗人借想象中的边塞生活言志，却形象地表露出征人常年驻守边疆的心绪。诗歌开篇"陇阪高无极，征人一望乡"写一名征夫站在山头望眼欲穿，远方是梦寐的家园，身后是茫茫的大漠。仅仅是一座山，却仿佛隔了两个世界。紧接着描写征人眼观目睹："关河别去水，沙塞断归肠。"关河冷落，沙塞茫茫，仿佛已经垄断了返归的路途，征夫的内心愁苦悲凉，或许会永远滞留在茫茫的边塞莽原。"马系千年树，旌悬九月霜。"胡马依在高古的树下，在呼啸的风中嘶鸣长啸，旌旗上已经覆满了胡地九月的风霜，抬眼望去，心中顿生寒意，征夫已在这苦寒荒凉的打磨中征戍一年又一年，辛酸的不是孤独飘零的生活，而是年复一年没有返归的希望。"从来共呜咽，皆是为勤王。"征夫们站在陇山之上望尽天涯路，泫然泪下，但依旧还是要回归边地，回归军营，安守本分，守卫边疆，为君王分忧，为国家和人民竖起一道坚固的屏障。

卢照邻借乐府旧题生动地描绘了常年驻守边疆的征夫，他们粗粝苦寒的生活、孤独飘零的内心、征役漫长的绝望以及对故乡亲人刻骨铭心的思念。从古至今，长久的战争就像是蛊虫，侵蚀着征夫的身体和内心，让他们内心思归的黑洞越来越大，越来越难以抗拒，读之使人深有所感，心生悲悯。

骆宾王

骆宾王（640—?），唐代诗人，初唐四杰之一。字观光。婺州义乌（今浙江义乌）人，因曾任临海（今浙江天台）县丞，世称骆临海。七岁能诗，少负才名，高宗时历任武功主簿、长安主簿、侍御史，因事获罪下狱，获释后贬为临海县丞，郁郁不得志，弃官而去。后随徐敬业起兵反对武则天，兵败后生死未卜，下落不明。生平见新、旧《唐书》本传。骆宾王尤擅七言歌行，名作《帝京篇》为初唐罕有的长篇，骈文论说有力，气势壮盛，他的诗文在扭转六朝以来的绮靡之风方面，起了一定的先驱作用。有清陈熙晋笺注《骆临海全集》。

从军行

平生一顾重①，意气溢三军②。
野日分戈影③，天星合剑文④。
弓弦抱汉月⑤，马足践胡尘⑥。
不求生入塞⑦，唯当死报君。

注　释

① 平生：有生以来。顾：一作"念"，重视。
② 意气：即意志、勇气。语出于《淮南子·兵略训》："主明将良，上下同心，意气俱起。"
③ 野日：照临旷野的日光。
④ 天星：天上的星辰。剑文：剑柄上的花纹。
⑤ 汉月：汉朝的明月，以汉朝事物代指唐朝，是唐诗的习惯写法。
⑥ 践：踩，踏。胡尘：胡地的尘沙。

⑦ 不求生入塞：典出于《上书求代》，东汉定远侯班超，威震西域三十余年，功勋卓著，年老思乡，上书朝廷："臣不敢望到酒泉郡，但愿生入玉门关。"

题 解

本诗是骆宾王采用乐府旧题《从军行》来表达内心立志从军，效死沙场的雄心壮志。"初唐四杰"中，只有骆宾王有出塞经历，他曾两度从军，先至西域，后到西南，亲身体验了南北边疆不同的边塞风貌，对边塞战争和生活的理解认识也更为深刻真切。《从军行》为即事命题、任情而作，表达了深厚的建功思想和报恩意识。

赏 析

骆宾王这首《从军行》充斥着满腔热血和飞扬的意气，表达了诗人强烈的报国之志。诗歌开篇直抒胸臆："平生一顾重，意气溢三军。"从军杀敌，血染沙场是诗人一生的理想。这两句言辞慷慨，意气纵横，抒发了诗人渴望驰骋疆场，杀敌破贼的英雄壮志，豪气干云，提领全篇。颔联"野日分戈影，天星合剑文"渲染了战前紧张肃杀的气氛，给人以凝重之感，也侧面反映了我军阵势的强大威武。颈联"弓弦抱汉月，马足践胡尘"则给人以极强的画面感，呈现了战场交战中刀光剑影、飞沙走石的激烈场景：无论白天夜晚，将士们都挥戈仗剑，奋勇杀敌，控弓如满月，驱马踏敌营，表现出大无畏的精神和戍边保国的昂扬斗志。"抱"和"践"二字使得整个画面动感十足，气势逼人。末尾两句是全诗的灵魂所在。"不求生入塞，唯当死报君"，诗人化用班超立功边塞、以死报国的典故，表达自己投身战场，以身许国的豪情。

骆宾王这首诗是初唐边塞诗的名作，全诗格调激昂，意气风发，读来酣畅淋漓。诗人亲历边塞，行军数年，他的边塞诗开拓了雄奇的诗境，把诗歌从宫廷台阁中解放出来，将边塞诗的情感上升到人生理想与生活践行中去，摆脱了依凭史书和空想拟作，使边塞诗具有了生命力和灵魂，抒发了浓厚强烈的报国之志，一扫颓气，令人振奋。

晚度天山有怀京邑

忽上天山路①，依然想物华②。
云疑上苑叶③，雪似御沟花④。
行叹戎麾远⑤，坐怜衣带赊⑥。
交河浮绝塞，弱水浸流沙⑦。
旅思徒漂梗⑧，归期未及瓜⑨。
宁知心断绝，夜夜泣胡笳⑩。

注 释

① 天山：山名，唐时称伊州、西州以北一带山脉为天山。
② 物华：自然景色。
③ 上苑：即上林苑，是汉武帝刘彻于建元三年（公元前138）在秦朝的旧苑址上扩建而成的宫苑，既有优美的自然景物，又有华美的宫室分布其中，是秦汉时期宫苑建筑的典型。此处代指唐皇宫。
④ 御沟：指长安护城河。
⑤ 戎麾（huī）：军旗，这里借指军营、军队。
⑥ 赊（shē）：这里是宽松之意。
⑦ 弱水：即今甘肃张掖河。流沙：沙漠。语出于《尚书·禹贡》："导弱水至于合黎，余波入于流沙。"
⑧ 漂梗：漂浮在水面上的树枝，比喻漂泊不定。
⑨ 瓜：即瓜时，指瓜熟之时。及瓜：任职期满。语出于《左传·庄公八年》："齐侯使连称、管至父戍葵丘，瓜时而往，曰：'及瓜而代。'"言任期一年，今年瓜时往，来年瓜时代之。后代将任职期满，等待移交之时称瓜时。
⑩ 胡笳：古代北方匈奴的一种管乐器。

题 解

《晚度天山有怀京邑》是骆宾王作于唐高宗咸亨元年（670）冬的一首五言古诗。诗人远戍边塞，在翻越天山的途中抒发了思归怀乡的心情，同时表达了诗人壮志难酬的悲凉心境。

赏 析

骆宾王这首《晚度天山有怀京邑》不仅展示了冷冽绝美的边塞风光，更抒发了常年转徙边地内心的凄苦哀伤以及思归念远的悲凉心境。诗歌首联"忽上天山路，依然想物华"开宗明义，传达登临天山内心的感慨。天山高峻酷寒，一路艰辛攀爬感到遥如登天，而到达山顶的一瞬间，眼前一片豁然开朗，内心也瞬间放晴，仅是瞬间的惊异喜悦，继而便被思念的情绪吞噬。眼前别开生面的景致让诗人不禁想起京城的风光。第二联"云疑上苑叶，雪似御沟花"照应上一联中的"想物华"：诗人在自己的脑海中穿越，天山上触手可碰的云卷云舒让诗人联想到上林苑中浓密的树叶，而天山之上飘飘洒洒的雪花恰似长安护城河中随风飘零的落花。第三联"行叹戎麾远，坐怜衣带赊"回归眼前，描写行军途中的艰辛：天寒路远，思归心切，令行军途中的征人日渐消瘦，衣带渐宽。第四联"交河浮绝塞，弱水浸流沙"更深一层渲染边塞之景：旷远的天地笼罩在莽莽黄沙之中，雄浑壮阔，荒芜苍凉，与诗人记忆中京城长安的车水马龙、花团锦簇之景差别巨大，也令诗人倍加自怜。第五联"旅思徒漂梗，归期未及瓜"抒发诗人的忧思：诗人数年从戎在外，四处漂泊，已消磨掉心中的豪情与热血，历数一路的奔波流离，艰辛困苦，令藏匿在诗人心中的思归情绪翻覆出来，不知何时是归期的愁苦烦闷困扰着诗人，难以消遣。最后一联"宁知心断绝，夜夜泣胡笳"写压抑已久的彷徨无措、悲哀伤感的情绪如同决堤之水流淌，这种生活令诗人肝肠寸断，而在荒凉的边地夜夜听见悲凉的胡笳之音，也令诗人倍加伤感和凄凉。

温暖繁华的故都像一场前世的美梦萦绕在诗人心中，而现实则是无止境地在苍凉荒芜的绝域之地生存，诗人内心的苍凉苦楚不断滋生，思归怀乡的情绪不断翻覆，真切地让人感受到常年征战者内心的脆弱与坚强。

陈　子　昂

陈子昂（661—702），唐代诗歌革新的先驱者。字伯玉。梓州射洪（今四川射洪）人。家世豪富，少任侠，性情豪迈。二十四岁中进士，官麟台正字，后升右拾遗，后世因之称其为陈拾遗，但因直言进谏不被采纳，一度因"逆党"反对武则天的株连而被下狱。曾两次从军出征，壮志难酬，三十八岁辞官回乡，后受射洪县令段简罗织罪名，加以迫害，冤死狱中。生平见新、旧《唐书》本传。陈子昂在文学上颇有建树，在当时诗歌理论和创作中都表现出大胆的革新精神，他明确地反对初唐诗坛沿袭六朝绮靡纤弱的文风，高倡"汉魏风骨"和"风雅兴寄"。有《陈伯玉集》十卷存世。今存诗一百多首，最有代表性的是《感遇》诗三十八首。其诗刚健质朴、深沉蕴藉，对整个唐代诗坛产生了巨大影响。

送魏大从军①

匈奴犹未灭②，魏绛复从戎③。
怅别三河道④，言追六郡雄⑤。
雁山横代北⑥，狐塞接云中⑦。
勿使燕然上⑧，惟留汉将功⑨。

注　释

① 魏大：与陈子昂一起边塞从军的友人。
② 匈奴犹未灭：采用了汉代骠骑将军霍去病"匈奴未灭，无以家为"的典故。犹：还。
③ 魏绛（jiàng）：即魏庄子，春秋晋国大夫，他主张晋国与邻近少数

民族联合，曾言"和戎有五利"，后来戎狄亲附，魏绛也因消除边患而受金石之赏。这里借魏绛代指魏大。陈子昂把魏绛的"和戎"改为"从戎"，表明了他对于边患的看法，即希望能够清除边患，永保边疆。

④ 三河：汉代称河东（今山西南部）、河内（今河南黄河以北地区）、河南（今河南黄河以南地区）为三河郡。道：一作"边"。

⑤ 追：追攀。六郡：指陇西、天水、安定、北地、上郡、西河六郡。据《汉书·地理志》载，此六郡子弟多有勇力，出良将。六郡雄：指西汉名将赵充国。《汉书》记载其为"六郡良家子"，这里用赵充国之类的良将代指魏大。

⑥ 雁山：指雁门山，在今山西西北部。横代北：横亘在代州之北。

⑦ 狐塞：飞狐塞的简称，在今河北涞源北。云中：云中郡，今山西大同。

⑧ 燕然：山名，即匈奴境内的杭爱山。

⑨ 惟留汉将功：用窦宪典故。据《后汉书·窦宪传》载，窦宪为车骑将军，大破北单于，登燕然山，刻石铭功以还。此两句是勉励魏大立功边疆。惟：只。

题 解

《送魏大从军》是陈子昂在长安供职期间所作的五言律诗，创作时间大约在武则天垂拱年间（685—688），诗人送别好友魏大到边塞从军时。不同于一般送别诗的儿女情长、凄苦悲切，这首诗从大处着眼，勉励好友立功沙场、扬名边疆，同时抒发诗人自己的慷慨情怀，充满了雄浑悲壮的格调。

赏 析

陈子昂是唐诗革新的先驱，他标榜"刚健"的诗歌风格和"兴寄"的诗歌传统。这首《送魏大从军》作为一首送别诗，一扫送别伤感悲戚的窠臼，而呈现出一种洒脱旷达的慷慨情怀。诗歌首联"匈奴犹未灭，魏绛复从戎"气势逼人，开篇便呈现一种存亡之秋的紧张感，同时沿用汉朝骠骑将军霍去病"匈奴未灭，无以家为"的典故，抒发以天下为己任的豪情；第二句沿用春秋时期魏绛以和戎政策消灭晋国边患的典故，将魏大比作魏绛，将"和戎"变为"从戎"，表现了诗人对于魏大征伐边患的信心以及对好友立功边疆的殷切期望。颔联"怅别三河道,言追六郡雄"点出送别的地点三道河,写与好友分别于繁华国都,此去山长水阔,分离心中不免怅惘,但保家卫国,每一位仁人志士责无旁贷,两人相约要像汉代名将、号称六郡雄杰的赵充国一样驰骋沙场、杀敌破贼、建立功勋。此句虽有分离的怅惘之感,但气势雄壮,潇洒旷达之气溢出天地。颈联"雁山横代北,狐塞接云中"渲染了离别肃杀恢宏的氛围,雁山代北都是魏大奔赴的边地,"横"字写出了雁山地理位置的重要:横亘在代州北边,是重要的军事屏障;一个"接"字写出了飞狐塞的高峻竦峙:高入云天遥接云中郡,连成一片。此处的景物描写并非眼前实景,而在诗人的想象之中。山势的高峻陡峭,关隘的重要都突出了魏大此去任重而道远。诗歌尾联"勿使燕然上,惟留汉将功"依然用典,激励好友驰骋沙场,为国效力,扬名塞外,不要使燕然山上只留下汉家名将的功绩,也应有我大唐名将的赫赫战功。诗人所运用典故中的人物"霍去病、魏绛、窦宪、赵充国"无一不是抗敌名将,以此般青史留名的忠君爱国、骁勇善战之士表达了诗人对好友的热切激励,也流露出奋发自信的大唐风度。

  整首诗歌一气呵成,充满了奋发向上的精神和飞扬超越的气度,感情豪放激越,英气逼人,有气吞八荒之势,这也是陈子昂诗歌刚健精悍艺术风格的体现。也正是由于初唐四杰和陈子昂的勇举高标,身体力行,唐代边塞诗的基本体例得以初步奠定。

登幽州台歌①

前不见古人②，后不见来者③。
念天地之悠悠④，独怆然而涕下⑤。

注　释

① 幽州：古九州及汉十三刺史部之一，隋唐时北方的军事重镇、交通中心和商业都会，治所在今北京。幽州台：即黄金台，又称蓟北楼，是燕昭王为招纳天下贤士而营造的。
② 前：过去。古人：古代那些能够礼贤下士的贤君明主。
③ 来者：后世那些重视人才的贤君明主。
④ 念：想到。悠悠：形容时间的久远和空间的广大。
⑤ 怆（chuàng）然：悲伤、凄恻的样子。涕：眼泪。

题　解

《登幽州台歌》作于武则天万岁通天元年（696）。陈子昂任右拾遗时，直言敢谏，对武后朝的不少弊政提出批评意见，但不为武则天采纳，并一度因"逆党"株连而下狱，他的政治抱负得不到实现令他心情苦闷。万岁通天元年，契丹李尽忠、孙万荣等攻陷营州，武则天派武攸宜率兵征讨，陈子昂担任其麾下幕府随军出征。但武攸宜轻率、少谋略，次年兵败，陈子昂请求遣兵万人作前驱以击敌，武不允，后进言不听，反被降为军曹。诗人一腔报国之心得不到施展，心灰意冷，因此登上蓟北楼，慷慨悲吟，写下这首前无古人、后无来者的《登幽州台歌》。

独怆然而涕下

赏 析

　　陈子昂的《登幽州台歌》为千古名篇。诗歌未对幽州台作一字描写，仅写了登台的感慨，唱出了一首天地无极而人生有限的悲歌，流露出天地苍茫而英雄无用武之地的伟大孤独感，但并无哀怨凄苦之气，而充满了目空一切的孤傲和世事炎凉的悲怆。诗歌仅有四句，前两句写俯仰古今，古人不及见，来者不可见，自己夹在不及见和不可见的古往今来的夹缝中，更是恍然一世，默不可闻，突出现实的不幸和悲哀，流露出生不逢时的孤独感。后两句写仰望苍茫的天穹，俯瞰空旷的原野，而自己又是苍茫天地中微不足道的存在。虽然仅有短短四句，但是打通时间维度上的古今和空间维度上的天地，将自己置身于茫茫无尽的永恒中，产生出一种必然的悲凉和无尽的孤独，而这种悲凉和孤独是一种天地大悲，人生大悲，不局限于诗人一个人，而是一个时代的悲凉和人生的悲凉。这种囊括宇宙人生的深沉的悲凉使全诗有一种强烈的感发力量，成为诗坛的"洪钟巨响"。

　　诗人陈子昂从青年时期便胸怀壮志，希图匡扶国家，明济天下，他屡屡向武则天谏言却不被采纳，甚至受到奸臣诽谤入狱，难得碰到征伐契丹立功报国的机会，他却与主将武攸宜意见不合，横遭贬抑。三十七岁的陈子昂登上古幽州台，想起十多年宦途蹭蹬，壮志难酬，连存在于天地间都如同沙鸥飞过，不着痕迹，念于此，心中产生了无限的苍凉悲怆。陈子昂的这首感伤之作，虽是由自身生活理想的幻灭而触发的，但它的意义却远远超过了自身以及他所处的时代范围，横于永世，熠熠生辉。清代黄周星曰："胸中自有万古，眼底更无一人，古今诗人多矣，从未有道及此者。此二十二字，真可以泣鬼。"

王 之 涣

王之涣（688—742），唐代诗人。字季陵。晋阳（今山西太原）人，后徙绛州（今山西新绛）。其家世代为官，终生未得进士，政治上潦倒失意。早年曾任冀州水县主簿，后遭人诬告去职，至晚年得任文安县尉，卒于任上。王之涣现存生平资料不多，新、旧《唐书》均无传，《唐才子传》所记甚简。王之涣性格豪放，常击剑悲歌，并与王昌龄、高适等相唱和。其诗雄奇豪迈，意境壮阔开朗，音乐性强，多被当时乐工制曲歌唱，代表作为《凉州词》《登鹳雀楼》。以善边塞风光而为盛唐著名边塞诗人，诗作大都失传，仅存六首。

凉州词（其一）[1]

黄河远上白云间[2]，一片孤城万仞山[3]。
羌笛何须怨杨柳[4]，春风不度玉门关[5]。

注 释

[1] 凉州：古地名，今甘肃武威，隋唐时地处关中通往西域的要冲，是我国经营西域的重镇。《凉州词》原为《凉州曲》，是盛唐时期流行的一种曲调名。
[2] 黄河远上：远望黄河的源头。
[3] 孤城：指孤零零的戍边城池。仞：古代的长度单位，相当于七尺或八尺。
[4] 羌笛：羌族的一种横吹式管乐器。何须：何必。杨柳：名为《折杨柳》的曲调，属于乐府《横吹曲辞》，内容多为惜别伤春之辞。
[5] 度：越过。

一片孤城万仞山

题 解

《凉州词》是诗人王之涣所作的七言绝句,诗题又作《出塞》,有两首,此为其一。据王之涣墓志铭可知,唐玄宗开元十四年(726)王之涣辞官,过了十五年的自由闲散生活,《凉州词》二首作于其辞官居家的十五年期间。此诗以荒寒辽阔的塞外风光为背景,借羌笛吹奏的《折杨柳》乐曲的哀婉之声,含蓄地透露出征人生活的艰苦和久戍思乡的哀怨。此诗为描绘塞外风光的名诗,后人甚至将此诗评为唐人绝句压卷之作。

赏 析

王之涣的《凉州词》是唐代广为传唱的边塞诗名篇,这首诗不仅描绘了一幅辽阔壮美的西域边疆图景,字里行间更充满了对边地战士的温情与敬意,虽极力渲染戍卒常年驻守边疆的辛酸,但无半分颓废消沉、愁苦凄凉的情调,而是苍凉中不失悲壮,被清末民初大思想家章太炎先生称为"绝句之最"。诗歌开篇"黄河远上白云间,一片孤城万仞山"描绘了一派极为雄壮苍茫的景象:辽阔的高原之上,黄河滚滚奔腾而来向西流淌,似乎从白云的尽头倾泻而出,而塞上的边城环抱在高山大河之间,赫赫挺立,巍峨雄壮。这两句既写出了祖国山川的雄伟气势,又勾勒出我国边防重镇的威势,为后两句戍防者的艰辛提供了一个典型的环境。在这种雄壮苍茫的环境中,戍卒听到羌笛声吹奏的《折杨柳》婉转的曲调,不禁勾起边防战士们内心的离愁与乡思。"柳"与"留"同音,古人有折柳赠别的风俗,杨柳与离别自然相关联,当戍边战士听到《折杨柳》的曲调,脑海中依稀回荡出辞别故乡亲人远赴边关的情景,一去数年,故乡亲人仿佛成了一场梦,不禁令戍卒内心感伤悲凉。婉转的情思流淌,诗人用豁达的语调排解,一句"何须怨"表达出豁达与宽慰,可以看出边防将士由于肩负卫国戍边的责任,虽然乡愁难解,但玉门关本就是春风不度、杨柳不青的地方,想要折柳赠亲都难以成全,不如抛却儿女情长、离愁别绪,全心全意地驻守边疆,保卫家国,算是给家人最真挚的馈赠。

这首诗是"盛唐之音"的典型代表,"春风不度玉门关"写得悲壮苍凉,道出戍卒驻守边防的辛苦,却悲不失其壮,表现出盛唐诗人广阔豁达的心胸和飞扬超越的情怀。

李颀

李颀(690—751),唐代诗人。祖籍赵郡(今河北赵县),寄居颍阳(今河南登封)。唐玄宗开元二十三年(735)进士,任新乡县尉,久任不迁,后去官归隐,长期隐居于嵩山、少室山一带的"东川别业",他与王维、王昌龄、高适等都有交往。生平见《唐诗纪事》《唐才子传》。李颀诗风奔放、洒脱,于律、绝、歌行都很擅长,诗作以古体居多,七言歌行尤具特色。所作边塞诗,流畅激荡,慷慨激昂。《新唐书·艺文志》录有李颀诗一卷,《全唐诗》录存其诗一百二十余首。

古 意

男儿事长征①,少小幽燕客②。
赌胜马蹄下③,由来轻七尺④。
杀人莫敢前⑤,须如猬毛磔⑥。
黄云陇底白云飞⑦,未得报恩不得归。
辽东小妇年十五,惯弹琵琶解歌舞⑧。
今为羌笛出塞声,使我三军泪如雨⑨。

注 释

① 事长征:指远行从军。
② 少小:一作"生作"。幽燕:幽地和燕地,今河北北部和辽宁一带,此地尚武多勇士。
③ 赌胜:争强好胜。
④ 七尺:身躯,这里指生命。

⑤ 莫敢前：人不敢接近。
⑥ 猬：刺猬。磔（zhé）：张开。此句意为胡须好像刺猬的毛一样纷纷张开，形容威武凶猛。
⑦ 黄云：塞外黄沙笼罩万里云，仿佛变成黄色。陇：山地。
⑧ 解：懂得，通晓。解歌舞：能歌善舞。
⑨ 三军：指骑马打仗的前、中、后三军。

题 解

《古意》是指拟古乐府主题所写，表明这是一首拟古诗，诗歌题材与其他乐府古题《少年行》《从军行》《游侠篇》相似。诗人李颀通过写戍边健儿风流潇洒、勇猛刚烈，亦有思亲念远、怀乡落泪的一面，表现了征战之苦和广大军民渴望和平的厌战情绪。

赏 析

李颀这首拟古之作《古意》塑造了一个意气飞扬、英勇善战的边疆少年的英雄形象。诗歌开篇"男儿事长征，少小幽燕客。赌胜马蹄下，由来轻七尺"便呈现了一个威武的少年英雄形象：他义无反顾奔赴自古多慷慨悲歌之士的幽燕之地，浑身流淌着英勇无畏、刚勇彪悍的血液；他与马蹄之下的伙伴们打赌，在战场上所向披靡，凛凛威风，令敌人闻风丧胆。少年向来轻生死，把生命的意义放之茫茫的大漠，凶残的战场，他勇猛无畏，令敌军退缩不敢向前。诗歌一上来便将男儿骁勇善战、视死如归的英雄气概表现得淋漓尽致。接下来诗人抓住男儿的胡须刻画描写——"须如猬毛磔"，一瞬间这位英雄男儿的形象鲜活起来：他的胡须短促、硬朗、茂密，与他英勇刚烈的气质相符合，也令人脑海中不禁想象他战场杀敌时须髯怒张的威武霸气。诗人用语凝练准确，使用简短急促的五言句，精切有力地刻画了从军塞上的男儿的英雄气概，读起来酣畅淋漓。然而诗人笔锋突转，下文将五言句换为七言句。"黄云陇底白云飞"渲染征战男儿身处的塞外苍茫荒凉：辽阔无尽的原野，昏黄雄浑的云天，渲染出一种雄豪之气。"未得报恩不得归"表现出好男儿志在报国，未能取得赫赫战功，坚决不回故乡，凸显出男儿心中坚定的决心和宏大的理想抱负。接下来画面切换，上场的是年仅十五的辽东少妇，她"惯弹琵琶解歌舞"，她风姿绰约，顾盼生辉。辽东少妇的出场，为边地战士带来了动人的《羌笛出塞曲》，一曲完毕，三军泪如雨。诗中虽然没有写这位少年英雄的情状，我们似乎能想到三军泪湿沾襟，他也不免其中。此处场面感鲜明：塞外寂寥的夜里，三军欢聚宴饮，推杯换盏，气氛欢乐喧哗，刚健精悍的旋舞更将气氛推至高潮。然而压轴的辽东小娘子一曲《羌笛出塞曲》瞬间将战士们的情思带回遥远的故乡，即便他们是战场上英勇无畏的战士，但是内心深处总有柔软的一处，保存着他们最真挚思念的情感，平时隐忍不发，一旦触碰，便如江河决堤，将他们击倒。

整首诗慷慨激昂，气势雄浑，起首六句，一气贯注，极力描写战士们的英豪之气；后面的七言句则顿下来，烘云托月，情思婉转，将战士们内心压抑的乡关之思倾泻出来，使我们感受到有血有肉的边塞战士。他们的气概令人敬佩，他们的情感真挚感人。清代的张文荪在其作《唐闲清雅集》中评价此诗："奇气逼人，下忽变作凄苦音调，妙极自然。"

古从军行

白日登山望烽火，黄昏饮马傍交河①。
行人刁斗风沙暗②，公主琵琶幽怨多③。
野云万里无城郭，雨雪纷纷连大漠。
胡雁哀鸣夜夜飞，胡儿眼泪双双落。
闻道玉门犹被遮，应将性命逐轻车④。
年年战骨埋荒外，空见蒲桃入汉家⑤。

注释

① 饮（yìn）马：给马喂水。傍：顺着。
② 行人：出征的战士。刁斗：古代从军中的铜制炊具，容量一斗。白天用以做饭，晚上用来打更。
③ 公主琵琶：据《汉书·西域传》载，汉武帝时，因政治联姻需要，将江都王刘建的女儿刘细君嫁给乌孙国王昆莫。另据晋代傅玄的《琵琶赋序》载：细君公主和亲乌孙时，汉武帝念她思念故土，特令乐工根据中原的筝、筑一类的乐器原理，改制成一种能在马上弹奏的乐器，这种乐器被乐师命名为"琵琶"。
④ 闻道玉门犹被遮：用汉代李广利奉命强攻大宛的典故，汉武帝曾命李广利攻大宛，欲至贰师城取良马，战不利，广利上书请罢兵回国，武帝大怒，发使至玉门关，曰："军有敢入，斩之！"逐：追随。轻车：汉代有轻车将军，这里泛指将领。这两句意谓边战还在进行，只得随着将军去拼命。
⑤ 蒲桃：即葡萄。汉武帝时，汉使从大宛采种带回中原，栽种在行宫之旁。

题 解

《古从军行》是诗人李颀创作于天宝初年的一首七言歌行体诗歌。据《资治通鉴·天宝元年》载:"是时,天下声教所被之州三百三十一,羁縻之州八百,置十节度、经略使以备边。……凡镇兵四十九万人,马八万余匹。开元之前,每岁供边兵衣粮,费不过二百万;天宝之后,边将奏益兵浸多,每岁用衣千二十万匹,粮百九十万斛,公私劳费,民始困苦矣。"由此可知,诗人表面上批判汉武帝好大喜功,穷兵黩武,视人民生命为草芥,实质表达了他对唐玄宗"益事边功"的穷兵黩武开边之策的讽刺和批判。

赏 析

李颀的这首《古从军行》采用咏史抒怀的方式,借汉皇开边,讽玄宗用兵,不仅生动地抒发了边关战士常年征战的艰辛痛苦,也表达了他对边塞问题的看法,充满了非战思想。诗歌开篇"白日登山望烽火,黄昏饮马傍交河"描写了边地战士紧张忙碌的从军生活:白天需要攀爬上山观望边境有无烽火硝烟,黄昏时候又需要饮马黄河边,揭示出戍卒日夜奔忙,生活艰苦紧张。"行人刁斗风沙暗,公主琵琶幽怨多。"征人在寂寥的夜晚听到军营中的刁斗声倍感沉重,而公主和亲塞上别离时马上弹奏的琵琶声哀怨连连,此句用典借公主琵琶声的幽怨表达戍卒内心的乡愁。"野云万里无城郭,雨雪纷纷连大漠。"这两句极力描写边关胡地的荒凉与萧瑟:原野苍茫,沙漠横亘,人烟稀少,雨雪苦寒,常年驻守在荒凉萧索的环境里,征夫的内心也倍加悲凉伤感,沉重死寂。"胡雁哀鸣夜夜飞,胡儿眼泪双双落。"战火频仍,以至于边地的禽鸟都难以安栖生存,夜夜发出凄惨的鸣叫,而长期的边境战争也让战士们有家难归,在夜里暗自垂泪,这两句直接表现出诗人对边境战争中的"胡儿"的同情与悲悯。"闻道玉门犹被遮,应将性命逐轻车"运用典故,记述汉武帝时期,李广利奉命攻打大宛,夺取汗血马,因援兵不至,攻占不利,向武帝请命罢兵,而武帝下令关闭玉门关,将士们不得已苟延征战。此处以古写今,唐代的戍卒士兵也渴望罢兵休战,返归乡里,却迟迟收不到休战的命令,只能不得已年年征战。最后一句"年年战骨埋荒外，空见蒲桃入汉家"，运用对比的手法，写长期的战争必然是得不偿失，国家失去的是一批批为国奋战、誓死效忠的战士，而得到的仅是供宫廷贵族中人享乐观赏的蒲桃。以人命换塞外之物，足以见统治者视人命如草芥的残忍。诗歌至此，讽刺明显，言语激烈，充满了对统治者好大喜功、穷兵黩武的不满和批判。

  全诗从头至尾，言辞慷慨，句句紧逼，卒章显志，表达了对常年驻守边疆、卫国奋战的将士们的同情，对承受战争灾难的各族人民的悲悯，以及对统治者常年开边用兵、穷兵黩武的讽刺和批判。整首诗骨气苍劲、音调铿锵，气象万千。

崔　颢

崔颢（？—754），唐代诗人。汴州（今河南开封）人，唐玄宗开元十一年（723）进士，曾被代州都督杜希望（杜佑之父）引进，任职于河东节度使军幕。唐玄宗天宝初年，授太仆寺丞，官至司勋员外郎。天宝十三年（754）卒。生平见新、旧《唐书》本传及《唐诗纪事》《唐才子传》。崔颢早期诗歌多写闺情，流于浮艳；后赴边塞，诗歌忽变常体，风骨凛然，一窥塞垣，说尽戎旅。原有集，已散佚，明人辑有《崔颢集》。传世作品以七律《黄鹤楼》最为著名，令李白叹服。

赠王威古①

三十羽林将②，出身常事边③。
春风吹浅草，猎骑何翩翩④。
插羽两相顾⑤，鸣弓新上弦。
射麋入深谷，饮马投荒泉。
马上共倾酒，野中聊割鲜⑥。
相看未及饮，杂虏寇幽燕⑦。
烽火去不息，胡尘高际天⑧。
长驱救东北，战解城亦全⑨。
报国行赴难⑩，古来皆共然。

注　释

① 王威古：唐代边将，又作"王威吉"，生平事迹不详。

② 三十：指三十岁。羽林将：高级将领。唐代设左右羽林卫，也称左右羽林军，各设大将军、将军等官。
③ 出身：离家求取功名。
④ 翩翩：轻快的样子。
⑤ 插羽：肩上背着羽箭。
⑥ 鲜：鲜肉。此处指猎获的野兽之肉。
⑦ 杂虏：一作"杂胡"，泛指东北的奚、契丹等少数民族。寇：进犯。幽燕：幽州和燕州，这里泛指边地。
⑧ 际：至，接近。
⑨ 解：结束。全：保全。
⑩ 行赴：奔赴，前往。

题　解

《赠王威古》是诗人崔颢创作的一首边塞诗，王威古是崔颢的好友，也是一名边将将领，这首诗通过刻画青年将领王威古的英武形象和献身边防的精神，表达诗人的报国雄心。此诗言辞慷慨，词气豪壮，是诗人边塞诗的代表作。

赏　析

《赠王威古》这首诗主要叙写青年边将王威古在边疆的勇武战斗和紧张生活，塑造了王威古英武勇猛的形象。诗歌开篇"三十羽林将，出身常事边"交代了主人公是一位年轻有为、献身边防的将军，多次卫国戍边，为国效力。接下来四句"春风吹浅草，猎骑何翩翩。插羽两相顾，鸣弓新上弦"则叙写王威古在边地狩猎的情景：和煦的春风将暖意和生机带到一望无垠的荒原，青年将领奔驰在草原上游走觅猎，背负羽箭，手持长弓，驰骋奔腾，豪放自如，把酒自得，春风得意。这一句突出展现了青年边将非凡的身手以及翩翩风度，诗人写得清新俊逸，充满了动态的画面感和新生力量的蓬勃朝气。"射麋入深谷，饮马投荒泉。马上共倾酒，野中聊割鲜"写游猎的经过，主人公涉猎娴熟，身手了得；后两句所表现的马上饮酒，野中割鲜，则呈现出一种浪漫与豪放，既新鲜有趣，又雄健豪迈，彰显着生命力与年轻的活力。接下来诗人笔锋一转，"相看未及饮，杂虏寇幽燕。烽火去不息，胡尘高际天。长驱救东北，战解城亦全"，由轻松狩猎转为紧张迎敌：主人公游猎途中爆发战争，他立刻回马扬鞭，长途奔驰前去救援；"烽火去不息，胡尘高际天"突出了敌军气焰强盛嚣张：经过一番激烈的战斗，主人公及其战友取得了战争的胜利，解决了边患。这一部分突出表现了青年边将面对风云突变临危不惧，镇定自若，骁勇善战，战果辉煌，节奏突然加快，紧张而不激烈，因为在长期戍边的战士们看来战争是平常的事情，随时准备转战战场血拼厮杀是他们的责任和使命。最后一句"报国行赴难，古来皆共然"直抒胸臆：在战士们看来报效国家，奔赴战场，这是从古至今仁人志士都会义无反顾选择的事情，没有所谓的爱国主义、英雄主义、奉献主义，这是身为男儿的光荣使命，诗歌在此歌颂了军人以天下为己任的崇高境界。

这首诗诗人借青年边将王威古之口表达了自己对国家的一片赤胆忠心，随时准备着奔赴疆场，为国赴难，具有崇高的意气与风骨，令全诗有气吞山河之势，义薄云天之气。

雁门胡人歌①

高山代郡东接燕②,雁门胡人家近边。
解放胡鹰逐塞鸟③,能将代马猎秋田④。
山头野火寒多烧,雨里孤峰湿作烟。
闻道辽西无斗战⑤,时时醉向酒家眠。

注 释

① 雁门:即雁门郡,这里是唐王朝与北方突厥部族的边境地带,军事重镇。
② 代郡:毗邻雁门郡,战国赵武灵王在今雁门关外设雁门郡和代郡,从战国至唐朝,此处皆为边地,多战乱。燕:古代燕国,在今河北东北部和辽宁西部。
③ 解放:解开束缚的绳子。胡鹰:胡地的苍鹰。塞鸟:边塞的鸟。
④ 将:驾驭。代马:指古代漠北产的骏马。猎秋田:狩猎于秋天的田野。
⑤ 辽西:即辽西郡,今河北东北、辽宁西部一带。

题 解

《雁门胡人歌》是诗人崔颢创作的一首七言律诗。崔颢生活于盛唐时代,这一时期对外关系开放包容,汉、胡之间虽发生过若干次战争,但总的来说民族关系是和平友好的。这首诗生动形象地描写了少数民族人民在和平时代宁静安乐的生活,体现了边地少数民族强悍刚健、粗犷豪迈的精神风貌,诗境雄浑壮阔,跌宕生姿。

赏 析

《雁门胡人歌》这首诗独具匠心，别开生面，与以往边塞诗不同的是诗人描写的对象是边地的少数民族百姓。在诗人笔下，我们能看到少数民族的民俗风情，以及他们粗犷豪迈的性格和精神风貌。他们和汉人一样渴望和平、安乐的生活。诗歌首联"高山代郡东接燕，雁门胡人家近边"交代了雁门关的地理环境、重要军事地位以及当地胡人的分布。颔联"解放胡鹰逐塞鸟，能将代马猎秋田"描写边地百姓日常的狩猎活动，诗人在每一个禽鸟动物的名称前都冠以边塞特色的修饰语，极具地域色彩。这一句我们可以看出胡地百姓的生活也是多姿多彩、活色生香的，他们放鹰捕鸟，骑马游猎，肆意地在茫茫草原上驰骋奔驰，展现出一幅"天苍苍，野茫茫"的高秋田猎画面。颈联"山头野火寒多烧，雨里孤峰湿作烟"描写了美不胜收的边地自然景致。上一句展示了一幅茫茫原野野火烧不尽的苍茫景象，下一句则描绘了一幅微雨蒙蒙山峰若隐若现的静谧苍茫景象。两幅景致形成了鲜明的对比，或是旷远壮烈，或是宁谧安详，令人沉醉。然而对于长期饱受战争之苦的百姓而言，原野上熊熊燃烧的野火很容易让他们联想到战争中的狼烟烽火，于是最后一句，诗人笔锋一转写道"闻道辽西无斗战，时时醉向酒家眠"，卒章显志，表达了诗人的反战思想，也道出了边地百姓渴望和平和安乐生活的美好夙愿。

这首诗生动形象地展现了胡地百姓的生活状态，他们粗犷豪放、刚健彪悍，平素里豪爽宴饮，驰骋游猎，从容醉酒，边地亦有让人沉醉的美景——山火野烧的旷远壮烈，雨打孤峰的静谧苍茫，还有心怀着和汉人百姓一样渴望和平和宁静生活美好愿望的边地百姓，他们一样有善良的心和人情味，并非豺狼虎豹。诗人有声有色、生动形象地展示了边塞胡地及其人民的美好，同时认为他们也是战争的受害者，也渴望安宁美好的生活。由此可以看出作者的民族观并没有因为战争将汉胡对立起来，这种人文主义情怀令人动容。

王 维

　　王维（701？—761），唐代诗人、画家。字摩诘。原籍太原祁（今山西祁县），后迁居蒲州（今山西永济），遂为河东人。二十一岁进士及第，调任太乐丞，后因故贬至济州（今山东长清）司仓参军。三十四岁，应诏回长安，任右拾遗。安史之乱后，责授太子中允，迁中书舍人、给事中，官至尚书右丞，世称"王右丞"，晚年过着亦官亦隐的优游生活。生平见新、旧《唐书》本传。少年英才，开元初便有"天下文宗""独步当代"的称号。其诗涉猎广泛，早期写过以军旅、边塞生活为题材的诗作，不乏佳作。以山水田园诗著称于世，诗中有画，画中有诗，韵味悠长。诗歌以五律和五、七言绝句造诣最高，兼善各体，其艺术风格对后世诗人又颇多影响。有《王右丞集》二十八卷。

陇 西 行①

十里一走马，五里一扬鞭。
都护军书至②，匈奴围酒泉③。
关山正飞雪④，烽火断无烟⑤。

注　释
① 陇西：即陇西郡，秦汉至隋唐时的行政区划，地处渭水上游，地理位置十分重要，为兵家必争之地，唐时改陇西郡为渭州。
② 都护：官名，汉代设置西域都护，唐代设置六大都护府以统辖西域诸国。
③ 酒泉：郡名，始设于汉武帝时期，今甘肃酒泉东北。
④ 关山：泛指边关的山川原野。
⑤ 断：中断。

题 解

《陇西行》为汉乐府旧题，属《相和歌辞》。这首诗是诗人于开元二十五年（737）左右所作的一首五言古诗，当时王维以监察御史的身份，奉命出塞，在河西节度使崔希逸的幕下任节度判官。此诗通过描绘行军路上关山飞雪的迷茫壮阔，渲染了边关告急的紧张凝重气氛，笔墨精练，构思巧妙。

赏 析

王维这首《陇西行》取材颇具特色，它反映的是边塞战争，但是并没有直接描写战争，而是撷取飞马告急、军书下达这一战前危急紧迫的场景，语言凝练，节奏短促，一气呵成，引人遐想。诗歌开篇"十里一走马，五里一扬鞭"便渲染了凝重的气氛：边关告急，军使驾马扬鞭，急不可待，飞驰而来，生动的场景犹在眼前。"一走马""一扬鞭"瞬息之间就是"十里""五里"，可以看出风驰电掣的速度，渲染了战事的紧急。第二联"都护军书至，匈奴围酒泉"则点明了军使的身份和边地的战况，一个"至"字可以看出重任在肩的军使终于飞驰疾趋将军书及时送达，一个"围"字可以看出事态的紧迫危急。最后两句"关山正飞雪，烽火断无烟"则表现了连天风雪对边地告警的影响：肆虐的风雪将熄灭燃烧的烽火，使边地与中央失去联系，边关战事却是刻不容缓。读到这里我们能够想象到军使快马扬鞭时内心的急切，形势危急，气氛紧张，他肩负国家安危，令读者心悬一线。写到这里，全诗突然戛然而止，边关告急，联系中断，漫天风雪，一片苍茫，后事如何却没有交代，给读者以广阔的联想空间，干脆利落，韵味无穷。

王维这首诗是一首简洁明快、构思新巧的边塞诗，撷取飞马传军书的片段，渲染紧张急迫的气氛，尽管如此，字里行间透露出来的情绪却是镇定自若、热烈自信的，表现了唐代边防战士斗志昂扬的精神状态和背后强盛国力所支撑出来的飞扬自信。

送元二使安西①

渭城朝雨浥轻尘②，客舍青青柳色新③。
劝君更尽一杯酒④，西出阳关无故人⑤。

注 释

① 元二：诗人的好友元常，在兄弟中排老二，故名"元二"。使：出使。安西：指唐代安西都护府，今新疆库车附近。
② 渭城：秦时咸阳城，汉代改称渭城，唐时属京兆府咸阳辖区，今陕西西安西北，渭水北岸。
③ 客舍：旅店。
④ 君：指元二。更：再。
⑤ 阳关：汉朝设置的边关名，今甘肃敦煌西南，古代与玉门关同是出塞必经的关口，因在玉门之南，古人以南为阳，故称阳关。故人：老朋友。

题 解

《送元二使安西》是王维送别好友元二出使安西都护府所作的七言绝句，诗题又名《赠别》，后有乐人谱曲，名为"阳关三叠"，又名《渭城曲》。创作时间约在安史之乱前。唐代从长安往西行，多在渭城送别。此诗表达诗人与友人之间真挚的惜别之情，后被编入乐府，成为最流行、传唱最久的歌曲。

劝君更尽一杯酒

赏　析

　　《送元二使安西》是唐代传唱极为广泛的一首诗歌，诗人王维将普遍性的分离惜别写得真挚动人，充满深情，悲而不苦，洋溢出一种清新明朗的格调以及对友人的深情希冀。诗歌的前两句"渭城朝雨浥轻尘，客舍青青柳色新"交代了送别的时间、地点以及环境氛围。在清晨的渭城客舍，诗人送别将要出使安西的友人，客舍驿道两旁柳如烟，经过清晨微雨的"洗礼"，更显得碧绿苍翠、明朗清新，平素车水马龙、尘土飞扬的驰道也变得洁净清爽。在这样一个春雨微湿、清新明快的清晨，送别似乎变得不那么沉重，就连一向与离别相关联的柳枝也淡去了羁愁别恨与黯然销魂。离别在即，诗人所呈现出的是一幅清新明朗的图景，想要传达给友人的也是一种轻松乐观的情绪。绝句篇幅有限，这里诗人不写如何举杯话别，如何依依不舍，只剪取送别友人的最后一幅画面：酒过几巡，行劝最后一杯酒，倾尽对友人所有的希冀和祝愿："劝君更尽一杯酒，西出阳关无故人。"阳关在这里是一个有特殊意味的地名，它处于河西走廊的西端尽头，从汉代以来，一直是中原出使西域的必经之路。在国力强盛、开疆拓土的盛唐，出使边关，征战沙场一直是仁人志士的梦想，但同时在唐代阳关尚且是穷荒绝域，春风不度，荒芜苦寒，"西出阳关"虽是壮举，但也势必要经受万里跋涉的艰辛和独行穷荒的寂寞。这里的"劝君更尽一杯酒"则倾诉了诗人复杂的情感和对友人的深情厚谊，他知道此去不知何时相见，临别依依，千头万绪，不知如何说起，只能将一切化归酒中，希望友人此去一帆风顺，逢凶化吉，立功塞上，扬名边疆。虽然诗歌这两句只是选取一刹那的情景，但是言有尽而意无穷，蕴含了极其丰富的意味。

　　《送元二使安西》古往今来都被奉为"唐诗绝唱"，不仅在于诗人将离别写得悲而不苦，哀而不伤，更在于在短短的语言中传达了无限的深情。明代大诗人李东阳《怀麓堂诗话》中评价此诗："王摩诘'阳关无故人'之句，盛唐以前所未道。此辞一出，一时传诵不足，至为三叠歌之。后之咏别者，千言万语。殆不能出其意之外。必如是，方可谓之达耳。"

少年行（其二）

出身仕汉羽林郎①，初随骠骑战渔阳②。
孰知不向边庭苦③，纵死犹闻侠骨香④。

注　释

① 出身：出任。羽林郎：汉代禁卫军官名。掌宿卫侍从，常以世家大族子弟充任，一直沿用至隋唐时期，唐代亦设有左右羽林军，为皇家禁军之一。
② 骠骑（piào jì）：指汉代骠骑将军霍去病。渔阳：古幽州，今天津蓟州一带，汉与匈奴经常交战的地方。
③ 孰知不向：倒装句，应为"孰不知向"，此句意为这些少年谁不知道边庭征战的艰辛。苦：一作"死"。
④ 纵：纵然。语出张华《博陵王宫侠曲二首》其二："生从命子游，死闻侠骨香。"此句意为少年宁愿赴死边庭，以求流芳百世。

题　解

《少年行》是王维早期的组诗作品，共四首，此为其二，大约作于安史之乱之前。此诗塑造了一群意气飞扬、豪放任侠的少年英雄，表现了盛唐时代少年踔厉奋发的精神面貌和建功立业、扬名后世的积极入世精神。

赏　析

王维的《少年行》组诗以浪漫的笔调讴歌了踔厉奋发、舍身保国、重情重义、视死如归的豪侠精神，以及少年的勃勃生气，表现出强烈的英雄主义的色彩。唐代是一个强盛开放的王朝，开疆拓土、彰显王权也是这一时代的战略，与外族的战事也是难以避免，强大的国力、开明的政治以及包容的文化所培育出的盛唐人充满了飞扬超越的自信、纵横天地的意气以及扬名疆场的梦想。《少年行》（其二）塑造了一个英俊的长安少年，他风度翩翩、潇洒豪爽、武艺超群，诗歌前两句"出身仕汉羽林郎，初随骠骑战渔阳"借汉朝旧事表达青年才俊的少年意气和报国志向——这位少年郎青年得志，入仕之初便被皇帝赐封为羽林郎，在长安过着春风得意、潇洒自由的生活，一日边关告急，外族入侵，少年义愤填膺，果断请愿奔赴战场，欲为国效力，扬名边疆。诗歌第三、四句以少年的口吻直抒胸臆："孰知不向边庭苦，纵死犹闻侠骨香。"少年明知胡地边关是荒凉苦寒的，战场拼杀更是出生入死，马革裹尸，但他报国心切，"明知山有虎，偏向虎山行"，这种视死如归的献身精神正是承袭曹植《白马篇》中的"捐躯赴国难，视死忽如归"的豪侠精神，但诗意更加充沛丰盈。为国献身的侠肝义胆以"香"来形容，道出了"豪侠"的风采。"孰""不""纵""犹"等用语口气反挑诘问，充满了少年的意气风发和乐观自信，生动地传达出少年自信从容的神情和义无反顾的决心，这种措辞不仅活化了少年的游侠形象，而且展示了少年内心的豪情壮志，进一步深化了游侠意气的内涵。

　　这首诗采用了夹叙夹议的手法，情调高昂，立意新颖，境界高远，以浪漫的笔调表现潇洒不羁、豪爽放达、舍身保国、视死如归的任侠精神，是边塞诗中的佳作名篇。

使至塞上

单车欲问边①,属国过居延②。
征蓬出汉塞③,归雁入胡天④。
大漠孤烟直⑤,长河落日圆⑥。
萧关逢候骑⑦,都护在燕然⑧。

注释

① 单车:一辆车,这里形容轻车简从。问边:到边塞去慰问守卫边疆的官兵。
② 属国:一般有两种解释,一指少数民族附属于汉族朝廷而存其国号者,汉、唐两朝皆有属国。二指官名,秦汉时有一种官职名为典属国,负责外交事务,唐人以"属国"代指出使边塞的使臣,这里诗人指自己使者的身份。居延:地名,汉代称居延泽,唐代称居延海,今内蒙古额济纳旗北境。此句意为唐王朝边界辽阔,附属国直至居延以外。
③ 征蓬:随风远飞的枯蓬,这里是诗人自喻。
④ 归雁:雁是候鸟,春季北飞,秋季南归,这里指大雁北飞。胡天:少数民族人民生活的区域。
⑤ 大漠:沙漠。孤烟:这里有两种解释,一说指塞外多旋风,旋风刮起犹如"孤烟直上"。一说指远处的边防烽烟。
⑥ 长河:一说指黄河。一说指内陆河。
⑦ 萧关:古关名,又名陇山关,故址在今宁夏固原东南。候骑(hòu qí):负责侦察通讯的骑兵。
⑧ 都护:官名,唐朝在西北边疆设置安西、安北等六大都护府,其长官称都护,每府派大都护一人,副都护两人,负责辖区内的事务。这里指前敌统帅。燕然:古山名,今蒙古国杭爱山,这里代指前线。

题 解

《使至塞上》是诗人王维创作于唐玄宗开元二十四年（736）的一首五言律诗。当时吐蕃发兵攻打唐属国小勃律（今克什米尔北），开元二十五年（737）春，河西节度副使崔希逸在青涤西大破吐蕃军，唐玄宗命王维以监察御史的身份出使凉州，出塞宣慰，察访敌情，并任河西节度使判官，实则是将王维排挤出朝廷中央。这首诗即作于此次出塞途中，诗人忧郁孤寂的心情在雄浑苍茫的塞外景致中得到了熏陶升华，表达出一种豁达慷慨之情。

赏 析

《使至塞上》这首诗原为诗人出使边塞途中记事，并无出奇，但王维擅长绘画与诗文，对于景致有非同寻常的敏感，塞外雄奇壮丽的景观在诗人的笔下兴象博大，千古壮观，同时诗人于雄浑之景寄孤寂之感，两相对照，更有一种苍茫辽阔。诗歌首联"单车欲问边，属国过居延"交代了作此诗的背景和地点。"单车"和"边"道出了一路上的荒凉冷清，单车说明一路随从少，仪节规格不高，这里暗指王维虽是奉命出征，实则是被排挤流放，况且出使之地，千里迢迢，诗人孑然一身，要到最边远的地方，于是心生寥落。颔联"征蓬出汉塞，归雁入胡天"写诗人触物伤怀，他抬头望见广阔的苍穹上胡雁北归，远望尚未萌发新绿的蓬草干枯，随风飞卷，诗人由物及人，感受自己也像断根的蓬草远离故国，流离漂泊，像振翅北飞的归雁一样进入胡天，这里表现出诗人内心的冷落寂寥、抑郁悲愤。但是这样的情绪没有一直在诗人心中萦绕发酵，诗歌颈联诗人的目光转向雄奇壮丽的边地景象："大漠孤烟直，长河落日圆。"境界阔大，气势雄浑，这一句被后世奉为千古名句。边塞荒凉，一马平川，远方烽火台上燃起的滚滚浓烟直上云霄，格外醒目。一句"孤烟"给人一种寥落和雄壮之美，"孤"字写出了景物的单调，"直"字则表现出一种苍劲坚毅。沙漠上没有山峦树木的遮挡，滚滚而下的河流则长驱直入，横贯其间，一直流到目不能及的地方，"落日"终将消逝，散尽余晖，本给人一种忧愁感伤的印象，但一个"圆"字则给人一种亲切温暖又苍茫无尽的感觉，配上金色的流沙，无垠的原野,这一联给人鲜明强烈的画面感和色彩感:昏黄的大漠一望无垠,苍烟直直上升,黄河滚滚奔流,落日高悬云天,火红浑圆。此句妙不可言,以大漠之广袤、雄阔,衬孤烟之细直,以长河之纵横,托落日之浑圆,诗人把自己的孤寂寥落的情绪巧妙地融入到了广阔苍茫的塞外景象中,淡去了悲愁,彰显出旷达。尾联以事作结:"萧关逢候骑,都护在燕然。"诗人的思绪由大漠落日的美景回到现实,诗人在萧关遇到骑马的侦察兵,知晓都护还在前线,于是又驱车继续上路,此处有摇曳不尽之意。

　　这首诗虽为纪行之作,却将异域绝美惊心的风光描绘得撼动人心,字里行间又抒发感慨。当个人苍茫与天地辽阔形成对照,当孤寂抑郁的心绪与雄奇苍茫的景致相互碰撞,一种强烈的豁然之感袭来。全诗字平色单,却平中出奇,单中显像,大家手笔,浑然天成。

陇 头 吟

长安少年游侠客，夜上戍楼看太白①。
陇头明月迥临关②，陇上行人夜吹笛③。
关西老将不胜愁④，驻马听之双泪流。
身经大小百余战，麾下偏裨万户侯⑤。
苏武才为典属国⑥，节旄落尽海西头⑦。

注 释

① 戍楼：指边塞上瞭望敌情的哨楼。太白：古人将天上的金星称为太白星，亦名启明、长庚、明星。
② 陇头：陇山，这里借指边塞。迥（jiǒng）：遥远。关：陇关，又名大震关，故址在今甘肃清水东。
③ 行人：出征的人。
④ 关西：指函谷关或者潼关以西的地区。
⑤ 麾下：指将帅的部下。偏裨（pí）：古代辅佐大将军的将领。万户侯：食邑万户以上，号称"万户侯"，是汉代侯爵级别最高的一级，卫青和霍去病是典型代表，这里指大官。
⑥ 苏武：西汉名臣，汉武帝时出使西域，被匈奴扣押了十九年，其间在贝加尔湖边牧羊，须发尽白，才回到汉廷。
⑦ 节旄（máo）：符节上的牦牛尾饰物。语出于《汉书·苏武传》："（苏武）杖汉节牧羊，卧起操持，节旄尽落。"这里指旌节。

题 解

《陇头吟》是诗人王维创作于唐玄宗开元二十五年（737）的一首七言古诗。当时河西节度使崔希逸大胜吐蕃，唐玄宗命王维以监察御史的身份出使边关察访军情。王维长期生活在富庶繁华的长安,到达塞外看到奇异的边疆风光,同时也感受到边地征战生活的孤独与艰苦,于是诗情勃发,挥笔描写边疆风光和边塞生活,同时表达朝廷封赏不公,以致边地老将滞留边陲、功高无赏的悲愤心情。

赏　析

《陇头吟》原为乐府旧题,多写边地征戍悲苦之情。诗人王维在此诗中写一位边地身经百战的将领,终身不被封赏,老将沉滞边陲而手下裨将却屡屡封官晋爵,于是边将内心激愤。诗歌开篇两句"长安少年游侠客,夜上戍楼看太白"描写一位充满游侠豪气的长安少年夜登陇头戍楼,抬眼望天边太白星,欲晓前路茫茫以及何时才能立功沙场。在这一充满豪迈气势的起句之后,三、四句"陇头明月迥临关,陇上行人夜吹笛"写诗人从理想回归现实。凄清的月夜,荒凉的沙漠,"陇上行人"正用呜咽凄凉的笛声寄予内心的愁思。在这样苍茫的夜色中,凄凉的笛声中,诗人引出了听笛的关西老将:"关西老将不胜愁,驻马听之双泪流。"老将心中不胜悲,驻马静听,双泪夺眶而出,他回顾自己的一生:"身经大小百余战,麾下偏裨万户侯。"他经历了大大小小的战斗百余次,每次都是殊死搏斗,九死一生,却不被朝廷重用,而自己部下的偏将、裨将都已封为万户侯,而自己却一直滞留边地,被弃置陇头,回想年少怀着立功沙场,保卫家国,扬名边疆的光荣梦想,但现实中自己立功沙场又有何用,不禁悲从中来。这一句写得悲怆郁愤,道出人生的无可奈何、苦辣辛酸。那么关西老将为何有这样悲剧的结局,诗人虽未明言,最后一句却借汉代苏武的典故倾吐内心感慨:"苏武才为典属国,节旄落尽海西头。"苏武出使匈奴被扣押,经历千辛万苦,在贝加尔湖牧羊十九年,节杆上的旄毛都已落尽,仍不屈不挠不投降,回到汉朝时须发尽白,如此尽忠于国家朝廷,回到汉朝却没有得到重用,只不过做了典属国那样的小官。引用苏武的典故侧面表达对朝廷封赏不公、贤才不举的不满与悲愤。

此诗通过月夜笛声巧妙地将长安少年与关西老将结合起来,对照见意,格局甚新,四句少年,四句老年,最后两句用典,令人深思;诗人的讽刺与揭露含蓄深沉:少年的今日便是老将的昔日,老将的今日便是少年的明日,令人心灰意冷。诗歌寓激愤之情于哀怨之中,回环跌宕,苍凉悲哀。

老 将 行

少年十五二十时，步行夺得胡马骑①。
射杀中山白额虎②，肯数邺下黄须儿③。
一身转战三千里，一剑曾当百万师。
汉兵奋迅如霹雳，虏骑崩腾畏蒺藜④。
卫青不败由天幸⑤，李广无功缘数奇⑥。
自从弃置便衰朽，世事蹉跎成白首。
昔时飞箭无全目⑦，今日垂杨生左肘⑧。
路旁时卖故侯瓜⑨，门前学种先生柳⑩。
苍茫古木连穷巷，寥落寒山对虚牖⑪。
誓令疏勒出飞泉⑫，不似颍川空使酒⑬。
贺兰山下阵如云⑭，羽檄交驰日夕闻。
节使三河募年少，诏书五道出将军。
试拂铁衣如雪色，聊持宝剑动星文⑮。
愿得燕弓射天将⑯，耻令越甲鸣吴军⑰。
莫嫌旧日云中守⑱，犹堪一战取功勋⑲。

注 释

① 得：一作"取"。此句典出于《史记·李将军列传》，汉代飞将军李广被匈奴骑兵所擒，广时已受伤，便即装死，后途中见一胡儿骑马经过，便一跃而上，夺得马匹，疾驰而归。
② 中山：一作"山中""山阴"。此句典出于《晋书·周处传》，周处武艺高强，曾除三害，南山白额虎便是其中一害。
③ 肯数：岂可只算。邺下：曹操封魏王时，以邺下为都。邺下黄须

儿：指曹彰，魏武帝曹操与卞后的第二子，曹丕之弟，曹植之兄。据《三国志·魏书·任城威王彰传》载，曹彰黄色胡须，性情刚猛，武艺过人，为曹操爱重。

④ 蒺藜（jí lí）：原指三角刺的植物，这里指铁蒺藜，战地所用的障碍物。

⑤ 卫青：汉代名将，皇后卫子夫之弟，屡败匈奴立战功。

⑥ 李广：飞将军李广，屡立战功却没有封侯。缘：因为。数：命运。奇（jī）：单数，与偶相对，奇而不偶，即不遇的意思。

⑦ 飞箭：一作"飞雀"。无全目：语出于鲍照《拟古诗》："惊雀无全目。"李善注引《帝王世纪》，吴贺使羿射雀，贺要羿射雀左目，却误中右目。比喻老将昔日武功高强。

⑧ 垂杨生左肘：典出于《庄子·至乐》："支离叔与滑介叔观于冥伯之丘，昆仑之虚，黄帝之所休，俄而柳生其左肘，其意蹶蹶然恶之。"讲述支离叔与滑介叔一同游览冥伯之丘和昆仑之野，忽然滑介叔的左肘长出一个瘤子，他似乎很厌恶它。这里用来形容人的生老病死。王诗的垂杨为误用，杨，疡也，非杨柳之谓。

⑨ 故侯瓜：典出于《史记·萧相国世家》："召平者，故秦东陵侯。秦破，为布衣，贫，种瓜于长安城东，瓜美，世俗谓之'东陵瓜'。"后世常用"东陵瓜"比喻失意隐居之人。

⑩ 先生柳：晋陶渊明辞官归隐后，因门前有五棵柳树，自称"五柳先生"。

⑪ 虚牖：敞开的窗户。

⑫ 疏勒：指汉代疏勒城，在今新疆疏勒。典出于《后汉书·耿恭传》，汉耿恭与匈奴作战，据疏勒城，匈奴于城下绝其涧水，恭于城中穿井，至十五丈犹不得水，他仰叹道："闻昔贰师将军（李广利）拔佩刀刺山，飞泉涌出，今汉德神明，岂有穷哉。"旋向井祈祷，过了一会儿，果然得水。匈奴以为神明，遂引退。此处反用其事，描述汉军的窘迫状况。

⑬ 颍川：指灌夫，西汉颍阴（今河南许昌）人，任侠，好饮酒骂人。与丞相田蚡不和，醉酒骂人，侮辱田蚡，被田蚡弹劾，以不敬罪被斩杀。使酒：恃酒逞意气。此句借灌夫的典故，表现老英雄壮志在胸，不会"使酒骂座"。

⑭ 贺兰山：山名，在今宁夏中部，唐代常为战地。

⑮ 聊：且。星文：指剑上所嵌的七星文。

⑯ 燕弓：燕地出产的良弓，以坚劲闻名。

⑰ 鸣：惊动。吴军：一作"吾君"。典出于《说苑·立节》，越国甲兵入齐，雍门子狄请齐君让他自杀，因为越国的甲兵惊扰了国君，自己应当以身殉之，遂自刎死。这里表明以敌人甲兵惊动国君为耻辱。

⑱ 云中守：指汉文帝时的云中太守魏尚。魏尚任云中太守时，深得军心，匈奴

不敢犯边，后被削职为民，经冯唐为之鸣不平，才官复原职，后立下大功。

⑲ 取：一作"立"。

题　解

《老将行》是王维于唐玄宗开元二十五年（737）所作的七言歌行。当时王维被朝廷排挤，以监察御史的身份出使边塞，他在凉州河西节度使崔希逸的幕下任节度判官，在边地度过一年的军旅生活，其间他深入将帅士兵群体，发现军中存在很多不合理的地方。这首诗表达边地功勋卓著的老将不被重用的现实，借仍怀着雄心壮志卫国杀敌的老将之口表达自己壮心不息，希望得到重用的内心情感。

赏　析

唐代边塞诗有一种典型的文化现象，即以汉喻唐，出征的军队称汉军，将领称汉将，边塞称汉塞，天上的明月称汉月，同时也大量引用汉代的典故，如李广、霍去病、卫青、班超等名将，以及汉代著名的战争，甚至依然沿用汉代对敌军的称谓匈奴，其将领为单于、左贤等。唐代边塞诗中这种汉代情结，既表现了唐人对汉代开疆拓土、雄霸四方这一盛世的崇拜，也表露出他们志欲对汉代的超越，呼唤英雄精神的回归。《老将行》这首诗王维运用大量的汉代典故讲述边疆老将的一生，他一生身经百战，九死一生，屡立奇功，却终究不被朝廷重用，最终落得隐居林泉，躬耕叫卖的可悲下场；而当边关烽火起，外族兵临城下，老将却不计前嫌，依旧请缨报国。全诗可分为三个部分，开篇十句为第一部分，叙写老将的壮年威武和卓著功勋，老将年轻时就有李广之智勇，曾以步行夺胡骑，射杀白额虎，又以曹操之子曹彰的故事，表现老将的才谋。"一身转战三千里"表现老将的劳苦功高；"一剑曾当百万师"则突显老将的威风凛凛；"汉兵奋迅如霹雳"表现老将用兵神速，治军有道；巧布蒺藜阵，则突出老将熟读兵书，克敌制胜。总而言之，老将是一个智勇双全、不可多得的良将英才，然而多年以来却无寸功之赏，诗人借汉代李广、卫青两大名将的史实结局做对比讽刺统治者任人唯亲、赏罚失据。第二部分为中间十句，写老将功高无赏被弃之不用的悲惨遭际，他昔日战场杀敌虽有后羿射雀的本领，却因英雄无用武之地而双臂溃烂生疮，被弃之不用，老将只能隐居穷巷，自谋生计。"路旁时卖故侯瓜，门前学种先生柳"写出老将生活的清贫，但是保持着高尚的品行；而窗外空对"寥落寒山"可以看出老将家庭冷落，世态炎凉，昔日征战沙场、保家卫国的老将如今再也无人记起，也无人探访，但老将并未因此而消沉颓废、悲天悯人，他依旧胸怀报国之志，渴望"誓令疏勒出飞泉"，像东汉名将耿恭那样在匈奴将疏勒城的水源断绝之后，带领士兵找到林泉杀敌立功，而不会像灌夫那样，被解除军职，便使酒骂座，怨天尤人。第三部分为最后十句，写边烽再起，老将的心中又燃起熊熊烈火，他不在乎朝廷和命运对他的不公，他只求能够奔赴战场，杀敌报国，为了心中强烈的征伐之愿，他"试拂铁衣如雪色"将昔日征战的铠甲擦拭得雪白光亮，他"聊持宝剑动星文"又伸展拳脚，练起武功。诗歌以"莫嫌旧日云中守，犹堪一战取功勋"作结，表达老将不求荣光功名，只求杀敌破贼、为国立功的心情。

  这首诗几乎句句用典，含蓄而深刻地谴责统治者对劳苦功高、功勋卓著的将士刻薄寡恩、赏罚不公，又高扬老将不计前嫌、志向高洁，始终以国家兴盛、百姓安宁为重的爱国热情，理正而文奇，意新而词高，气势雄放，内涵深邃，是王维边塞诗中的名篇。

高　适

　　高适（700—765），唐代诗人。字达夫，一字仲武。渤海（今河北景县）人。少贫寒，潦倒失意，壮年长期漫游梁、宋间，有游侠之风，以建功立业自期，曾与李白、杜甫交游。唐玄宗天宝八载（749），经张九皋推荐，中"有道科"，任封丘尉，不久弃职，后为哥舒翰幕掌书记。安史之乱后，曾任淮南节度使、彭州刺史、蜀州刺史、剑南节度使等职，官至左散骑常侍，世称"高常侍"。永泰元年（765）卒，谥号"忠"。生平见新、旧《唐书》。高适是著名的边塞诗人，和岑参并称"高岑"。其诗苍凉悲壮，气势豪迈，洋溢着盛唐时期特有的奋发进取、蓬勃向上的时代精神，《燕歌行》《塞上听吹笛》为其代表作。所作古诗尚对偶，讲韵律，抑扬顿挫，对后来歌行有很大的影响。著有《高常侍集》。

燕　歌　行

　　开元二十六年，客有从御史大夫张公①出塞而还者；作《燕歌行》以示适，感征戍之事，因而和焉。

汉家烟尘在东北②，汉将辞家破残贼③。
男儿本自重横行④，天子非常赐颜色⑤。
摐金伐鼓下榆关⑥，旌旆逶迤碣石间⑦。
校尉羽书飞瀚海⑧，单于猎火照狼山⑨。
山川萧条极边土⑩，胡骑凭陵杂风雨⑪。
战士军前半死生，美人帐下犹歌舞。
大漠穷秋塞草腓⑫，孤城落日斗兵稀⑬。

身当恩遇常轻敌,力尽关山未解围。

铁衣远戍辛勤久⑭,玉箸应啼别离后⑮。

少妇城南欲断肠⑯,征人蓟北空回首⑰。

边庭飘飖那可度⑱,绝域苍茫更何有⑲。

杀气三时作阵云⑳,寒声一夜传刁斗。

相看白刃血纷纷,死节从来岂顾勋㉑。

君不见沙场征战苦,至今犹忆李将军㉒。

注　释

① 张公:指张守珪,开元二十三年(735)因与契丹作战有功,拜辅国大将军兼御史大夫。

② 汉家:代指唐朝,唐诗中常借汉说唐。烟尘:代指战争警报。

③ 汉将:即将领张守珪。

④ 横行:驰骋万里,无所阻挡。

⑤ 非常赐颜色:超出平常的厚赠礼遇。赐:一作"借"。

⑥ 摐金伐鼓:在军中鸣金击鼓。摐金:敲锣。榆关:今山海关区域。

⑦ 旌旆(jīng pèi):旌是竿头饰羽的旗,旆是末端状如燕尾的旗,这里泛指各种旗帜。逶迤:连绵不断。碣石:山名,在今河北昌黎。

⑧ 校尉:武官,汉时为宿卫军统领,位仅次于将军,唐三卫僚属有校尉,正六品以上。瀚海:古称大兴安岭西至天山的大沙漠为瀚海,这里泛指大沙漠。

⑨ 单于:秦汉时匈奴首领的称号。猎火:打猎时点燃的火光,古代游牧民族出征前,常举行大型校猎,作为军事演习。狼山:又称狼居胥山,今内蒙古克什克腾西北。古代的瀚海、狼山等地名都非实指。

⑩ 极:到……的尽头。

⑪ 凭陵:仗势欺凌。杂风雨:比喻敌骑进攻如狂风暴雨而至。

⑫ 穷秋:深秋。腓(féi):指草木枯萎。一作"衰"。

⑬ 斗兵稀：战斗的兵士越打越少。
⑭ 铁衣：借指将士。
⑮ 玉箸：白色的筷子，比喻思妇的泪水如玉箸一般。
⑯ 城南：长安城南，当时的百姓住宅区。
⑰ 蓟北：蓟州、幽州一带，这里泛指东北战场。
⑱ 边庭飘飖（yáo）：一作"边庭飘飘"，形容边塞战场动荡不安。度：越过，回归。
⑲ 绝域：遥远的边陲。更何有：更加荒凉不毛。
⑳ 三时：指晨、午、晚，即从早到晚，历时很久。阵云：指战云。
㉑ 节：即气节。死节：指为国捐躯。
㉒ 李将军：指汉代名将李广，能征善战，在战场上屡建功勋，体恤将士，被后世视为好将军的典范。

题 解

《燕歌行》原为乐府旧题，魏文帝曹丕最早以这个题目写诗，此后这个题目常用来表达东北边地的征戍之苦和思妇相思之情。本诗相对于旧题材有开拓，诗序已说明了作此诗的缘由，追溯到开元二十一年（733），幽州节度使张守珪大败契丹，初有战功；及至二十四年（736），张让平卢讨击使安禄山讨奚、契丹，"禄山恃勇轻进，为虏所败"；二十六年（738），幽州将赵堪、白真陀罗矫张守珪之命，逼迫平卢军使乌知义出兵攻奚、契丹，先胜后败。高适对开元二十四年以后的两次战败，感慨很深，因写此篇，此诗传达了英雄气概、征战之苦、士兵浴血与将军作乐、思妇相思等多重情感，笔力矫健，气势雄浑。

赏 析

《燕歌行》是诗人高适的代表作，此诗内容丰富，情感复杂，却表现得层次分明，震撼有力。荒凉凄苦的边塞环境、浴血厮杀的激烈战斗、苦乐不均的军中状况、复杂交织的战士心理，诗人将边关战场多重复杂的情形和情感融进诗中，汇成一幅深广雄浑的历史画卷，表达了作者鲜明的态度和深入的思考，雄浑苍茫,意义深远。整首诗二十八句,依次描写了出征、上阵、厮杀、苦斗、思亲、防守的征战全过程,可分为四个部分,第一部分为前八句,叙述军队出师的盛况,开篇"汉家烟尘在东北,汉将辞家破残贼"便渲染了肃杀紧张的气氛,为全诗奠定了雄浑的基调,接着写"男儿本自重横行,天子非常赐颜色",表现了将士们壮心满怀奔赴疆场,朝廷给予了无上的荣耀,凸显出恢宏昂扬的盛唐气度。五、六句"摐金伐鼓下榆关,旌旆逶迤碣石间"则通过描写战前金鼓震天、旌旗漫山的阵仗侧面表现出将帅战前的骄态。过度自信轻敌,这为接下来战斗的危机埋下了祸根。"校尉羽书飞瀚海,单于猎火照狼山"一句既概括了战斗的历程又渲染出战斗的激烈:军队从辞家去国,远征匈奴,一直将战斗蔓延到榆关、碣石、瀚海以及狼山,战斗深入敌方腹地,我军的战斗越来越被动,而匈奴越来越威势逼人,气氛也越来越紧张。第二部分是中间八句,叙写战事的失利,"山川萧条极边土,胡骑凭陵杂风雨",这一句已显出事态反转:边地均是茫茫无尽的沙漠而无军险可凭,胡骑却又犹如狂风暴雨来得迅疾彪悍,令人闻风丧胆,战士们虽然奋力歼敌,殊死搏斗,却落得败阵,死伤惨重。就当战士们在战场上九死一生的时候,统兵将帅的营帐却是温香软玉,美人歌舞,两幅画面形成鲜明强烈的对比,有力地揭露了将军与兵士们不能上下一心,形成强有力的铁的屏障,这也是军容强大却最后败北的原因;同时也因为将军不可一世、自负轻敌、荒淫失职才使得军队屡入险境,战争节节败退。"大漠穷秋塞草腓,孤城落日斗兵稀"写战争结束,山呼海啸的战场一片死寂,大漠茫茫,疾风劲草,孤城落日,显得格外悲凉凄惨。第三部分为接下来八句,写士兵征战远戍的艰苦和思妇念远的相思,实是对将军更深的谴责。"铁衣远戍辛勤久,玉箸应啼别离后。少妇城南欲断肠,征人蓟北空回首"叙写战士们远征边塞,命悬一线,而思妇在家中担惊受怕,以泪洗面。征人思妇之间的情感真挚动人,他们分别日久,归期难定,更令人心痛的是将军无心战斗,军队难以齐心,他们只能看见辽远渺茫的沙漠而看不到战争胜利的希望,甚至此生不知道还能不能返归故里,重见亲人,过平凡安乐的日子;他们深深地意识到他们心中的壮志被生生浇灭,变成了战场上毫无意义的牺牲品,日复一日,年复一年,他们白天在征战中厮喊,杀气干云,而夜里寂寥忧惧,惊闻刁斗,不由让人心中悲戚,是谁将他们推入如此的绝境?文章最后四句也是全诗的最后一部分,总结全篇,升华情感,气势雄壮。"相看白刃血纷纷,死节从来岂顾勋。"士兵们去

148

国离家，英勇赴边，在战场上与敌人厮杀奋战，难道仅仅是为了个人功勋、荣归故里？更深潜在他们心中的是对国家以及军队的信仰，而最终他们却因为轻开边衅、贪功冒进的将领，生生葬送了自己的性命；他们真诚善良、威武勇敢，却泯于天地，默不可闻，令人无限悲悯。诗歌最后诗人不禁感慨："君不见沙场征战苦，至今犹忆李将军。"千百年来，战争从不停息，为国赴难、视死如归的战士也前赴后继，但英勇无畏、爱护士卒的李将军世间罕有，令人悲痛。此诗以怀念李将军作结，气势雄浑，而意义深远。

　　这首诗运用了对比的手法，从大处着笔渲染，无论是出师开战时的铺张扬厉、战败后的落寞凄凉，还是"战士军前半死生，美人帐下犹歌舞"，都给人强烈的冲击感，使人历历在目，如临其境。作品意境浑厚而主旨深刻，是唐代最具有深刻社会意义的边塞作品。

送李侍御赴安西①

行子对飞蓬②，金鞭指铁骢③。

功名万里外，心事一杯中。

虏障燕支北④，秦城太白东⑤。

离魂莫惆怅⑥，看取宝刀雄⑦。

注　释

① 李侍御：其人不详。侍御：官名，专管纠察非法，有时负责出使州郡。
② 行子：即将远行的人，这里指李侍御。飞蓬：飞蓬在古代文学作品中象征"漂泊无定，身不由己"，蕴含哀愁，这里是作者自喻。
③ 骢（cōng）：青白色相杂的宝马。铁骢：披着铁甲的战马。
④ 虏障：即遮虏障，汉代所筑的防御工事，故址在今甘肃张掖北。燕支：山名，今甘肃山丹东南，这里代指安西。
⑤ 太白东：指秦岭太白峰以东的长安。
⑥ 离魂：指离别时的悲凉心情。惆怅：失意难过。
⑦ 宝刀雄：指在边地作战建立军功的雄心壮志。

题　解

《送李侍御赴安西》是诗人高适作于天宝十一载（752）的一首五言律诗。当时高适初到长安，满怀豪情壮志，意欲投身战场一展才能，求取功名，恰逢好友李侍御已走向高适心中的英雄之路，诗人心中有万千艳羡，于是在离别之际写下这首诗表达对友人的惜别不舍以及美好希冀，充满了奋发昂扬的盛唐精神。

金鞭指铁骢

赏 析

唐代是一个充满可能性的朝代，为仁人志士提供了实现英雄梦想的广阔舞台，时代在每一个文人士子的身体里注入积极入世、建功立业的基因，这首诗是为诗人高适送别友人从军塞外而作，表达了对友人的不舍与希冀，更流露出诗人自己渴望立功边疆的战斗激情和乐观豪迈的昂扬情绪。诗歌首联"行子对飞蓬，金鞭指铁骢"，以"飞蓬"喻"行子"，生动形象地写出了行子出师远走的迅疾脚步，意气昂扬的气势与英姿如在眼前；"铁骢"本是骏马，矫健迅疾，再加上主人奋力挥鞭，更加风驰电掣，凌厉如风，此句充满动感与气势。"功名万里外，心事一杯中"紧承上联的送别之境，两人将万语千言和英雄梦想化入杯酒之中，一饮而尽，自此远隔天涯。此联极尽纵横捭阖之气势，展示出李侍御豪迈的激情和飞扬的意气：离家去国，奔赴边关，没有太多的惆怅伤感，更多的是偾张的热血和对未来的憧憬。颈联"虏障燕支北，秦城太白东"，空间境界进一步扩大：安西与长安关山阻隔，相距万里，天涯两端，主人公总是豪情万丈，离别之际，回首故城，总是万般滋味在心头，诗人的送别更令主人公满腹感怀。但最后一联笔锋一转"离魂莫惆怅，看取宝刀雄"，充满积极的劝慰与豪迈的气概，两人虽然相隔万里，离别在即，难言伤感，但两人俱怀杀敌立功、扬名边疆的英雄梦想，所以离别并不凄凉伤感，而是奔向理想之路的起点。这一句将离别的昂扬悲壮、立功异域的雄心壮志喷涌而出，具有撼动人心的力量。

这首诗最动人的地方在于诗中灌注的豪情，与飞扬超越的盛唐气象交相辉映。诗人与友人受时代精神的感发，淡化离别的悲愁，充满理想的信念，而诗歌中焕发出的也正是昂扬奋发的盛唐精神。明代高棅在《增定评注唐诗正声》中评价此诗："语语陡健，却又浅深，所以为盛唐。"

塞上听吹笛

雪净胡天牧马还①,月明羌笛戍楼间②。
借问梅花何处落③,风吹一夜满关山④。

注 释

① 雪净:冰雪消融。胡天:指西北边塞地区。
② 戍楼:军营哨楼。
③ 借问梅花何处落:此句一语双关,既指想象中的梅花,又指笛曲《梅花落》,《梅花落》乃汉乐府横吹曲,常表达离别之情。
④ 关山:这里指关陇山岭。

题 解

《塞上听吹笛》是诗人高适所创作的七言绝句,他曾两度出塞,去过辽阳和河西,对边塞生活有深刻的体验。本诗是高适在西北边塞从军时所作,当时他在哥舒翰的幕府从事,边关的风雨铸就了他坚毅沉稳的性情和安边定远的理想,也使他深谙边关战士内心的戍边之志与思亲之情。此诗深蕴思乡的情调,却哀而不伤,苍茫隽永。

赏 析

高适笔下的诗歌总是充满盛唐的气息,这首《塞上听吹笛》虽表达征人思乡的情绪,却并不悲戚低沉,而呈现出一种苍劲壮美,更充满了盛唐的豪情。诗歌前两句"雪净胡天牧马还,月明羌笛戍楼间"展现了一幅通透明净、奇丽寥廓的动人画卷：胡天北地，冰雪消融，正是河流破冰、春草萌芽的时节，战士们牧马而归，已是皓月当空，星星点点，天空中洒下明月的清辉。不同于以往边塞诗中边塞的荒凉苦寒、萧瑟沉寂，这两句营造了罕见的边塞诗中和平宁谧的氛围。三、四句"借问梅花何处落，风吹一夜满关山"顺承上联。在如此苍茫清静的月夜里，不知是哪一位士兵吹起了悠悠的羌笛，吹奏的乐曲正是熟悉的《梅花落》，曲调回响在每一位征人的耳里，更回荡在胸中，而在征人的心中，随风飘来的不仅仅是笛声，仿佛还有漫天飞舞的落梅的花瓣，整个关山似乎都弥漫着梅花的清香，而此刻，万物凝寂，夜色苍茫。这两句乃诗人妙思，以有声的笛声描述无语的落梅，形成了清丽渺远的意境。

　　高适这首七绝，由雪净月明的实景到梅花纷飞的虚景，虚实相生，打通无尽的时间和空间的苍茫，营构了美妙阔远的意境；诗中思乡之情含蓄隽永，委婉深沉，令人回味不觉。

自蓟北归

驱马蓟门北①，北风边马哀。
苍茫远山口，豁达胡天开②。
五将已深入③，前军止半回④。
谁怜不得意，长剑独归来⑤。

注　释

① 驱马：驰马。蓟门：即古蓟门关。唐时以关名置蓟州，今北京西南。
② 豁达：开通，通畅。
③ 五将：汉宣帝时曾遣御史大夫田广明、度辽将军范明友、前将军韩增、后将军赵充国以及虎牙将军田顺五位将领率十万余骑，出塞两千多里击匈奴。
④ 止半回：只有半数生还。
⑤ 长剑独归来：此句典出《战国策·齐策》，冯谖为孟尝君门客，未受重用时多次倚柱弹剑而歌"长铗归来"，后受到重用。诗人用此典指自己未受重用，报国无门。

题　解

《自蓟北归》是诗人高适作于唐玄宗开元二十一年（733）的一首五言古诗，当时唐军大败于契丹和奚，此诗作于当年冬天，诗人自蓟北南归，对战争的失败深有所思，内心激愤庸帅误国而自己空有报国之志，却苦于报国无门，内心愤慨，写下此诗，苍凉悲慨中带有理智的思考，表达沉重的爱国情怀。

赏　析

  高适的边塞诗大多写于蓟北之行以及入幕河西幕府期间，诗中书写了诗人的边塞见闻以及对于军队、战事的观察思考，也抒发了自己的功名志向，倾注了诗人全身心的爱国情怀。诗歌开篇"驱马蓟门北，北风边马哀"便营造了沉重的哀伤氛围，诗人运用顶针重叠的手法，渲染浓烈的"哀气"，"边马哀"实际是驱马人心中之哀。"苍茫远山口，豁达胡天开"以远景视角描写胡地的天高地远，日色苍茫，征人驱马前行，北风呼啸，征途遥远，这里的"哀"意更加弥漫开来，悲哀的情绪也在胸中激荡开来。面对天高地远、敌我对峙的情况，统兵将帅本应倾注全心谨慎决策，但是他们却为了一己私利，轻启边战，傲慢轻敌，致使军队节节败退，陷入"五将已深入，前军止半回"的境地。这一联由自然之哀、个人之哀转向唐军惨败之哀，面对此种颓势，诗人自己空有安边良策，却无人理睬，来到边塞本想有一番作为，却壮志难酬，最终失意而归。尾联再次照应诗歌全文弥漫的"哀"，"谁怜不得意，长剑独归来"，将诗人失意寥落"不得意"的形象渲染得无以复加，抒发了诗人报国无门的悲愤心情。

  这首诗极富边塞色彩，无论是对胡地景致的渲染，还是对战事的再现，以及诗人对时局战事的思考，都深深打上了边塞诗的烙印。诗人深深的忧患意识以及报国无门的悲愤也是爱国情怀的一部分，那种忧国忧民、怒其不争的哀怨令人感慨。高适的边塞诗虽也写哀怨，总能传达出一种力量和精神，激起人们心中的澎湃。清代王夫之在《唐诗评选》评价此诗"此军衄空归之作，悲凉有体"。

金城北楼[1]

北楼西望满晴空，积水连山胜画中。

湍上急流声若箭[2]，城头残月势如弓[3]。

垂竿已羡磻溪老[4]，体道犹思塞上翁[5]。

为问边庭更何事[6]，至今羌笛怨无穷[7]。

注释

[1] 金城：古地名，今甘肃兰州。
[2] 湍（tuān）：急流的水，这里指黄河滔滔的流水。声若箭：形容激流的声音如同离弦的箭一样清脆响亮，富有气势。
[3] 势：形状。
[4] 垂竿：指垂钓，这里代指隐居。磻（pán）溪：渭水的支流，在今陕西宝鸡东南，传说姜太公未遇到周文王时垂钓的地方。
[5] 体道：领会玄理。塞上翁：指"塞翁失马，焉知非福"故事中的老者。
[6] 边庭：边地。更何事：还有什么事情。
[7] 至今羌笛怨无穷：表面是羌笛的怨声，实质是诗人的怨声。

题解

《金楼北望》是诗人高适作于天宝十一载（752）秋冬之际的一首七言律诗。当时高适离开长安，准备赴任陇右节度使哥舒翰的幕中掌书记，在经过金城的时候，登上当地的北城楼，时值万里晴空，山河俊秀，诗人心中波澜起伏，思绪万千：诗人回顾过往，一直仕途平平，空怀着报国之志，却报国无门。此诗在写景抒情之余融入了诗人对国家与战事的思考，蕴意深远。

赏 析

《金城北楼》这首诗描写了西北边城金城胜景，由景思人，寄予了仕途坎坷的感慨和边疆危急的忧患。诗歌前四句渲染了边塞风光的雄壮苍凉。首联起句宏伟："北楼西望满晴空，积水连山胜画中。"起笔便铺就了一方辽阔的天地。诗人登高望远，极目远眺，只见晴空丽日，山水如画，辽阔的天穹下，群山连绵，黄河滔滔自西而来，奔赴远方。塞上逢秋，金城风光仿若一幅雄壮苍茫的画卷。颔联"湍上急流声若箭，城头残月势如弓"极具边塞特色。水月本是清明通透的意象，但是塞外的水月似乎沾染了边关雄浑刚健之气：水流湍急，疾速奔驰，仿佛刀枪剑戟，而弦月高悬，笼罩寒气，恰似战士的长弓，诗人站立在晴空皓月之下，情思飞扬。颈联笔锋一转书写个人感慨。诗人巧用姜太公于磻溪垂钓遇文王以及塞上翁的典故，追思历史，表达自己对人生际遇、祸福更替的感慨。这一联也传达出诗人前路未卜，对自己进身与否的矛盾心理。尾联"为问边庭更何事，至今羌笛怨无穷"则将个人的忧虑转向对家国天下的深思，诗人想到眼下的边关并不安宁，社会也并不太平，守边士卒也在鸣咽的羌笛声中流露无限的哀怨。这一联深沉而又蕴藉，既高度凝练概括了边塞生活，又寄予着自己对军事强大、祖国强盛的期待。

这首诗以远景视角起笔，呈现出一派宏大苍茫之景；继而追思历史，表达自己对人生际遇以及祸福观念的思考；最后以深沉蕴藉的思虑作结，含蓄无尽，耐人寻味。

岑　参

　　岑参（约715—770），唐代诗人。唐太宗时功臣岑文本曾孙，祖籍南阳（今河南南阳），后迁居江陵（今湖北荆州），少时文才卓著，遍览经史。唐玄宗天宝三载（744）进士及第。天宝八载（749）入幕安西四镇节度使高仙芝僚下为幕府掌书记，后随安西北庭节度使封常清，在塞外度过六七年军旅生活。官至嘉州刺史，有"岑嘉州"之称，后罢官，客死于成都。生平见《唐诗纪事》《唐才子传》等。岑参长于七言歌行，由于几度出塞，对边地征戍生活体验较深，一改早期风华绮丽的诗风，生动夸张，慷慨激昂，表现了将士豪迈的气概，形成奇峻壮阔的风格，与高适齐名，并称"高岑"。是唐代边塞诗人的代表。有《岑嘉州集》八卷行于世，现存诗四百零三首。

逢入京使

故园东望路漫漫①，双袖龙钟泪不干②。
马上相逢无纸笔，凭君传语报平安③。

注　释

① 故园：诗人自己在长安的家。东望：岑参有别业在长安杜陵，作者西行，长安在东，故曰"东望"。漫漫：形容路途十分遥远。
② 龙钟：涕泪纵横的样子。
③ 凭：拜托，烦请。传语：带口信。

马上相逢无纸笔

题　解

《逢入京使》是诗人岑参作于唐玄宗天宝八载（749）赴任安西途中的一首七言绝句。这是岑参第一次远赴西域，充任安西节度使高仙芝的幕府掌书记，当时诗人三十四岁，前半生仕途坎坷，他在长安告别了亲人，千里西行，奔赴边关。诗人在通往安西的路上碰到自己的旧相识，两人互叙寒温，知晓对方要返回京师述职，便请求他带家信给长安的亲人报平安。诗歌语言质朴，不饰雕琢，却感人至深。

赏　析

《逢入京使》是诗人岑参在平沙接天、火山蒸腾的千里赴边路上所作，他一路向西，意外碰见一位返京述职的官员，两人相遇异乡，如逢知己。入京使东归故里，而自己远赴边关，内心五味杂陈，于是托入京使捎带家书给在长安的亲人，聊慰辛酸。诗歌第一句遥望故乡："故园东望路漫漫。"茫茫风沙，已经望不见远在长安的家园，抬头只见日色苍茫。"东望"点明了长安的地理位置，也暗示了自己所处之地已踏入西域边关。一句"路漫漫"极写路途遥远，内心孤寂怅惘。紧接着第二句"双袖龙钟泪不干"承上而来，写诗人"东望"不见家园而暗自泪下，把思乡怀亲之情又推进一步。诗人虽未写思乡，但我们仍能从他望穿秋水的泪眼里看出他对故园亲人的眷恋怀念。恰在此时，诗人偶遇入京的使者，他多么想写一封书信托使者带回家乡啊，却恨无纸笔，尺书难寄，由"泪不干"到"无纸笔"，思亲的深化已跃然纸上。最后一句"凭君传语报平安"笔锋一转，写千言万语化作一句"平安"托君告慰亲人。诗歌至此，散尽缠绵哀怨，足见豁朗达观。诗歌至此戛然而止，留给读者无限的想象空间，我们似乎能看到诗人与使者匆匆作别，平沙莽莽，马蹄踏踏，他的身影越来越向西远去。

岑参善写边塞诗，这首小诗不同于他慷慨激昂、气势恢宏的其他的边塞诗，而是以自然流畅、不事雕琢的语言写平实浓厚的情感，语出淡然而不流于哀怨，于平易中见深情，深入人心。刘熙载在《艺概》中评价此诗："诗能于易处见工，便觉亲切有味。"

送李副使赴碛西官军①

火山六月应更热②，赤亭道口行人绝③。
知君惯度祁连城④，岂能愁见轮台月⑤。
脱鞍暂入酒家垆⑥，送君万里西击胡。
功名只向马上取，真是英雄一丈夫。

注 释

① 碛（qì）西：即安西都护府，今新疆库车附近。
② 火山：指火焰山，今新疆吐鲁番境内，西起吐鲁番，东至鄯县，全长一百六十千米，火焰山主要为红砂岩构成，在夏季炎热的阳光照射下，红色砂岩熠熠发光，犹如烈焰燃烧，加之其地气候干热，故名火焰山。
③ 赤亭：地名，今新疆哈密西南。赤亭道口：即火焰山的胜金口，为鄯县通往吐鲁番的交通要道。
④ 祁连城：地名，十六国时前凉置祁连郡，郡城在祁连山旁，称祁连城，今甘肃张掖西南。
⑤ 轮台：唐代庭州置有轮台县，与汉轮台（今新疆轮台西南）不是同一个地方，李副使赴碛西经过此地。
⑥ 脱鞍：一作"脱衣"。垆：古代酒家安放酒瓮的土台子，这里代指酒店。

题 解

《送李副使赴碛西官军》是诗人岑参作于天宝十载（751）六月的一首七言律诗。当时高仙芝正在安西率兵西征，李副使因公从姑臧（今甘肃武威）出发赶往碛西（安西都护府）军中，岑参做此诗送别。此诗不写惜别情深，不写边塞艰辛，而是热切地鼓励友人奋战沙场，扬名立万，字里行间激荡着一股豪迈之气。

赏　析

《送李副使赴碛西官军》是一首送别诗，但诗人既不写饯行的歌舞宴饮，也不写分别的离情别绪，而是以知己的口吻祝酒劝饮，嘱托希冀，令人感到舒朗通达，亲切洒脱。诗歌开篇"火山六月应更热，赤亭道口行人绝"点出送别的时令、背景。这段火山炎炎、黄沙漫漫的路途是李副使出使的必经之地，也是最艰辛的一段路程，既描绘了奇崛苍茫的边塞景致，又点明了李副使不畏艰苦、毅然远行的豪迈气概。颔联"知君惯度祁连城，岂能愁见轮台月"回忆李副使不平凡的经历。李副使长期驰骋疆场，凛凛威风，早已将恶劣的环境视若平常，将无限的乡愁置之脑后，语出慷慨豁达，表现了对友人充分的信任和激励。颈联"脱鞍暂入酒家垆，送君万里西击胡"写李副使此去西行击胡的使命。诗人挽留李副使脱鞍稍驻，饮酒话别，将一腔豪情化入一杯热酒，祝君成功，慷慨为言，以壮行色。最后一句"功名只向马上取，真是英雄一丈夫"直抒胸臆，慷慨激昂，气吞山河，将对友人的惜别和希冀推向了高潮，既表达了对李副使沙场立功、扬名疆场的勉励，又抒发了自己渴望建功立业、扬名立万的英雄理想。这一句气势豪迈，格调高昂，似有火一样的热情，给行者和万千读者以极大的鼓励和力量，让人为之振奋。

这首诗融叙事、抒情、议论为一体，突破了一般边塞诗离情别绪的窠臼，表现出非凡的英雄气概，其口语化的语言风格、悠扬明快的节奏声调、奔放浪漫的诗意，显示出非同凡响的豪迈气概。

走马川行奉送封大夫出师西征①

君不见走马川行雪海边②,平沙莽莽黄入天③。
轮台九月风夜吼,一川碎石大如斗,
随风满地石乱走。匈奴草黄马正肥,
金山西见烟尘飞④,汉家大将西出师⑤。
将军金甲夜不脱⑥,半夜军行戈相拨⑦,
风头如刀面如割。马毛带雪汗气蒸,
五花连钱旋作冰⑧,幕中草檄砚水凝⑨。
虏骑闻之应胆慑⑩,料知短兵不敢接⑪,
车师西门伫献捷⑫。

注　释

① 走马川:即车尔臣河,又名左末河,在今新疆境内。行:诗歌的一种体裁。封大夫:即封常清,唐朝将领,蒲州猗氏(今山西临猗)人,以军功擢安西副大都护、安西四镇节度副大使、知节度事,后又升任北庭都护,持节安西节度使。西征:一般认为是出征播仙。
② 君不见:多见于诗词句首,作反问用。雪海:指唐代轮台北,今准噶尔盆地的浩瀚雪原,泛指西北苦寒之地。
③ 平沙莽莽:狂风吹卷飞沙的雄壮景象。
④ 金山:即金岭,又称金娑岭,在轮台之南,属于天山山脉,今新疆乌鲁木齐东。一说指阿尔泰山,这里泛指边塞山脉。烟尘飞:硝烟四起,这里指发生战争。
⑤ 汉家大将:指唐军将领封常清,当时任安西节度使兼北庭都护。
⑥ 金甲:这里指金属做的铠甲。夜不脱:夜不脱甲,随时应战,表现军事紧急,将军以身作则。

⑦ 拨：碰撞。戈相拨：兵器互相碰撞。
⑧ 五花、连钱：都是良马的名称，指马斑驳的毛色，指代良马。旋：立刻。
⑨ 草檄（xí）：起草征讨敌军的檄文。此句意为军幕中起草檄文时，砚台中的墨水都冻结了。
⑩ 虏骑：敌人的骑兵。古代泛称少数民族为虏。胆慑：恐惧，害怕。
⑪ 短兵：指刀剑一类的武器。"短兵不敢接"意为敌军不敢正面交锋而败逃。
⑫ 车师：为唐北庭都护府治所庭州，今新疆乌鲁木齐东北。伫：久立，此处作等待解。献捷：献上贺捷诗章。

题　解

《走马川行奉送封大夫出师西征》是诗人岑参作于唐玄宗天宝十三载（754）前后的一首七言歌行体古诗。当时，播仙（今新疆且末）叛唐，朝廷派安西四镇节度使封常清发兵平叛，诗人岑参作《奉送封大夫出师西征》两首，以壮行色。走马川即且末河（今车尔臣河），播仙位于其西岸。全诗描写了轮台附近平沙莽莽，碎石乱飞的恶劣气候，同时也歌颂了军士在这种恶劣条件下勇敢赴敌的精神。

赏　析

《走马川行奉送封大夫出师西征》是诗人岑参的边塞杰作，诗人以瑰丽新奇而又极尽夸张的笔墨描写军队西征的场景，极富渲染和表现力，气势逼人，表现了将士们大无畏的英雄气概。全诗可分为三个部分，第一部分从开头到"随风满地石乱走"描写战争的险恶环境，渲染狂风怒卷、黄沙漫天的恶劣氛围。诗歌开篇围绕"风"字落笔，极尽表现苍茫戈壁中朔风夜吼、飞沙走石的景象，"平沙莽莽黄入天"更是风卷残云、绝域风沙的典型形象。这句写狂风、暴风，但无一"风"字，却将风势的猛烈写得历历在目，令人胆战心惊。"轮台九月风夜吼"开始对风由侧面烘托转为直接描写：九月的轮台狂风如同巨兽在猛烈地嘶吼，一个"吼"字突显风势的威猛；"一川碎石大如斗，随风满地石乱走"则重点在于"乱"字，表现出风势的狂暴，这一部分将边塞风沙肆虐的险恶景象渲染得淋漓尽致，令人望而生畏，为下文三军将士在飞沙走石中狂飙突进的英雄无畏做铺垫。第二部分由"匈奴草黄马正肥"到"幕中草檄砚水凝"写秋后敌人趁草黄马肥的时节发动战争，战事紧急，我军雪夜行军的场景。"匈奴草黄马正肥，金山西见烟尘飞"点出了敌方发动战争的时节和情境，报警的烽烟与匈奴铁骑扬起的风沙飞扬肆虐，凸显了敌军蓄势待发，来势汹汹，也说明唐军早有戒备。敌人来袭，我方大将率领军队西征迎敌，不畏不惧，在恶劣的自然环境和敌军强烈的攻势下，我军将士不畏苦寒，雪夜行军。"将军金甲夜不脱"写出了将军重任在肩，以身作则，忠于职守。继而叙写"半夜军行戈相拨"的细节：苦寒荒凉的夜里，大军衔枚疾走，表现了虽然战况危急，我方的军容军纪依然整肃严明。"风头如刀面如割"用比喻夸张的手法表现狂风如刀，将士行军的艰辛苦楚，从而也凸显出战士们勇武无畏的精神风貌。"马毛带雪汗气蒸，五花连钱旋作冰"则进一步表现刻骨的寒冷：战马在风中奔驰，蒸腾而出的汗水瞬间凝结成冰，渲染了天气的严寒和临战前的紧张氛围。"幕中草檄砚水凝"写天气异常寒冷，军幕中起草檄文，砚台墨水也旋然冻结，诗人再次巧妙地运用细节描写，表现军中上下一心、斗风傲雪的战斗豪情和士卒们吃苦耐劳的坚毅精神。第三部分为末尾三句，是给出征将士的祝词："虏骑闻之应胆慑，料知短兵不敢接，车师西门伫献捷。"诗人料想敌军见我方军容强大、气势威武，一定会闻风丧胆，从而预祝我军顺利凯旋。行文一气贯注，流畅自然，令人读完酣畅淋漓。

  岑参这首诗写得既奇且壮，虽没有写战斗，但巧妙地运用细节描写，饱满有力地烘托了我方士气威武，显出胜利的必然之势。全诗行文雄奇恣肆，大声镗鞳，热情赞美边疆将士平定叛乱、保卫边防的英雄气概，充满豪迈气势与爱国激情。方东树评此诗"奇才奇气，风发泉涌"。

轮台歌奉送封大夫出师西征

轮台城头夜吹角①,轮台城北旄头落②。
羽书昨夜过渠黎③,单于已在金山西。
戍楼西望烟尘黑,汉兵屯在轮台北。
上将拥旄西出征④,平明吹笛大军行⑤。
四边伐鼓雪海涌,三军大呼阴山动⑥。
虏塞兵气连云屯⑦,战场白骨缠草根。
剑河风急雪片阔⑧,沙口石冻马蹄脱⑨。
亚相勤王甘苦辛⑩,誓将报主静边尘。
古来青史谁不见⑪,今见功名胜古人。

注 释

① 角:军中的号角。
② 旄(máo)头:星宿名,二十八宿中的昴星,古人认为它象征着胡人的兴衰。旄头落:即胡人失败的预兆。据《史记·天官书》载:"昴曰髦头,胡星也",古人认为旄头跳跃象征着胡兵大起,而旄头落则象征胡兵覆灭。
③ 渠黎:即渠梨,汉代西域国名,今新疆轮台东南。
④ 上将:即大将军,这里指封常清。拥:持。旄:旄节,古代君王赐给大臣用以表明身份的信物。
⑤ 平明:指天刚亮。
⑥ 三军:泛指全军。阴山:位于今内蒙古中部。
⑦ 虏塞:敌国的军事要塞。兵气:战斗的气氛。连云屯:指兵气弥漫,聚如连云。
⑧ 剑河:水名,今新疆维吾尔境内。《新唐书·回鹘传下》:"青山之东,有水曰剑河,偶艇以度,水悉东北流,经其国,合而北入于海。"

⑨ 沙口：一作"河口"，指剑河渡口。脱：打滑。
⑩ 亚相：指御史大夫封常清，封常清于天宝十三载（754）以节度使拜御史大夫，御史大夫在汉时位列次宰相，故诗中称为"亚相"。勤王：勤于王事，为国效力。
⑪ 青史：史册。古代以竹简记事，色泽呈青色，故称青史。

题 解

《轮台歌奉送封大夫出师西征》这首诗与《走马川行奉送封大夫出师西征》作于同一时期，当时诗人岑参在安西节度使封常清幕下担任安西北庭节度使判官，这一期间，封常清几度出兵作战，岑参对于战斗以及行军生活有深刻的体会。此诗叙写从军情紧急、出征到战斗的过程，凝聚着雄视一切的豪迈气概，洋溢着强烈爱国主义的激情。

赏 析

《轮台歌奉送封大夫出师西征》与上篇七古《走马川行奉送封大夫出师西征》为同一时期、同一事件、赠同一人之作，但《走马川行奉送封大夫出师西征》只写出征与行军，未涉及战斗，而此诗则铺叙战阵之事，由边境告警引出大军出征，再到战斗的紧张激烈与艰苦卓绝，最后颂扬将士不辞辛苦、忠勇报国的精神，笔力遒劲，气势雄浑。整首诗可分为四个部分，前六句为第一部分，描写两军对垒。诗歌开篇"轮台城头夜吹角，轮台城北旄头落"开门见山，直接拉开战阵。边关阵地的城头，号角声打破了夜的静寂，军营瞬间进入紧张的备战状态。古人认为"旄头"主胡兵的运势，旄头跳跃则表示此战为胡军挑起，而旄头落则预示着胡军败绩的最终结局。前两句"夜吹角"和"旄头落"两种现象联系起来，显出一种敌忾的意味，气氛渲染充足。紧接着采用倒叙的手法写："羽书昨夜过渠黎，单于已在金山西。戍楼西望烟尘黑，汉兵屯在轮台北。"交代了战争的起因是胡兵入寇，而"单于已在金山西"与"汉兵屯在轮台北"两句相对照，使两军对峙的剑拔弩张氛围瞬间浓厚起来。双方按兵不动，互相凝视，充满了濒临激战之前的缄默气息，局势紧张，一触即发。紧接着"上将拥旄西出征，平明吹笛大军行。四边伐鼓雪海涌，三军大呼阴山动"为第二部分，表现三军的士气昂扬威武，声势浩大雄壮。不同于《走马川行》中士兵行军衔枚疾走、不闻人声的整肃沉寂，此处描写出征的场景可谓是雄赳赳气昂昂，作者极尽渲染军队出征的威势，吹笛伐鼓，三军振呼，强大的军威仿佛冰冻的雪海都为之汹涌，巍巍阴山都为之震撼。诗人用夸张的手法表现出一种所向无敌的气概。我军气势如虹，眼看胜利在望，作者笔锋突转，"虏塞兵气连云屯，战场白骨缠草根。剑河风急雪片阔，沙口石冻马蹄脱"为第三部分，极写战斗的激烈与残忍。战斗并非预期的所向披靡，势如破竹，尽管我军势力强盛，士气如虹，胡兵亦是来势汹汹。"虏塞兵气连云屯，战场白骨缠草根"突出了对方兵力强大，两相交战，血肉厮杀，白骨遍野，令人胆战心惊。而"剑河风急雪片阔，沙口石冻马蹄脱"则极写气候的刺骨严寒，战争的艰苦程度更加不言而喻，这里也反衬出将士们的殊死搏斗，奋不顾身。诗歌最后四句"亚相勤王甘苦辛，誓将报主静边尘。古来青史谁不见，今见功名胜古人"为第四部分，预祝奏凯，以颂扬作结。一个"誓"字写出了将军封常清杀敌破贼，安边定远的决心，也预示着战争胜利的最终结果。"谁不见"意味着古人的功名早已青史在册，至今已觉不新鲜，而数风流人物，还看今朝。"今见功名胜古人"则掷地有声，振起全篇，令人读完心潮澎湃，直呼酣畅。

全诗铺写军情紧急，战局险恶，气候苦寒，着力于反衬唐军誓死杀敌的奋不顾身、坚毅勇敢、雄视一切的威武豪迈，洋溢着强烈的爱国主义激情和浪漫主义色彩，极具渲染力地表现了三军将士建功报国的英勇气概。杜甫评岑参的诗"属辞尚清，用意尚切""迥拔孤秀"，在当时即"人人传写""讽诵吟习"，其言不虚。

白雪歌送武判官归京①

北风卷地白草折②，胡天八月即飞雪③。
忽如一夜春风来，千树万树梨花开④。
散入珠帘湿罗幕⑤，狐裘不暖锦衾薄⑥。
将军角弓不得控⑦，都护铁衣冷难着⑧。
瀚海阑干百丈冰⑨，愁云惨淡万里凝⑩。
中军置酒饮归客⑪，胡琴琵琶与羌笛⑫。
纷纷暮雪下辕门⑬，风掣红旗冻不翻⑭。
轮台东门送君去，去时雪满天山路⑮。
山回路转不见君⑯，雪上空留马行处。

注 释

① 判官：官名，隋时始置，唐代特派担任临时职务的大臣充任判官，以佐理事务，身份是幕僚。武判官：名不详，当时封常清幕府下的判官。
② 白草：西北高原上的一种牧草，秋天变白，非常坚韧，但经霜后变脆，故能折断。白草折，凸显风势猛烈。
③ 胡天：指西北地区的天空。
④ 梨花：春天开放，花作白色。这里比喻雪花积在树枝上，像梨花盛开一样。
⑤ 珠帘：用珍珠串成或饰有珍珠的帘子，形容帘子的华美。罗幕：丝织品制成的帐幕，形容帐幕的华美。此句意为雪花飞进珠帘，沾湿罗幕。
⑥ 狐裘：狐皮裘袍。锦衾：锦缎制成的被子。此句形容天气寒冷。
⑦ 角弓：一作"雕弓"，两端用兽角装饰的硬弓。不得控：因天气太冷而拉不开弓。

⑧ 都护：都护府是汉、唐时代中原王朝为防卫边境与阻止周边少数民族的军事侵扰而设置的军事机关，汉代设有西域都护府，三国魏、晋设有西域长史府，唐代设有六都护府，都护府的长官为都护，此处泛指镇守边镇的长官，与上文的将军互文。铁衣：铠甲。着：穿着。
⑨ 瀚海：代指沙漠。阑干：纵横交错的样子。这句形容大沙漠到处结着很厚的冰。
⑩ 惨淡：昏暗无光。
⑪ 中军：称主将或指挥部。古时分兵为中、左、右三军，中军为主帅的营帐。饮归客：宴饮归京的人，指武判官。饮：动词，宴饮。
⑫ 胡琴、琵琶、羌笛：都是当时西域地区少数民族的乐器。这句表示在饮酒时奏起各种西域乐曲。
⑬ 辕门：军营的大门，古代军队扎营，用车环围，出入处以两车车辕相向竖立，状如门。这里指帅衙署的外门。
⑭ 掣（chè）：拉扯。风掣：红旗因雪而冻结，风吹不动。此句意为红旗被雨雪打湿，冻结僵硬，虽有风而不能飘扬。
⑮ 满：名词作动词，铺满。
⑯ 山回路转：山势回环，道路回旋曲折。

题 解

《白雪歌送武判官归京》是诗人岑参作于天宝十三载（754）春夏之交的一首七言古诗。当时西北边疆一带，战争频繁，这是诗人岑参第二次出塞，充任安西北庭节度使封常清的判官，而武判官是他的前任，诗人赴任，武判官归还回京，诗人在轮台送别作此诗。此诗绝妙之处在于描写了塞外冰天雪地壮丽的奇景，充满妙思，给人以瑰丽壮美的感受，为岑参最著名的一首诗。

赏 析

《白雪歌送武判官归京》是诗人岑参的代表作。作为一首送别诗，真挚的离别之情已令人动容，加之在千里之外的边塞和生死悬于一线的战场，这种情感就更加强烈动人，而更令人眼前一亮的是诗人敏锐的观察力和浪漫奔放的笔调，使此诗明净澄澈，情思动人。全诗以雪景的变化为线索，记叙了送别归京使者武判官的全过程，文思开阔，结构缜密，可分为三个部分。诗歌前八句为第一部分，写诗人送别友人的路途上看到奇丽苍茫的雪景以及感受到的突如其来的奇寒。"北风卷地白草折，胡天八月即飞雪。忽如一夜春风来，千树万树梨花开。"边关胡地与中原气候不同，时值八月，却下起纷纷扬扬的大雪，诗人送别友人走在冰天雪地里，银装素裹的枝头映入诗人的眼中和脑海中，仿如一夜悄然盛开的梨花，又仿佛美丽的春天也一齐到来。"忽如"用得极为生动巧妙，不仅写出了"胡天"的变幻无常，而且写出了经过一夜看到大地银装素裹，枝头傲雪霜枝的惊喜之感。"千树万树梨花开"的壮美意境颇具浪漫色彩，瞬间边地寒冬变成了温暖南国，可谓是妙手回春。接着四句"散入珠帘湿罗幕，狐裘不暖锦衾薄。将军角弓不得控，都护铁衣冷难着"则转换角度写大雪之后的严寒，视线由外面的世界转向大帐之内，透过人的切肤感受"狐裘不暖""铁衣难着"表现天之奇寒，这为接下来武判官归京安排了特殊的送别环境，如此恶劣的天气下送别是刻骨铭心的，而武判官归京的路途无疑也是艰苦卓绝的。中间四句为第二部分，写边地雪景的苍茫壮阔和饯别酒宴的盛况，"瀚海阑干百丈冰，愁云惨淡万里凝"用浪漫夸张的手法描绘苍茫辽阔的冰天雪地，反衬下文的欢乐场面，"中军置酒饮归客，胡琴琵琶与羌笛"虽笔墨寥寥，却渲染了送别的热烈隆重的场面：主帅的中军大摆宴席，边关胡地的各种乐器合奏，且歌且舞，开怀畅饮，欢送武判官归京，这一场欢送宴会一直持续到暮色降临，全诗的热闹欢畅至此也达到最高点。最后六句为第三部分，写傍晚之际，友人踏上归途，脚步向东，渐行渐远。"纷纷暮雪下辕门，风掣红旗冻不翻。"归客在暮色之中迎着纷飞的大雪走出帐幕，映入眼中的是冻结在空中的鲜艳旗帜，它在白雪中显得格外瞩目绚丽，令人一时泪湿眼眶。旗帜是一支军队的标志，它在寒风中毫不动摇、鲜艳炫目，这令一个即将离开战场、归返故里的人内心五味杂陈，既光荣伟大又落寞伤感。这一句诗人抓住细节，看似绘景，实则展示人物内心的暗流涌动。"轮台东门送君去，去时雪满天山路。"送君千里，终须一别，雪下得越来越大，送行的人却迟迟不肯归去，"山回路转不见君，雪上空留马行处"，武判官远行的脚步终于消失在万里苍茫的山回路转中，诗人望向远方不见故人，只能隐隐看见马蹄踏过的痕迹，而很快也被纷纷扬扬的大雪覆盖，什么也看不见了，一望无垠的冰天雪地只留下无限怅惘的诗人，心里涌起万千思绪。

　　这首诗自始至终以"雪"为线索和背景，生动形象地描绘胡天八月飞雪的奇峭风光。"忽如一夜春风来，千树万树梨花开"两句充满妙思奇想，令人拍案叫绝，成为咏雪的千古绝唱，同时对友人依依惜别的情感也写得含蓄隽永，深情绵眇。"山回路转不见君，雪上空留马行处"不诉离殇，却令人悲上心头，范大士《历代诗发》评此诗："酒笔酣歌，才锋驰突。'雪'字四见，一一精神。"

白雪歌送武判官归京

赵将军歌[①]

九月天山风似刀,城南猎马缩寒毛[②]。
将军纵博场场胜[③],赌得单于貂鼠袍[④]。

注 释

① 赵将军:姓名不详,闻一多考证认为是疏勒守捉使赵玭,后继封常清任北庭节度使。
② 城南:庭州城南的郊野。猎马:出猎的马。
③ 纵:风神飞纵。博:指古代军中较量射骑和勇力的一种游戏。
④ 貂(diāo)鼠:即紫貂,一种珍贵而稀有的毛皮兽,毛皮极为珍贵。

题 解

《赵将军歌》是诗人岑参作于唐玄宗天宝十四载(755)九月的一首七言绝句,题中的赵将军疑为封常清手下大将赵玭,他在天宝十四载十一月封常清回京入朝后继任北庭节度使。这首诗生动描绘了驻地蕃汉将士骑射角逐的生动场景,是罕有的反映唐军与少数民族亲密关系主题的诗作,有力地表现了将士们乐观高昂的气势,生活气息浓郁。

赏 析

在大多数的边塞诗中,边地环境是萧索凄凉的,边地生活是艰辛枯燥的,胡汉的关系也是剑拔弩张的,然而在岑参的《赵将军歌》中,诗人生动地描绘了在边地暂时的和平环境中唐军与少数民族将士在广阔的原野中赛马竞射的动人场景，鲜活地再现了戍边将士们乐观豪迈的精神，以及胡汉亲密和谐的历史画卷。诗歌开篇"九月天山风似刀，城南猎马缩寒毛"渲染了寒风呼啸、冷冽凄寒的边地环境：深秋时分，在寒冷的天山脚下，北风凛冽，犹如利刃一般划过人的皮肤，这样的情景让人望而生畏，闻风丧胆；风之劲疾刺骨，连耐寒的猎马都在寒风中瑟瑟发抖，这样的环境侧面表现了边塞生活的艰辛。正当读者被带入到一个苦寒冷冽的绝域之地，内心打战，诗人笔锋一转，将耀目的视线转向边地赛场上一位身手矫健、威风凛凛的将军身上，"将军纵博场场胜，赌得单于貂鼠袍"勾勒出赵将军在赛场上的英勇风姿，给读者巨大的想象空间：似乎那个手提大刀，刀尖挑着单于的裘袍拍马而回的潇洒身影就在我们眼前，我们似乎能看到赵将军的风神飞纵，似乎能听到场外将士们热烈的欢呼喝彩，大唐将军精湛绝伦的骑射技艺在这样盛大欢乐、友好和谐的场面中得到了充分的展示。诗歌至此，戛然而止，令人回味无穷。

　　这首诗运用了鲜明的对比手法，先写边地环境的恶劣，天气的奇寒，后写战场上竞技的热闹，将士情绪的激昂，对比反衬，更加强烈地表现了将士们不畏严寒的精神和苦中作乐、乐观昂扬的情绪。整首诗充满了浓郁的生活气息，轻松、诙谐、活泼，也充分表现了这一时期胡汉关系的和谐友爱。

王 昌 龄

王昌龄（约698—756），唐代诗人。字少伯。京兆长安（今陕西西安）人，一说江宁（今江苏南京）人，一说太原（今山西太原）人。出身寒微，少年清苦。开元十五年（727）进士及第，任秘书省校书郎，调汜水尉、江宁丞，后贬龙标尉。安史之乱起，因避乱还乡，道出亳州，被刺史闾丘晓所杀。生平见新、旧《唐书》本传及《唐才子传》。王昌龄曾征战边塞，其诗多写当时边塞军旅生活，气势雄浑，格调高昂；亦有刻画宫怨之作，哀愁幽怨写来凄婉动人，蕴藉含蓄。尤以七言绝句艺术成就最高，有"七绝圣手"之誉。其诗具有描写细致、语言含蓄的特点。原有集，已散佚。明人辑有《王昌龄集》，今存诗一百七十余首。

从军行（其一）

烽火城西百尺楼，黄昏独坐海风秋①。
更吹羌笛关山月②，无那金闺万里愁③。

注 释
① 坐：一作"上"。海：指青海湖。
② 羌笛：一作"横笛"。关山月：曲名，汉乐府旧题，属《鼓角横吹曲》，内容多写戍边生活。
③ 无那：一作"谁解"。金闺：古时闺阁的美称，此处借指家室。

题　解

《从军行》是王昌龄创作的组诗作品，共有七首，每首描写一个场面，此为其一。诗歌描写一名处于战斗间隙的唐军战士对妻子的思念，含蓄绵眇，情深义重。

赏　析

《从军行》组诗七首是诗人王昌龄的代表作，每首描写一个画面，主要反映边塞环境和战士生活。《从军行》（其一）主要描写战士思亲念远，构思精妙，意境开阔。诗歌前两句"烽火城西百尺楼，黄昏独坐海风秋"大笔挥洒，渲染了一幅苍茫辽远的边塞景象，描绘一名边塞战士在战争间隙之中独自登上百尺高的城楼，迎着湖上吹来已带着寒意的秋风。这样的情景似乎是松弛宁静的，虽有边城戍楼，夕风晚照，但"烽火城西"这一意象不可忽视。征人登高望远，万里之外的故乡目不能及，而目所能及是滚滚燃烧的烽烟，一直蔓延到浩瀚的湖上。面对此情此景，征人不禁心中怅惘，心中感伤，吹起了满含离情别绪的《关山月》羌笛曲，笛声呜咽，似乎在倾诉积郁心中已久的乡愁，而望着眼前滚滚的硝烟，他知道归期未期，更是按捺不住内心的思念，不由慨叹："无那金闺万里愁。"征人不说自己对妻子多么深切怀念，而是说远在万里之外的妻子因牵挂自己而忧愁感伤；妻子无法消除内心的思念，而征人又思归不得，使得思念加剧，相思倍增，更加含蓄地表达出广大戍边将士的苦闷心情，相思两地，泪眼暗流，两相对照，令人震撼不已，也令人伤痛不止。

　　这首诗歌的高明之处在于将幽怨的乡愁离情与雄阔辽远的边城戍楼、烽火清风相融合，描写边烽不息、黄昏登楼、满目秋风，悲凉苍茫，哀而不伤，境界阔大。

从军行（其二）

琵琶起舞换新声①，总是关山旧别情②。
撩乱边愁听不尽③，高高秋月照长城④。

注　释

① 新声：新的乐曲。
② 关山：山川关隘，借指山川相隔的征人故乡。旧：一作"离"。
③ 撩乱：纷乱。边愁：远戍边塞的离情别恨。
④ 长城：这里借指边塞。

题　解

　　这是王昌龄《从军行》组诗的第二首。此诗描写了远戍边关的征人在军中观看乐舞而引发的无限边愁，意境苍凉清峻，慷慨激昂。

赏　析

　　《从军行》（其二）截取了边塞军旅生活中宴乐的片段，通过战士的内心波荡，表露了广大戍卒们内心深沉复杂的情感。诗歌开篇"琵琶起舞换新声"将读者直接带入到边地军宴的场景中：将士们聚集宴饮，酒过几巡，助兴的舞蹈也在不停变换，琵琶翻出了新的曲调。开篇一派欢乐祥和的气氛；然而新的曲调所表达的总是离不开"旧别情"。宴席中的每一名将士戍卒无不是背井离乡，抛家舍子的，"离情"正是将士们心中最真实、最深沉的情感,也是不愿念起和难以放下的情感,与其说宴席上弹唱的曲目"总是关山旧别情",不如说无论怎样的曲调,传入离家去国的将士们耳中"总是关山旧别情",尤其他们身处荒远凄凉的边地,听着带有浓厚异域色彩的琵琶曲调,对比强烈,更让积郁已久的思归念远情绪无处安放。"撩乱边愁听不尽"表露了将士们心中的惆怅满怀,让他们心绪不宁,当酒入愁肠,流淌在胸中的惆怅既有久戍思归的苦情,又有边患未除、甲兵未息的忧愁,言念及此,将士戍卒心中心不宁意不平,萦绕在心中的复杂情感难以言传。诗歌至此,恰似空谷凝雾,苍茫迷蒙,而诗歌结尾"高高秋月照长城"用一轮清明的秋月将所有的迷雾荡开,我们仿佛看到军中置酒饮乐的场景结束后,一轮秋月高悬于空中照着莽莽苍苍的长城,古老雄伟的长城连绵横亘,景象壮阔而悲凉。缠绵的乡愁与效命边疆的雄心相互对照,更让人心生一种肃穆之感,一种对于祖国山川风物的深沉的大爱,一种对守护边疆的将士戍卒深沉的崇敬。

  这首诗构思精妙,境界壮阔,前三句的情感犹如潺潺流水一般最终汇成一汪深沉的湖水,荡漾回旋,而"高高秋月照长城"一句使整首诗诗思诗境得到升华,戍卒们情难自已的内心世界被表达得入木三分。此诗之臻于七绝上乘之境,除了音情曲折外,这绝处生姿的一笔也是不容轻忽的。

从军行（其三）

关城榆叶早疏黄①，日暮云沙古战场②。
表请回军掩尘骨③，莫教兵士哭龙荒④。

注　释

① 关城：泛指边关的城堡。
② 云沙：像云一样的风沙。
③ 表请：上书请求。掩尘骨：指安葬尸骨。
④ 龙荒：指漠北荒原。

题　解

　　这是王昌龄《从军行》组诗的第三首。诗歌通过描绘古战场的荒凉景象和将军上表请求归葬战死将士的骸骨片断，表现出将帅对士卒的爱护深情，悲沉厚重，令人泫然涕下。

赏　析

　　《从军行》(其三) 一别组诗中其他几首诗作的风骨神韵，以一种极度悲怆的情调，描写古战场的荒凉景象，战士们保家卫国却身首异处无法归乡安葬，表达了诗人对战争惨烈的悲慨以及对广大戍边战斗的士兵的同情。诗歌前两句"关城榆叶早疏黄，日暮云沙古战场"从大处着笔，点明了时令和地点，勾勒了古战场的苍凉宏阔景象：日色昏暗，榆叶疏黄，渲染一种肃杀死寂的气氛。紧接着三四句"表请回军掩尘骨，莫教兵士哭龙荒"与诗人上表请求将为国捐躯的战士的尸骨运回安葬，以告慰无数保卫家国、视死如归的战士们在天的英灵。我们似乎可以想象到诗人怀着怎样的心情站立在荒凉沉寂的古战场上，当凛冽的秋风吹去沉沉的黄沙，森森的白骨露于荒野，而这些默不可闻的战士们昔日都是怀着家国天下的梦想远离故国家乡、亲人朋友来到遥远的边关的英雄，都是为国家在战场上殊死搏斗的英雄，都是忍受着苦寒艰辛、孤独凄凉一年又一年在边地守卫的英雄，他们马革裹尸，为国捐躯，最终却只能身首异处，不为人所知，甚至关山阻隔，难以魂归故里。诗歌流露出对于英雄战士深深的悲悯，令人热泪盈眶。

这首诗歌以旷远苍茫的荒野战场作背景，"黄叶""暮云"等边塞意象进一步衬托出边塞的萧然冷清和凄凉悲怆。盛唐诗人笔下的边塞诗多是充满雄豪之气的壮歌，而此诗则是催人泪下的挽歌，读来却有让人震颤的力量，令人肃然起敬。

从军行（其四）

青海长云暗雪山①，孤城遥望玉门关②。
黄沙百战穿金甲③，不破楼兰终不还④。

注　释

① 青海：指青海湖，今青海西宁境内。雪山：终年积雪的祁连山脉，这里并非实指。暗：使动用法，青海湖上空的浓云笼罩雪山，使雪山变得黯淡无光。
② 玉：一作"雁"。
③ 穿：穿破。金甲：战衣，金属制成的铠甲。
④ 楼兰：汉代西域国名，今新疆鄯善东南。汉武帝时期，遣使通大宛，楼兰阻拦道路，攻击汉朝使臣。汉昭帝时期，霍光派傅介子前往攻之，斩其王。这里泛指当时侵扰唐朝西北边疆的敌人。

题　解

这是王昌龄《从军行》组诗中的第四首。诗歌表现了战士们誓死保卫祖国、矢志不渝的崇高精神，雄浑壮阔，气吞万里。

赏　析

《从军行》（其四）是组诗七首中最气吞山河的一首，其中虽包含念亲思乡的悲愁，却被保家卫国的豪情壮志几乎全然冲散，全诗洋溢着战士们誓死杀敌的壮志和决心，雄豪之

黄沙百战穿金甲

气,天地萦绕,令人感奋不已。诗歌开篇"青海长云暗雪山"一句展示了极为辽阔的西北边塞景象:青海湖上,长云弥漫,极目远眺,隐隐可见绵延千里的苍茫雪山。这一句中长云、水、天、山连为一体,无限的空间被拓展,有一种天地无穷之感。紧接着"孤城遥望玉门关"写矗立在绝域荒漠中的孤城与玉门关遥遥相对。玉门关是中原通往边塞的必经之地,也是中原和西域的分界线,在战士们心中,玉门关已不仅仅是一个地理位置,更是通往归乡之路的象征:战士们望断雪山、云海之际,延展了自己的视线,继而想到了远在万里之外的故乡。诗人由第一句的写景自然转向抒情,遥望玉门关实质是在寄托乡愁情思,自然从戍地青海是望不到玉门关的,遥望玉门关表达了战士们心中思乡之切。第一、二句由苍茫远景到归乡心切,而三、四句"黄沙百战穿金甲,不破楼兰终不还"笔锋一转,全诗基调由低回转向高昂。"黄沙百战""穿金甲"说明了战士们身经百战,铁甲已被磨穿,暗示戍边时间之长久、征战之频繁、战斗之艰辛、敌军之强悍。虽然金甲磨穿,但战士们的报国壮志却没有被消磨,他们在万里长风黄沙中变得更加坚定——不破楼兰终不还,言辞慷慨,直陈己志,这是无数驰骋疆场、视死如归的战士们掷地有声的誓言。上一句将战事渲染得越艰辛残酷,下一句的誓言就越发雄健有力,激昂感人。

  这首诗歌一、二句写景,境界阔大,苍茫雄浑,涵蕴丰富;三、四句抒情,慷慨悲壮,坚定深沉,深刻地表达了无数在边陲孤城中戍边征战的士兵们的宽广胸襟和雄心壮志,忠勇之气,溢于言表。

从军行（其五）

大漠风尘日色昏，红旗半卷出辕门①。
前军夜战洮河北②，已报生擒吐谷浑③。

注　释

① 半卷：形容因风大，军队疾速前进，所携带的红旗不能完全舒展。
② 前军：先头部队。洮（táo）河：也称洮水，属于黄河支流。源于青海东北，流经甘肃岷县、临洮入黄河。
③ 吐谷（yù）浑：西域古国名，也称吐浑，西晋至唐朝时期位于祁连山脉和黄河上游谷地，唐初时常侵扰边境，为大将军李靖所平。此处代指西北入侵敌军的首领。

题　解

这是王昌龄《从军行》组诗中的第五首。诗歌通过描写奔赴前线的戍边将士听闻前方部队首战告捷消息时的欢欣雀跃的心情，表现了唐军的旺盛士气和强大军威。

赏　析

《从军行》（其五）撷取了边塞战斗中捷报传来的喜悦画面，生动形象地表现了征人们高昂的情绪，充满了胜利后的强烈喜悦之情。诗歌开篇"大漠风尘日色昏，红旗半卷出辕门"描写了戍边军队奉命开拔以及行军途中的情景，渲染了战斗环境的艰苦和临战氛围的紧张：茫茫无际的沙漠中，狂风怒吹，天昏地暗，士兵们在旗帜的引导下，衔枚疾走，义无反顾。这两句营造出一种肃杀凝重的氛围，有一种"风萧萧兮易水寒，壮士一去兮不复还"的悲壮之感，战争还未全然拉开，已使人浮想联翩，让人预感到一场惊心动魄的激战即将展开。正在人们心中紧张焦灼之际，"前军夜战洮河北，已报生擒吐谷浑"的捷报传来，前锋部队已经在夜战中大获全胜，连敌军的首领也被生擒，这样的消息来得突然，以至于让人微微怔住，而回顾上述将士们出征的迅猛有序，凌厉威武，这又并不意外，我们似乎能看到唐军战士们欢呼雀跃的场景，这是战争胜利的欢歌，更是盛唐国力强盛、气势如虹的华歌。

　　这首诗构思巧妙，在场景和感情上都是大起大落的。一首绝句寥寥四句，却表达了丰富的内容和思想情感；另外诗歌节奏跌宕起伏，让读者的心脏被诗中的场景所牵引，似乎与战士们一起紧张、惊喜，仿佛如临其境。作者虽然只是撷取了小小的战事片段，却字里行间洋溢着鼓舞人心的自信心和自豪感。

从军行（其六）

胡瓶落膊紫薄汗①，碎叶城西秋月团②。
明敕星驰封宝剑③，辞君一夜取楼兰。

注　释

① 胡瓶：西域出产的一种储水瓶。落：通"络"，缠绕。落膊：挎在胳膊上。薄汗：健马名。
② 碎叶城：古城名，因临碎叶水（今楚河）而得名，故址在今吉尔吉斯斯坦境内。诗中的碎叶城并非实指，而是王昌龄的虚拟藻饰之辞。
③ 明：白天。敕：皇帝的诏令。星驰：星夜奔驰。封宝剑：皇帝赐尚方宝剑于有功边将，作为封关的凭证。

题　解

这是王昌龄《从军行》组诗的第六首。诗歌通过描写将军欲奔赴边关杀敌破贼的急迫心情，表现将军国家兴亡、匹夫有责的使命感和建功立业的豪情壮志，满篇洋溢着豪迈气概。

赏　析

《从军行》（其六）描写一位将军奔赴边关、征战沙场的过程以及心情，满篇洋溢着一股奋发向上、杀敌立功的豪情壮志。诗歌首句"胡瓶落膊紫薄汗"描写了这位将军的战时装束，"胡瓶""薄汗"都是西域风物的典型形象，表现了这位将军准备扎根边地，驰骋边疆的雄姿英发。第二句"碎叶城西秋月团"转写边塞之景，展现了澄净苍凉的边关月色，烘托了广阔清明的背景，也侧面表现出边关在这位将军心中的重要存在——边关虽远在万里但是牵动着他的心，这位将军随时准备奔赴边塞，保家卫国。前两句着重衬托将军的英勇神武以及忧国忧民：苍凉如水的夜空下，一身戎装的将军威风凛凛，遥望边关，一个勇武将军形象如在眼前，意在蓄势。三、四句"明敕星驰封宝剑，辞君一夜取楼兰"则如长河奔腾，一泻千里，豪气生发。前一句精当地描写出这位将军对于国家使命的责任感和渴望奔赴边关的急迫心情：白天敕令赐予尚方宝剑，星夜则驰奔边塞，塑造出边塞健儿的豪迈气概；而最后一句更加气势凛然，既写出了攻城拔寨的神速，又表现出戍边将士建功立业的豪情，以及唐朝强大国势下将士们为国鞠躬尽瘁的豪情和自信飞扬的气度。

这首诗言辞慷慨，气势逼人，表达了国家兴亡、匹夫有责的强大使命感以及士子们建功立业的豪情壮志，字里行间不见离情别绪、戍边苦情，而是满篇洋溢着发奋向上、自信超越的盛唐之气。

从军行（其七）

玉门山嶂几千重①，山北山南总是烽②。
人依远戍须看火③，马踏深山不见踪。

注　释

① 玉门：指玉门关。山嶂：形容高而险象丛生的山峰。
② 烽：指烽火台。
③ 依：依傍。戍：戍亭，前沿岗哨。看（kān）：监视，守护。看火：守望烽火，保持警惕。

题　解

这是王昌龄《从军行》组诗的第七首。诗歌描写了重峦叠嶂、烽火遍布的边塞景观，表达了戍边战士心中独特的心境和情绪，于深幽中见厚重。

赏　析

《从军行》（其七）是组诗七首中独特的一首，主要描写边塞山峦叠嶂、烽火遍布的独特景观，不同于其他诗作的情景交融、风骨苍劲、气势雄浑，此首小诗则集中体现了王昌龄七言绝句的艺术特色"含蓄而有余味"。诗歌全篇绘景，"玉门山嶂几千重，山北山南总是烽"描绘玉门关在重峦叠嶂中被层层掩映，使得雄关一道颇为渺小，大自然的山脉戈壁连绵广袤，雄健苍茫，只有一直伸向地平线的烽燧和城障矗立山间，显出人的意志。"人依远戍须看火，马踏深山不见踪"，写戍人伫立在高高的戍楼之上，时时遥望着远方的烽火，终年传递着战和的消息，而穿行在山间的骑手则渐行渐远，消失在连绵的群山。这首诗用语清浅有致，意境宁静隽永，诗人将背景设置为辽阔苍茫的边关，连绵无尽的群山之中，这里有蔓延无尽的烽燧城障，也有终年在这里翘首远目的戍人和遍踏群山的骑手，他们默默无闻，却是边防安危的信号传递者，终年单调枯寂的戍边生活却没有消磨他们心中的责任感和信仰，戍人终年观望烽火，骑手时刻视察群山，他们兢兢业业，忠于职守，以无言的方式保卫家国。最后一句"马踏深山不见踪"言有尽而意无穷。山深路幽，战士骑马巡逻穿梭于连绵的群山之中，只闻其声不见其人，我们似乎看见他们远去的背影渐行渐远，一片殷殷报国之情凝于苍茫的天穹，令人动容。

这首诗氛围冷峻、寂寞而又沉静；起笔突兀，收笔婉转，又似乎绵里藏针，读来颇具意味深长，正践行了王昌龄自己在《诗格》中对诗歌结尾的主张："每至落句，常须含蓄，不令语尽思穷。"

出　塞

秦时明月汉时关①，万里长征人未还。
但使龙城飞将在②，不教胡马度阴山③。

注　释

① 关：关隘。我国在秦汉时期便修筑长城以防敌人的入侵。
② 但使：假如，只要。龙城：汉代匈奴人祭天的地方，借指敌人的首府。飞将：汉朝名将李广，匈奴人畏惧他的神勇，不敢入侵，称其为"飞将军"。
③ 胡马：指侵扰内地的外族骑兵。阴山：昆仑山的北支，起于河套西北，横贯内蒙古中部及河北北部，是中国北方的天然屏障。

题　解

《出塞》是乐府旧题，属《横吹曲辞》。原作二首，此为其一，被后人称为"唐人七绝压卷之作"。这首诗是诗人王昌龄早年赴西域时所作，王昌龄所处的盛唐时代，富强昌盛，对外战争也屡屡取胜，全民自信飞扬。这一时代的边塞诗作多体现一种慷慨昂扬的向上精神和克敌制胜的强烈自信，但同时，频繁的战争为人民造成了沉重的别离和负担，人民渴望和平，《出塞》便反映了人民向往和平的心愿。

赏　析

《出塞》是一首悲壮浑成的边塞绝唱，诗歌渲染了宏阔雄健的意境，打通时间空间，掷地有声地发出边战不断，国无良将的慨叹。诗歌起笔"秦时明月汉时关",寥寥七字展现出一幅咫尺万里的壮阔图景:清寒的明月高悬天穹,清辉洒向万里雄关。诗人从千年以前、万里之外的大笔挥洒,自然形成一种雄浑苍茫的独特意境,呈现出边疆的萧条沉寂、苍凉肃杀,而秦汉时的明月和边关,打通了历史空间,使得这幅明月照边关的空间图景延伸成为时间长河中的剪影,为万里边关赋予了悠久的历史感和肃重感,也侧面表现出诗人对于边塞战事的长期思考。紧接着第二句"万里长征人未还",诗人由苍茫的景致感发想到秦汉以来无数马革裹尸、为国捐躯的边塞戍卒,他们常年驻守边关,至死未归,而千百年来边战未停,前赴后继的戍卒战士奔赴边关,最终成为一抔黄沙,一股庄肃之气萦绕于天地之间,令人顿生敬意,无限悲悯,同时也侧面反映出长期战争给普通人民带来的苦难。前两句蓄势充足,意蕴深沉,后两句"但使龙城飞将在,不教胡马度阴山"的抒情水到渠成:若有将军能征善战,像飞将军李广一样,使匈奴人闻风丧胆,根本不需天子筑长城,更不需戍卒守边关。这句虽用夸张的手法却强烈表达出诗人心中的愤慨:由于朝廷用人不当,将帅不得其人,才造成了烽火长燃、征人不还的局面,因此诗人深沉地呼唤安边定远、保家卫国的"龙城飞将"出现,能够威慑万里,息战止兵,使得广大老百姓过上和平安宁的生活。这两句声调高亢,情感愤激,气势雄浑,足以统摄全篇。

  这首诗虽然只有短短四句,却有咫尺万里之势以及耐人寻味的情感:既有对戍卒的浓厚同情,有对战事边防的深沉担忧,也有对朝廷贤能不举的强烈抨击,洋溢着诗人满怀的爱国热情。诗人将无限的情感融于苍茫壮阔的历史图景中,深沉含蓄,意味无穷。

王　翰

　　王翰（生卒年不详），约与王昌龄同时期人，唐代诗人。字子羽。并州晋阳（今山西太原）人。少恃才豪放不羁，嗜酒放旷。景云元年（710）进士及第。因每日纵酒，文才出众，神气豪迈，本州长史张嘉贞视他为奇才，厚遇之。张说为相后，召为秘书正字，升通事舍人、驾部员外郎。后因行为狂放，自视为王侯，为时人所鄙，相继被贬为汝州刺史，又改徙仙州别驾，于任上常邀名士豪绅，饮宴游猎，击鼓穷欢，于是又被贬为道州司马，卒于任上。生平见新、旧《唐书》本传以及《唐才子传》。王翰工诗，尤擅七言歌行，咏叹古今，具有强烈的社会现实意义。代表作为《凉州词》《饮马长城窟行》等，千百年来为人们传诵不衰。原有诗集十卷，已散佚，今《全唐诗》录存其诗十四首。

凉州词（其一）

葡萄美酒夜光杯①，欲饮琵琶马上催②。
醉卧沙场君莫笑③，古来征战几人回④。

注　释

① 夜光杯：白玉质地的酒杯，光可夜间照明，这里指华贵精美的酒杯。
② 欲：将要。琵琶：原指西域少数民族的乐器，这里指作战时用来发号施令的乐器。催：催饮，隐含征人出征之意。
③ 沙场：平坦空旷的沙地，古时多指战场。
④ 征战：打仗。

题 解

《凉州词》是盛唐时期流行的一种曲调名。《新唐书·乐志》载"天宝间乐调，皆以边地为名，若凉州、伊州、甘州之类"。《凉州词》即为按凉州地方乐调谱唱的乐调，地方色彩浓厚，与西北边塞风情密切相关。王翰作《凉州词》组诗二首，此为其一，诗歌通过渲染军队出征前盛大隆重的酒宴和战士们豪爽宴饮的场面，表现他们置生死于度外的豪放旷达。

赏 析

《凉州词》（其一）是诗人王翰的代表作，也是一首著名的边塞诗。诗人以豪放旷达的情调描写边塞将士的生活，抓住出征前的特殊场面和征人的复杂情感点染描述，使诗歌深入人心，成为千古绝唱。诗歌开篇"葡萄美酒夜光杯，欲饮琵琶马上催"以饱满激情的笔触，铿锵激越的音调，大肆描写琳琅满目的盛大宴席，充满塞外异域风情：晶莹透亮的夜光杯中斟满了葡萄美酒，将士们聚在一起畅怀痛饮，葡萄酒和夜光杯相映熠熠生辉，景象令人兴奋。正当战士们要一饮而尽时，听到马上琵琶急弦的声音，弦音急促地催迫着征人出发，这使得将士们的心情瞬间大变，热闹喧哗的欢宴气氛一下子转入紧张激烈的战前氛围，并引发了战士们无限的感慨。于是，诗歌后两句转向抒情："醉卧沙场君莫笑，古来征战几人回。"休笑战士醉卧沙场，从古至今，远赴边关征战的人能有几人生还归来？这一句虽罕有悲凉的韵味，却不失英雄气概，因为醉卧沙场的战士，他们在把酒痛饮的时候就已将生死置之度外，哪怕明日马革裹尸、弃尸荒野，也仅是坦然笑对，并不惮于前驱。诗歌虽然仅有短短四句，却呈现出战前将士们的大喜大悲：聚酒欢宴、一饮而尽的痛快，远赴边关、出生入死的豪迈以及面对生死，诙谐豪迈的自嘲，都令人真实深刻地感受到战士们跳动的心脏和澎湃的热血。诗歌侧面表现战争的残忍悲惨，但是整体的基调是雄壮高昂的，不仅表现出战士们豪迈达观的性格，也抒发了他们置生死之度外的坦荡胸怀。

这首边塞诗色彩描绘鲜明有致，格调高昂雄壮，内容诙谐豪迈。读者从开篇的酣宴痛饮中感受到壮美的豪情，从琵琶急弦中感受到战前的惊警，而"醉卧沙场君莫笑，古来征战几人回"的豪迈慨叹令人感到天地壮阔，气吞山河，令人心血澎湃，肃然起敬。

凉州词（其二）

秦中花鸟已应阑①，塞外风沙犹自寒。
夜听胡笳折杨柳②，教人意气忆长安③。

注 释

① 秦中：今陕西中部的平原地区。阑：将尽。
② 胡笳：古代流行于塞北和西域的一种管制乐器，其音悲凉。折杨柳：古人离别时折柳相送，思念亲人、怀念故友时也会折柳寄情，因此有《折杨柳》曲，是汉乐府旧题，属《横吹曲辞》，多表达伤春别离的情绪。
③ 意气：情意，一作"气尽"。长安：这里代指故乡。

题 解

这首诗是王翰诗作《凉州词》组诗的第二首，主要通过描写边塞风光景致，抒发边关将士们夜闻胡笳声而触动的思乡念远之情。诗歌哀而不伤，意境开阔。

赏 析

这首诗不同于《凉州词》（其一）的豪迈旷达，而是通过边关将士夜闻胡笳而泫然泪下的场景，表达远戍将士悠悠的相思。诗歌前两句"秦中花鸟已应阑，塞外风沙犹自寒"运用了对比的手法：想到关内的故乡此时繁盛的花期将尽，鸟儿也纷纷筑巢，鲜艳明媚，而边关仍是一片荒凉苦寒，冷清沉寂。战士们瑟缩在万里之外的边关冷夜里想念故乡明媚灿烂的春色，恨春风不度，归期无期。战士们的内心中已然积郁了万千的思念和感伤，然而，思念无处化解，边地夜晚呜咽的胡笳更加令人辗转难眠，肝肠寸断。"夜听胡笳折杨柳，教人意气忆长安"极力渲染了思乡的氛围，万籁俱寂的冷夜，不知是谁吹起了伤怀别离的《折杨柳》，令压抑已久的乡思立刻涌上心头。悠悠的胡笳声在沉寂的暗夜里回荡，将士们的心都随着胡笳声飘到了万里之外的长安，心归故里，身老边关。

  这首诗抓住了边塞风物的特点，借胡地春风不度、严寒凄凉以及胡笳声声来描写战士们难抑的乡思，反映了边关将士们艰辛的戍边生活以及对故乡亲人的深沉思念。全诗苍凉悲壮，却不低沉，以侠骨柔情为壮士之声，正乃盛唐之音的回响。

常　　建

　　常建（生卒年不详），唐代诗人。一说长安（今陕西西安）人，一说邢台（今河北邢台）人。开元十五年（727）进士及第，与王昌龄同榜高中。仕宦不得意，故徜徉山水以自娱，长期过着漫游生活，后徙家移居鄂渚（今湖北武昌），大历中授盱眙（今江苏盱眙）尉，生平见《唐诗纪事》卷三十一、《唐才子传》等。殷璠编《河岳英灵集》将常建列为首位，评价很高。常建诗歌长于五言，其山水田园诗歌旨趣深远、意境清幽，风格接近王、孟诗派。代表作为《题破山寺后禅院》。另有优秀的边塞诗，着力描写战争的残酷。代表作为《吊王将军墓》《塞下曲》等。有《常建集》，今存诗五十七首。

吊王将军墓①

嫖姚北伐时②，深入强千里③。
战余落日黄④，军败鼓声死⑤。
尝闻汉飞将，可夺单于垒⑥。
今与山鬼邻⑦，残兵哭辽水⑧。

注　释

① 王将军：指唐代名将王孝杰。
② 嫖姚：代指汉代名将霍去病，因霍去病曾任嫖姚校尉。
③ 强：一作"几"。
④ 战余：战后。
⑤ 鼓声死：即战鼓声消失。
⑥ 垒：营垒。

⑦ 山鬼邻：屈原《九歌》有《山鬼》篇。此处指王将军墓在荒野，故称与山鬼为邻。
⑧ 辽水：指辽河，在今辽宁境内，当年契丹居住于辽河上游一带，后改称"辽"，此处泛指边地。

题 解

《吊王将军墓》是诗人常建凭吊王孝杰将军的一首五言律诗。王孝杰的一生相当奇特，仪凤中，他以副总管从工部尚书刘审礼两讨吐蕃，战败被俘，赞普见他貌似其父，免死，不久便放了他。武后长寿元年（692），他为武威道总管，又讨吐蕃，大立战功。万岁登封元年（696），又在素罗汗山与吐蕃战，败。重被起用后，在与契丹军作战中战死。纵观王孝杰一生，一生征战，有胜有败，最后一战，以身殉国。诗人不以成败论英雄，将王孝杰与汉代名将霍去病、李广相提并论，着重渲染王孝杰为国捐躯的悲壮，寄予了诗人深沉的痛悼与哀思。

赏 析

《吊王将军墓》这首诗诗人另辟蹊径，选取了王孝杰将军的最后一役，写出了王孝杰捐躯赴难、含恨壮烈而死的英勇，渲染了极其悲壮崇高的氛围，表达了诗人对王孝杰将军的哀悼和崇敬之情。诗歌开篇"嫖姚北伐时，深入强千里"以汉代名将霍去病借比王孝杰的骁勇善战：昔有霍去病北征匈奴，长驱千里，今有王孝杰北讨契丹，深入敌军。紧接着第二句"战余落日黄，军败鼓声死"正面描写唐军与契丹军决战的激烈场面：战场厮杀时飞扬的尘土使得天地昏黄，直到战争结束，落日笼罩下的战场依旧昏黄无光；鼓声是战斗进攻的信号，一直战斗到"军败"，鼓声都没有停止，战士们前赴后继，绝不退缩，但最终仍是战败，全军覆没。"鼓声死"不仅透露出兵败的不幸消息，更加弥漫出一种悲壮苍凉的氛围。接下来一句"尝闻汉飞将，可夺单于垒"以汉代飞将军李广借比王孝杰的军威和人品。李广爱兵如子，深受士兵拥戴，雄踞沙漠，匈奴闻风丧胆，而以李广借比王孝杰，更突出王孝杰将军的高大形象。最后一句"今与山鬼邻，残兵哭辽水"写王孝杰兵败殉难，含恨而终，其壮行天地动容，其壮死山川同悲。"鬼""哭"将诗歌的悲壮哀绝气氛烘托无遗，表达了诗人对王孝杰兵败殉国深深的哀惋和痛悼。王孝杰虽驰骋沙场，英勇报国，但论其一生功绩，难以与霍去病、李广等名将等驾齐驱，而诗人却以千古名将借比王孝杰，可见其在诗人心中的英勇威武形象，也表现出诗人不以成败论英雄，识见不凡，以及对英雄末路的同情哀惋。

这首诗既是一曲挽歌，又是一曲壮歌。全诗将悲壮、哀悼之情极尽渲染，虽写的是悲剧，却因其壮烈，产生深深的悲壮感和崇高感。殷璠的《河岳英灵集》首列常建诗，说他的诗"其旨远，其兴僻；佳句辄来，唯论意表"。

祖　咏

　　祖咏（699—约746），唐代诗人。洛阳（今河南洛阳）人。唐玄宗开元十二年（724）进士及第。长期未授官，后入仕，又遭迁谪，仕途落拓，遂迁居汝水之滨，以渔樵自终，贫病交加而卒。生平见新、旧《唐书》本传及《唐才子传》。祖咏少有文名，与王维、储光羲、卢象友善。其作品以描写山水自然为主，如《终南望余雪》等。边塞七律《望蓟门》，抒写抱负，笔力雄奇，别具风格。唐人殷璠在《河岳英灵集》中评价其诗"剪刻省静，用思尤苦，气虽不高，调颇凌俗"。原有集，已散佚，明人辑有《祖咏集》，《全唐诗》存录其诗一卷。

望　蓟　门①

燕台一望客心惊②，箫鼓喧喧汉将营③。
万里寒光生积雪，三边曙色动危旌④。
沙场烽火侵胡月，海畔云山拥蓟城。
少小虽非投笔吏⑤，论功还欲请长缨⑥。

注　释

① 蓟门：今北京西南，唐时属范阳道所辖，是唐朝屯驻重兵之地。
② 燕台：又称幽州台，即古黄金台，燕昭王曾高筑台阁置黄金于其上以招揽贤士，历来文人多前往吊古。客：诗人自称。
③ 箫鼓：我国古代北方少数民族的军乐器，此处代指号角。喧喧：形容声音喧闹。汉将营：这里指唐军营。

④ 三边：古称幽、并、凉为三边，此处泛指当时东北、北方、西北边防地带。危旌：高扬的旗帜。
⑤ 投笔吏：汉代名臣班超少时家贫，常为官府抄书以谋生，曾投笔叹曰："大丈夫当立功异域以取封侯，安能久事笔砚间！"后班超弃笔从戎，抗击匈奴，以功封定远侯。
⑥ 论功：指论功行赏。请长缨：汉人终军曾自向汉武帝请求："愿受长缨，必羁南越王而致之阙下！"后被南越相所杀，年仅二十一岁。缨：绳子。

题 解

《望蓟门》是诗人祖咏所作的七言律诗。蓟门原为春秋战国时蓟城的城门，遗址在今北京广安门一带。周初或更早一些属古蓟国，后为燕召公封地；秦统一六国后置蓟县为广阳郡治，成为北方军事重镇；西汉时为燕王封地；东汉置幽州；唐时幽州为范阳郡的中心，统率十六州，为边关要地。唐玄宗开元、天宝时期，这里经常与契丹发生战争。此诗诗人通过描写蓟门的地理形势以及渲染战争的紧迫气氛，表达了自己希望投笔从戎、立功边关的理想。《唐诗直解》谓此诗"调高语壮"，《唐诗贯珠笺释》言此诗："通首有气色，是盛唐格调。"

赏 析

《望蓟门》这首诗紧紧围绕一个"望"字，极尽描写边地所见的壮丽景色，所生发的无限感触，表达了诗人投笔从戎、平定边患、立功边疆的雄心壮志。全诗一气贯注，气势雄浑。诗歌起笔宏阔，首联"燕台一望客心惊，箫鼓喧喧汉将营"写诗人登步高台，极目远眺，内心波澜起伏。燕台原为战国时燕昭王所筑的黄金台，古来便有"黄金台拜将"的故事，是无数文人士子梦开始的地方，而此地又处于幽州军事重镇，诗人俯仰天地，眼前是辽阔的天宇，险要的山川，不禁激情满怀，一个"惊"字道出了一名远道而来的士子深受撼动的内心：自己身处自古而来的幽燕军事重地，站在曾经仁人志士聚集的黄金台，听着不远处的军营传来的喧天鼓乐，这一切凝成一种厚重的力量击打着他的心扉。

他远望前方"万里寒光生积雪，三边曙色动危旌"一派肃穆的景象：连绵万里的积雪覆盖苍茫大地，茫茫的雪原反射出凛凛的寒光，正当此时，诗人抬眼望见曙色从上空投向大地，日光之下被照射的猎猎军旗格外醒目耀眼，而更使诗人兴奋的是"沙场烽火侵胡月，海畔云山拥蓟城"。战场上弥漫着滚滚的硝烟，直上云天，一直绵延到远方胡地的天空，而天边的云海则气势雄伟地包裹着整个蓟城。箫鼓喧喧，军威阵阵，烽烟滚滚，天地之间雪光、日光、火光交织一片，相互辉映，令人心中热血澎湃，激荡不已。诗人祖咏笔下的边塞风光不是苦寒的、凄凉的、萧索的，而是壮伟的、宏阔的、苍茫的，所以这一切给了诗人巨大的鼓舞，他慷慨激昂地发出"少小虽非投笔吏，论功还欲请长缨"的呼声，表达内心想要投笔从戎，拼杀战场的热血与豪情。这里运用"班超投笔从戎"和"终军请缨"两个典故，以明赤血丹心，诗歌至此水到渠成，前面写景气象万千，后面抒情豪情万丈。

  这首诗诗人紧扣一个"望"字写望中所见，望中所感，格调高昂，感奋人心，尤其是诗人笔下的山川形胜，尤其是"万里寒光生积雪，三边曙色动危旌"一句，气象万千，雄伟阔大，正乃唐人风采。祖咏一生仕途坎坷，隐居林泉，他笔下的文字多是含蓄蕴藉、淡然隽永的，而这首边塞诗却写得波澜壮阔，惊心动魄，壮健之气，盈于天地。

李　白

李白（701—762），唐代著名诗人。字太白，一字长庚，号青莲居士。祖籍陇西成纪（今甘肃天水），一说出生于碎叶城（当时属唐朝领土，今属吉尔吉斯斯坦），一说出生于剑南道绵州昌隆（今四川江油）。二十五岁只身出蜀，开始了长期的漫游生活。唐玄宗天宝元年（742），被召入京，唐玄宗命其供奉翰林，因称"李翰林"，后因权贵谗毁，仅一年余被赐金放还，重新过着浪迹天涯的漫游生活。安史之乱后，曾为永王李璘幕府，因璘败牵累，流放夜郎，中途遇赦。晚年漂泊困苦，卒于安徽当涂（今安徽马鞍山）。生平见新、旧《唐书》本传及《唐才子传》等。李白诗风雄奇豪放，兼有飘逸自然之趣，所作诗歌热情奔放，才思飘逸，想象丰富，风格豪迈，热情地讴歌了祖国的壮丽山河，充满了傲岸不屈的反抗精神。代表作有《蜀道难》《行路难》《梦游天姥吟留别》《静夜思》等。有《李太白文集》传世，存诗约千首，文章六十余篇。被后世称为"诗仙"，与杜甫并称为"李杜"。

关　山　月

明月出天山[1]，苍茫云海间。
长风几万里，吹度玉门关。
汉下白登道[2]，胡窥青海湾[3]。
由来征战地[4]，不见有人还。
戍客望边色[5]，思归多苦颜[6]。
高楼当此夜[7]，叹息未应闲[8]。

注　释

① 天山：祁连山，今甘肃、青海两省边界，因汉时匈奴称"天"为祁连，所以祁连山也称天山。
② 下：出兵。白登：山名，在今山西大同东北。白登道：典出于《汉书·高帝纪》，汉高祖与匈奴交战，在白登山被困之事。
③ 胡：此指吐蕃。窥：有所企图，窥伺，侵扰。青海湾：今青海省青海湖。
④ 由来：历来，向来。
⑤ 戍客：驻守边塞的士兵。色：一作"邑"。
⑥ 苦颜：愁苦的容颜。
⑦ 高楼：古诗中多以高楼指闺阁，这里指戍边兵士的妻子。
⑧ 未应闲：未曾停息。

题　解

《关山月》原为乐府旧题，属《横吹曲辞》，多描写兵士久戍不归和家人互伤离别的情景。这首诗歌诗人所传达的不再局限于"伤离别"的哀怨之情，而是在巨大的时空框架中，揭示出无穷的边塞战祸给人民带来的深重灾难，委婉地表达了对唐玄宗逞威边远的异议。

赏　析

这首诗描绘了辽阔苍茫的边塞风光以及戍卒真实的生存处境，继而更深一层转入征人与思妇两地相思的痛楚，引发作者的思考。诗歌开篇"明月出天山，苍茫云海间"描写明月升上天山，浮游在广阔云海间，渲染了边塞风光的苍茫壮丽，也为全诗营造了一种幽怨绵眇的意境。紧接着诗人大笔挥洒："长风几万里，吹度玉门关。"长风浩浩，掠过几万里辽阔疆土，横度玉门关而来。由望月而引发征人怀远之思：征人深处西北边疆，月光下伫立遥望故园，情思翻涌，便觉着边地猎猎的长风，也是横吹万里，越过玉门关而来。诗歌前四句以"明月""天山""长风""玉门关"构成了一幅万里边塞，清寒空明的景致，表面写了边塞自然风光，而这自然风光在征人的眼里心底便都带有思乡怀亲的意味。

接下来四句"汉下白登道，胡窥青海湾。由来征战地，不见有人还"则叙写征战的场景，白登山是自古以来的征战之地，当年汉高祖刘邦在这里被围困了七天，而这青海湾一带至今仍烽烟不熄，征战不断，无休止的战争使得驻守边疆的征人有家难归，甚至少有人能够生还故乡。这四句承上启下，由前四句的边塞景致过渡到战争，又从战争过渡到征人，顺承其势，接下来四句则由征人转向思妇，由征人思妇转向离情苦楚。"戍客望边色，思归多苦颜。高楼当此夜，叹息未应闲。"久戍未归的战士夜里凝望月色，不禁想起万里之外的亲人，想到自家高楼上的妻子或许脸上双眉紧蹙，愁容难减，而自己归期遥遥，想到这里万里边关夜空下又响起他的叹息。诗人将苍茫边塞与连绵征战、征人思妇的情感交迭在一起，放在一个广阔苍茫的背景下，从而消减了纤弱愁苦，而变得更加深沉厚重。

  诗人李白写征人思乡怀远以及思妇的离情苦楚并非局限于一时一事，而是带着更广远、沉静的思索，用广阔的时间和空间做背景，放眼于古来边塞上无休止的民族冲突，揭示黩武战争给人民带来的深重苦难。诗人并非单纯地谴责战争，而是沉思一代代人为长久的战争所付出的深沉代价，更令人动容，令人深思。

关山月

塞下曲（其一）

五月天山雪，无花只有寒。
笛中闻折柳①，春色未曾看。
晓战随金鼓②，宵眠抱玉鞍③。
愿将腰下剑，直为斩楼兰④。

注　释

① 折柳：《折杨柳》曲，属于汉乐府《横吹曲辞》，多表达离情别绪。
② 金鼓：即四金和六鼓，四金为錞、镯、铙、铎；六鼓指雷鼓、灵鼓、路鼓、鼖鼓、馨鼓、晋鼓。金鼓是古代行军和战斗的信号，命令军队行军或者进攻时打鼓，即鸣鼓而攻；命令军队停止或者撤回是击钲，即鸣金收兵。
③ 玉鞍：以玉为饰的马鞍。
④ 楼兰：西域古国名，这里泛指侵扰我国西北的敌人。

题　解

　　《塞下曲》原为汉乐府旧题，属于《横吹曲辞》，多写边塞军旅生活。《塞下曲》六首诗是诗人李白所作的组诗，叙写时事和心声，此为其一。这首诗作于唐玄宗天宝二年（743），李白初入长安，任供奉翰林，胸中怀有建功立业的雄心壮志。此诗言辞慷慨，笔力雄浑，反映了雄健刚劲、飞扬超越的盛唐风貌。

赏 析

《塞下曲》（其一）是李白边塞诗的代表，虽言及守边将士的艰辛生活，但全诗洋溢着高昂的基调，通过对戍卒战斗生活的深入描写，颂扬了他们忠心报国的英勇精神以及誓死破敌的坚定决心。诗歌首句"五月天山雪，无花只有寒"运用白描的手法描写边塞的特殊环境，诗中的天山并非如今的新疆天山山脉，而是指祁连山，海拔高，气候恶劣，即便是五月，一年中最热的季节，祁连山顶依旧积雪皑皑，寒气逼人，没有繁花枝头、绿意盎然。我们由此可知盛夏时节边地仍如此苦寒，若到秋冬时节势必更加艰辛，诗歌敏锐地捕捉到这一细节，表达了戍边战士常年戍守边关的艰苦卓绝。紧接着"笛中闻折柳，春色未曾看"，虽然战士们身在终年苍凉苦寒的边地，但内心中并没有泯灭对春天的渴望。《折杨柳》为乐府横吹曲，内容多叙离别愁思，战士们常年驻守祁连山，看不到春风杨柳的景致，也看不到温暖明丽的家乡，他们只能吹奏《折杨柳》的曲子，表达内心的情思。我们似乎能看到终年积雪的祁连山头，清寒的月光洒向高耸的边关，当《折杨柳》的曲调响起时，牵动了多少热血男儿对家乡亲人的思念，但是他们是祖国的战士，是边境的屏障，绵绵的儿女相思只能深潜在心中；他们肩扛着边防重任，他们过着"晓战随金鼓，宵眠抱玉鞍"的紧张战斗生活，白天在钲鼓声中进攻撤退，为了保卫国家前仆后继，夜晚也丝毫不敢松懈，经常抱着马鞍打盹歇息，枕戈待旦，一旦有风吹草动，立刻警觉战备，进入战斗。这一联虽寥寥数字，却一"晓"一"宵"表现出战士们夜以继日、无怨无悔地驻守边关、英勇杀敌，令人读之肃然起敬，击节赞叹。诗歌六句直下，一气呵成，结尾一联，诗人高呼长叹"愿将腰下剑，直为斩楼兰"，这里他化用了西汉傅介子慷慨复仇，计斩楼兰王的典故，表达了战士们誓死破敌的赤胆忠心，也表达了诗人甘愿赴身疆场、为国杀敌的雄心壮志。"直"与"愿"字呼应，语气斩钉截铁，气吞山河，有夺人心魄的艺术感染力。全诗在极其激昂振奋的情绪中戛然而止，令读者心潮澎湃，久久难以平静。

这首诗通过对边塞艰苦战斗生活的描写，颂扬了军人的爱国热情和肩负职责的忠实履行，前六句烘托渲染，结尾雄健有力。全诗苍凉雄壮，意境浑成，令人回味无穷。《唐诗笺注》评价此诗："四十字中，不假雕镂，自然情致。"

北 风 行

烛龙栖寒门①，光曜犹旦开②。
日月照之何不及此③？惟有北风号怒天上来。
燕山雪花大如席④，片片吹落轩辕台⑤。
幽州思妇十二月，停歌罢笑双蛾摧⑥。
倚门望行人，念君长城苦寒良可哀⑦。
别时提剑救边去，遗此虎文金鞞靫⑧。
中有一双白羽箭，蜘蛛结网生尘埃。
箭空在，人今战死不复回。
不忍见此物，焚之已成灰。
黄河捧土尚可塞⑨，北风雨雪恨难裁⑩。

注 释

① 烛龙：中国古代神话传说中的龙，人面龙身无足，居住在不见天日极北的寒门，睁眼为昼，闭眼为夜。
② 曜（yào）：照射。旦：早晨。
③ 此：指幽州。这里指当时安禄山统治北方，暗无天日。
④ 燕山：广义上的燕山指的是坝上高原以南，河北平原以北，白河谷地以东，山海关以西的山地；狭义上指上述范围内窄岭、波罗诺、中关、大仗子一线以南的山地，自古为交通要道，兵家必争之地。一说指燕然山，即今蒙古国境内的杭爱山。这里泛指我国北方。
⑤ 轩辕台：传说中黄帝轩辕氏与蚩尤大战的地方，遗址在今河北怀来乔山上。
⑥ 双蛾：女子的双眉。双蛾摧：双眉紧锁，形容悲伤苦闷的样子。

⑦ 长城：古诗中常以长城泛指北方前线。良：实在。
⑧ 鞞靫（bǐng chá）：虎纹鞞靫，绘有虎纹图案的箭袋。
⑨ 黄河捧土尚可塞：语出于《后汉书·朱浮传》："此犹河滨之人，捧土以塞孟津，多见其不知量也。"此反其意而用之，谓黄河之水不足道，可用捧土加以阻塞。
⑩ 北风雨雪：化用《诗经·邶风·北风》："北风其凉，雨雪其雱。"原指凄风冷雨预示着国家的危机将至，这里借以衬托思妇悲惨的遭遇和凄凉的心情。裁：一作"哉"，消除。

题 解

《北风行》原为汉乐府旧题，属于《杂曲歌辞》，内容多写风雨交加、征人久戍不归的伤感之情。此诗是诗人李白约作于唐玄宗天宝十一载（752）的一首诗，当时李白为探安禄山谋叛虚实而至幽州，安禄山为范阳节度使，屡启边衅以邀宠，导致边战频繁，士卒多战死。李白有感于此作此诗，通过描写思妇对阵亡征人无穷的思念和悲痛，痛诉战争给人民带来的深刻灾难。

赏 析

《北风行》叙写一位女子翘首以盼丈夫戍边归来却等来丈夫"战死不复回"的噩耗，于是痛心疾首，肝肠寸断，令人读之泫然涕下。诗歌起始照应题目，从描写幽州的苦寒着笔，首句"烛龙栖寒门，光曜犹旦开"引用神话传说：烛龙栖息在极北的地方，终年不见天日，只以烛龙的视瞑呼吸区分昼夜四季。诗人起句将征人戍防的边地比喻成神话传说中不见天日的极北之地，表现边地的苦寒昏暗。紧接着"日月照之何不及此，惟有北风号怒天上来。燕山雪花大如席，片片吹落轩辕台"进一步渲染北方冬季的苦寒。"北风号怒天上来""燕山雪花大如席"运用夸张的手法极尽渲染幽州的冷冽，大气包举，想象飞腾，充满着浪漫主义色彩；同时此句用"燕山"和"轩辕台"泛指广大的幽燕地区，引出下面的幽州思妇。"幽州思妇十二月，停歌罢笑双蛾摧。倚门望行人，念君长城苦寒良可哀"一连串的动作刻画了思妇的内心世界：她终日倚门盼望丈夫征戍归来，思念丈夫令她眉头紧蹙，满脸愁容。这四句为我们鲜活地塑造了一个忧心忡忡、愁肠百结的思妇形象。这位思妇由眼前往来不绝的行人想到远行未归的丈夫，由此时此地的苦寒想到丈夫驻守边地更加苦寒艰辛，内心牵挂担忧，难以消散。妻子想念丈夫却难以得见，只能日日端详丈夫留下的虎纹箭袋聊解心中的思念。"别时提剑救边去，遗此虎文金鞞靫"中"提剑"一词刻画了丈夫慷慨赴边，保家卫国的英勇形象，使人对下文他不幸战死更加同情悲悯。"中有一双白羽箭，蜘蛛结网生尘埃"写丈夫离家日久，箭袋中的白羽箭已经蛛网尘结，睹物思人，令思妇黯然神伤，而更令思妇痛心疾首的是"箭空在，人今战死不复回"，旧物仍在，人今不存，倍觉伤情。"不忍见此物，焚之已成灰"入木三分地写出了思妇对丈夫肝肠寸断的思念和痛心，她的思念、担忧、牵挂、悲痛都化成了深深的绝望。诗歌至此，已令人不忍卒读，然而诗人并不止笔，而是用惊心动魄的语句倾泻满腔的悲愤——"黄河捧土尚可塞，北风雨雪恨难裁"，这里说即使滔滔黄河水捧土可塞，而思妇的恨也难以消减，更鲜明地反衬出思妇内心悲愤愁恨的深广。北风怒号，漫天风雪的苍凉景象更加浓重地烘托出悲哀的气氛，思妇的怨愤就像无休无止的北风雨雪"绵绵无绝期"。结尾一联犹如霜雪齐下，犹如火山喷岩，势不可挡，令人震撼。

  这首诗大肆运用夸张的手法，极尽渲染边地的酷寒冷冽，极尽渲染思妇心中的悲愤愁怨，已将一个"伤北风雨雪，行人不归"的边塞题材，出神入化地开拓开来，控诉了战争的罪恶，表达了对人民苦难的深切同情悲悯。全诗信笔挥洒，妙语惊人，自然天成，气势如虹。桂天祥《批点唐诗正声》评价此诗："独太白有此体。哀苦萧散，字句无难处，人便阁笔。"

子夜吴歌·秋歌

长安一片月①，万户捣衣声②。
秋风吹不尽，总是玉关情③。
何日平胡虏④，良人罢远征⑤。

注 释

① 一片月：一片皎洁的月光。
② 万户：千家万户。捣衣：所谓捣衣，其实是捣布，将织好的布帛放在砧石上用棒捶打，使之柔软，以便缝制棉衣。
③ 玉关：即玉门关，故址在今甘肃敦煌西北，此处代指良人戍边之地。
④ 平：平定。胡虏：侵扰边境的敌人。
⑤ 良人：古时夫妻互称为良人，后多用于妻子称丈夫，这里指驻守边地的丈夫。罢：结束。

题 解

《子夜吴歌》是诗人李白创作的乐府组诗，又作《子夜四时歌》，原为汉乐府旧题，因属《清商曲辞·吴声歌》，故名。内容写春夏秋冬女子思念情人的哀怨，此体原为一首四句，诗人将其拓展为六句，用以写女子思念征夫的情感，更具有时代新意。组诗共四首，此为第三首《秋歌》。此诗通过写征夫之妻秋夜怀念远戍边关的良人，表达古代劳动人民希冀战争结束过上和平安乐的生活，虽未言爱情，但字字渗透着真挚的情感。

赏 析

李白的这首《子夜吴歌·秋歌》亦是写思妇秋夜怀思远征边陲的丈夫，其心拳拳，令人动容。李白写两地相思，并不流于哀怨伤情，其风韵境界，其他诗作难以企及。诗歌起笔"长安一片月，万户捣衣声"境界宏阔，渲染了秋夜的清寒宁静。"长安一片月"既是写景，表现了"秋月扬清辉"的季节特点，同时也铺垫主题，正是因为皓月当空，月明如昼，正好捣衣；"万户捣衣声"写整个长安城都沉浸在此起彼伏的捣衣声中，这是因为家家户户都在为远戍前线的亲人准备过冬的寒衣。"万户"表现了整个长安城离家从军战士之多，那么饱受孤栖念远之伤的思妇也并非一家一姓，而是家家户户。秋风起，秋月明，长安城里此起彼伏的捣衣声对于长期独守空房的思妇是一种难耐的挑拨，一声声不仅回响在秋夜的宁静里，更回响在思妇的心里。秋月清寒，秋风萧萧，这样的秋夜总是刺痛着思妇的内心，"秋风吹不尽，总是玉关情"写秋月空明，风送砧声，声声都是怀念玉关征人的深情，这里秋月、秋风与秋声织成浑成的境界，见境不见人，人物的情感却萦绕着整个长安秋夜，此情之浓，不可遏制。于是诗歌末尾两句直表了思妇的心声："何时平胡虏，良人罢远征。"月夜下捣衣的妇人一边捣衣，一边内心祈祷战事终结，好让远征塞外的亲人返归故里，思妇的情感是缠绵的、深切的，但不是低沉的、消极的，而是昂扬积极的希冀，她们不是一味地愁苦，一味地哀怨，而是期待平定胡虏，凯旋立功。这种积极昂扬的情绪，于缠绵中见悲壮，构成了这首诗幽美中见壮美的刚柔并济的浑成风格。

《子夜吴歌·秋歌》这首诗勾画了绝妙而富有意味的意境，月照千家万户，风送砧声，化为玉门关外荒寒的月景以及思妇内心的牵挂与希冀，犹如一幅囊括万千的画卷，画中气象浑成，画外意味无穷，遂有回肠荡气、激荡人心的意味。

子夜吴歌·冬歌

明朝驿使发①，一夜絮征袍②。
素手抽针冷③，那堪把剪刀④。
裁缝寄远道⑤，几日到临洮⑥？

注 释

① 驿使：古代官府负责传送书信和物品的使者。
② 絮：在衣服里铺棉花。征袍：出征将士所穿的衣袍。
③ 素手：白净的手，诗词作品中多指女性的手。
④ 那：通"哪"，哪里。堪：承受，经受。
⑤ 裁缝：裁剪缝制衣服。
⑥ 临洮：今甘肃临潭西南，自古为西北名邑、陇右重镇、古丝绸之路要道，此处泛指边地。

题 解

这首诗是《子夜吴歌》的第四首《冬歌》。通过叙写一名女子在冬夜里为丈夫缝制戍边越冬的棉衣，表达思妇对丈夫深深的思念，情感委婉深厚，令人回味不绝。

赏 析

《子夜吴歌·冬歌》同样也是表达思妇怀远之情，而相比于《秋歌》最大区别在于选取了一位女性来写，将读者的视线更加集中；从旁观者的视角刻画人物，表达情感，画面感更加强烈。诗歌开篇"明朝驿使发"截取了一个特殊的时刻，大大增强了诗歌的情节性和戏剧性。因为战事突变，刚刚得到传送征衣的驿使明天就要出发的消息，富有紧迫感和悬念。"一夜絮征袍"言简而意丰，我们可以想象到女主人公听闻消息后的心急慌张，在寒冷的冬夜里一边呵气一边为丈夫赶做征袍，寒夜里剪裁、絮棉、缝制。无奈冬夜里滴水成冰："素手抽针冷，那堪把剪刀。"一根细细的针拿在手上都觉得冷，何况是一把剪刀。这一句生动形象，读者似乎能够看到一个女子在冬夜的烛光下，手被冻得不听使唤，裁剪也不那么得心应手，而时间不等人，驿使明天就要出发，她只担心不能在天亮之前赶制出衣袍，人物的焦急神态宛如画出。这名女子满怀着深情，心中思忖着："裁缝寄远道，几日到临洮？"在寂静的寒夜里，她由自己的寒冷想到远在更北的临洮更加冷寂苦寒，她不关心自己受冻受累，满脑子想的只是她亲手缝制的棉衣什么时候能够送到边塞，穿在丈夫的身上。这首诗感人至深的地方，不仅仅停留在思妇对征人的思念上，而是将人物的心理和动作结合起来描写，将她心中深深的思念付诸具体的行动，通过捣衣缝衣，使她的情感更加真实深刻。

《秋歌》写景抒情，以间接的方式塑造了长安女子的群像，传达出绵绵无尽的思念。而《冬歌》写人叙事，通过女子一夜絮征袍的情事表达内心朴素的情感。读完此诗，读者似乎亲眼看见那名女子紧张劳作的情景，形象鲜明深刻，情感委婉深厚，深得民歌精髓，语浅意深，词近情远。

战 城 南

去年战，桑干源①，今年战，葱河道②。
洗兵条支海上波③，放马天山雪中草。
万里长征战，三军尽衰老。
匈奴以杀戮为耕作，古来唯见白骨黄沙田。
秦家筑城避胡处④，汉家还有烽火燃⑤。
烽火燃不息，征战无已时。
野战格斗死⑥，败马号鸣向天悲。
乌鸢啄人肠，衔飞上挂枯树枝⑦。
士卒涂草莽，将军空尔为⑧。
乃知兵者是凶器，圣人不得已而用之。

注 释

① 桑干源：即桑干河，今永定河上游，在今河北西北部与山西北部，唐代常在此地与奚、契丹发生战事。
② 葱河道：即葱岭河，今有南北两河，南名叶尔羌河，北名喀什噶尔河，俱在新疆西南部。发源于帕米尔高原，为塔里木河支流。
③ 洗兵：指战斗结束后，清洗兵器。条支：汉西域古国名，在今伊拉克底格里斯河与幼发拉底河之间，此处泛指西域。
④ 秦家筑城：指秦始皇修筑长城以防御匈奴。
⑤ 汉家烽火：烽火指古代边防报警时所烧的烟火。据《后汉书·光武帝纪》载："骠骑大将军杜茂将众郡施刑屯北边，筑亭候，修烽燧。"李贤注："边方备警急，作高土台，台上作桔皋，桔皋头有兜零，以薪草置其中，常低之，有寇即燃火举之，以相告，曰烽；又多积薪，寇至即燔之以望其烟，曰燧。昼则燔燧，夜乃举烽。"
⑥ 格斗：战斗。

⑦ 衔飞上挂枯树枝：一作"衔飞上枯枝"。
⑧ 空尔为：即一无所获。

题 解

《战城南》原为汉乐府旧题，属《铙歌十八曲》，多写阵亡将士的惨状，表现战争残酷。此诗为诗人李白作于唐玄宗天宝年间的一首乐府古诗。天宝年间，唐玄宗逞威边远，轻动干戈，又几经失败。长期战争给人民带来深重的灾难，诗人看到一幕幕的惨状，忧国悯民的情怀激荡于胸，遂作此诗表达对无谓战争的控诉和对人民深重苦难的同情。

赏 析

盛唐威武强盛，而唐玄宗作为一代英主，更打造了开元盛世的空前繁华，但唐玄宗同时也是一位"好边功"的皇帝，尤其是在位后期，宠信边将，逞威黩武，不仅大肆消耗国力，而且给广大人民带来深重的灾难。李白有感于国家轻开边战，百姓民不聊生，借乐府古题《战城南》抨击统治者的穷兵黩武。诗歌可分为三部分，开头八句为第一部分，从征伐的频繁和广远落笔。"去年战，桑干源，今年战，葱河道。"从桑干源到葱河道，跨度广阔，却仅相隔一年，给人以东征西讨、转旆不息的强烈印象。"洗兵条支海上波，放马天山雪中草。万里长征战，三军尽衰老"则着力表现征行之广远。从条支海上洗兵到天山草原牧马，唐军的铁蹄踏遍南北，才导致三军身心疲惫，青春皆老的结果。有了前面的描写，这一声的慨叹水到渠成，自然坚实，而无一点矫情的宣泄叫嚣之感。而接下来的六句则从历史方面着墨。"匈奴以杀戮为耕作，古来唯见白骨黄沙田"叙写匈奴酷爱以武力攻城略池，他们最终的结果更多的是被抛尸荒野。"秦家筑城避胡处，汉家还有烽火燃。烽火燃不息，征战无已时"写秦筑长城的目的是防御胡人，息兵止战，但直到汉代，烽火依旧滚滚燃烧。诗人借用典抒发议论：没有正确的政策，争斗便不可能停息。诗人将这深沉的叹息放置于广阔丰富的历史事实中，更加真实深刻，引人深思。第三部分为剩下的八句，集中从战争的残酷性上揭露黩武战争的罪恶。"野战格斗死，败马号鸣向天悲"勾画战后白骨遍野，战马独存仰天嘶鸣的悲凉气氛。战争的最终目的是为了和平，而不停息的黩武战争带来的只有惨不忍睹的伤亡和无休止的牺牲。"乌鸢啄人肠，衔飞上挂枯树枝。士卒涂草莽，将军空尔为"写诗人目睹了战场上令人心惊的场面，为国家赴难捐躯的将士身死不能返故乡，任由乌鹊啄肠犹不足，又加之衔挂枯枝，此情此景，令人掩面泪奔。诗人因之痛切地呼喊："乃知兵者是凶器，圣人不得已而用之。"这两句表达了诗人内心深重的悲愤。

　　这首诗是一首叙事诗，却带有强烈的抒情性，每一部分的末尾都以深沉的感叹作结，具有鲜明的节奏感，从思想内容到艺术形式都表现出极大的创造性，更富有歌行体奔放的气势，使得质朴无华的叙事变得逸宕流美。全诗雄浑质朴，含蓄深沉。

・战城南

217

杜 甫

　　杜甫（712—770），唐代著名诗人。字子美。祖籍襄阳（今湖北襄樊），出生于河南巩县（今河南巩义）。祖父杜审言是唐初著名诗人，父亲杜闲曾任兖州司马。杜甫广学博记，三十五岁之前漫游各地。天宝年间科举应试，因李林甫作梗不第，困居长安十年，曾居长安城南少陵，故自称少陵野老，世称杜少陵。天宝十四载（755）方获右卫率府胄曹参军小职。安史之乱时被叛军俘虏，逃至凤翔，谒见肃宗，官左拾遗，不久弃官，经秦州、同谷入蜀，在剑南节度使严武幕中任职，官参谋、检校工部员外郎，故有"杜工部"之称。严武死后，举家东迁，漂泊湖、鄂一带，途中贫困交加，大历五年（770），病死于耒阳湘江途中。生平见新、旧《唐书》本传及《唐才子传》等。杜诗鲜活地反映了唐代社会由盛转衰的历史过程，笔触多涉及社会黑暗、人民疾苦，被人们称为"诗史"，杜甫亦被尊为"诗圣"。其诗众体兼备，风格多样，笔调雄健严谨，诗风沉郁顿挫，与李白并称为"唐诗双璧"。他用乐府体自制新题以咏时事，开唐代新乐府运动之先河；五、七言律诗也表现出卓越的创造性，积累了关于声律、对仗、炼字等完整的艺术经验。有《杜工部集》传世，今存诗一千四百多首。

前出塞（其六）

挽弓当挽强，用箭当用长。
射人先射马，擒贼先擒王①。
杀人亦有限②，列国自有疆③。
苟能制侵陵④，岂在多杀伤。

注　释

① 擒（qín）：捉拿。贼：一作"寇"。
② 亦有限：应该有个限度。
③ 列：一作"立"。列国：各国。疆：边界。
④ 苟：如果。侵陵：侵犯。制侵陵：制止侵犯、侵略。

题　解

《出塞》是汉乐府旧题，属《横吹曲辞》，内容多写边塞战斗生活，唐人边塞诗常以之为题。杜甫写有《出塞》多首，先写的九首为《前出塞》，后写的五首为《后出塞》。本诗为《前出塞》中的第六首，述说对于战争的看法，表现对国家军事、政治的深沉思考。

赏　析

《前出塞》（其六）是一首超越唐朝，甚至超越几个世纪的微型军事论文，具有深刻的洞见性和前瞻性。诗歌前四句"挽弓当挽强，用箭当用长。射人先射马，擒贼先擒王"似是当时军中流行的作战歌诀，两个"当"字，两个"先"字，读来朗朗上口，内容饶有理趣：强调部伍要强悍，士气要高昂，对敌作战要有方略，智勇须并用，不能盲目硬拼，应该抓住敌人的要害之处，给予猛击，取得先机。尽管诗人胸中有制敌妙计，但这并不是诗人关注的重点，他紧接着慷慨陈词道："杀人亦有限，列国自有疆。苟能制侵陵，岂在多杀伤。"诗人直抒胸臆，强调拥强兵只为守边，赴边也不为杀伐，应该通过智谋和政治手段解决边疆问题，而不能轻开边战，逞武扬威。这两句诗人发出振聋发聩的呼声，表达自己独到的军事思想：有最精良的武器，有最勇悍的士兵，却不应轻易动用武力暴力；战争中不纠结于杀敌破贼的数量，不在战略目标上做不切实际的膨胀，一切以保护国家主权和民族利益为准，同时也尊重生命，尊重和平的意志。诗人这种以战去战的思想，堪称安边良策，也反映了广大百姓反对无谓战争，热爱和平的强烈愿望。

这首诗歌前四句似谣似谚，通俗流畅，极富民间文化的特色；后四句慷慨陈词，直抒胸臆，其宏阔正论跃然纸上。全诗先行辅笔，后行主笔，不局于一时一事，而是大开大阖，境界阔大，于奔腾的气势中自然地流出"拥强兵而反黩武"的题旨，从而成为流传千古的名篇。

后出塞（其二）

朝进东门营①，暮上河阳桥②。
落日照大旗③，马鸣风萧萧④。
平沙列万幕⑤，部伍各见招。
中天悬明月，令严夜寂寥⑥。
悲笳数声动，壮士惨不骄。
借问大将谁？恐是霍嫖姚⑦。

注　释

① 东门营：洛阳东面门有"上东门"，军营在东门，故称"东门营"，由洛阳往蓟门，须出东门，这句点明征兵的地方。
② 河阳桥：在今河南孟津，是黄河上的浮桥，晋杜预所造，为通往河北的要津。
③ 大旗：大将所用的红旗。
④ 马鸣风萧萧：化用《诗经·小雅·车攻》诗句"萧萧马鸣，悠悠旆旌"。
⑤ 列：整齐地排列。幕：帐幕。
⑥ 令严：军令森严。
⑦ 嫖姚：即西汉大将霍去病，霍去病以"嫖姚校尉"一战成名。

题　解

《后出塞》组诗五首作于唐玄宗天宝十四载（755）冬。安禄山反唐之初，唐玄宗开元中期改府兵制为募兵制，兵农分离，出现了职业兵。这种应募的兵士，既非土著，也非宗族，重赏赐而贪生怕死。这组诗歌叙写天宝年间一名兵士从应募从军到只身逃脱的过程，目的在于通过士兵的自述，大声疾呼军队存在的弊端，揭露安禄山反唐的真相以及原因：正是因为玄宗好大喜功，过宠边将，以致养虎为患。这首诗是组诗的第二首，诗歌以一个刚刚入伍的新兵口吻，叙述出征边塞的部伍生活情景。

赏　析

《后出塞》(其二)作为组诗中的一部分，选取了一个刚刚入伍的新兵的角色，描写他眼中的军旅生活。诗歌首句"朝进东门营，暮上河阳桥"点明了新兵入伍的时间、地点以及出征的去向。东营门、河阳桥都是当时由洛阳去往河北的交通要道。新兵早晨到军营报到，傍晚便随队向边关开拔，一"朝"一"暮"表现出军旅生活特有的紧张多变的气氛。三、四句"落日照大旗，马鸣风萧萧"描写傍晚边地行军的景象。"落日"紧随着上联第二句中的"暮"而来，显出时间上的紧迫，这两句写萧瑟苍劲的边关景色，落日的余晖洒向迎着长风飘扬的旌旗，战马在北风中嘶鸣，夕阳与战旗交相辉映，风声与马鸣声交织相杂，表现出一种庄严凛然的行军场面，同时也进一步突出部队行进的疾速。其中"马鸣风萧萧"一句的"风"字，令人觉得全局都动，飒然有关塞之气。五、六句"平沙列万幕，部伍各见招"则描写傍晚沙地宿营的场面：天色已暮，落日西沉，军队暂驻，在平坦的沙地上整整齐齐地排列着成千上万个帐篷，而行伍中的首领也在召集清点属下的士兵。这里不仅展示出千军万马的壮阔之气，更突出整支队伍整备有素、军纪严明的特点。入夜，沙地的军营则又呈现出另一派景象和气氛。"中天悬明月，令严夜寂寥。悲笳数声动，壮士惨不骄"写一轮明月高悬中天，整个军营军令森严一片沉寂，荒漠的边地显得凄凉沉寂，然而，几声悲凉的胡笳声打破了夜的静寂，也使得出征的战士们肃然而生凄惨之感。至此，这位新兵不禁慨然兴问："借问大将谁？"自己所属的军队大将会是谁呢，但因为入夜军营肃静有序，他慑于军令的森严，也不敢出声向旁人询问，只能内心暗自揣测"恐是霍嫖姚"，表达自己的希冀。

全诗以时间为轴，展示了三幅苍劲雄浑的军旅生活画面：日暮行军图体现了军势的凛然和庄严；沙地宿营图体现了军容的壮阔和整肃；月夜静营图体现了军纪的森严和气氛的悲壮。三幅画面，各具特色，层次井然，步步相生，意境悲壮，给人以颇高的艺术审美享受，故宋人刘辰翁赞美此诗曰："其时、其境、其情，真横槊间意，复欲一语似此，千古不可得。"

春　望

国破山河在①，城春草木深②。
感时花溅泪③，恨别鸟惊心④。
烽火连三月⑤，家书抵万金⑥。
白头搔更短⑦，浑欲不胜簪⑧。

注　释

① 国：国都长安。破：陷落。山河在：旧日的山河依然存在。
② 城：长安城。草木深：强调人烟稀少。
③ 感时：为国家的时局而感伤。溅泪：流泪。
④ 恨别：怅恨离别。
⑤ 烽火：原指古时边防报警的烟火，这里指安史之乱的战火。三月：正月、二月、三月。
⑥ 抵：值，相当。
⑦ 白头：满头白发。搔（sāo）：用手指轻轻抓。
⑧ 浑：简直。欲：想要。胜：受不住。簪（zān）：一种束发的首饰。古代男子蓄发，成年后束发于头顶，用簪子横插住，以免散开。

题　解

《春望》作于唐肃宗至德元载（756）春。唐玄宗天宝十四载（755）十一月，安禄山起兵叛唐；次年六月，潼关被攻陷，唐玄宗匆匆逃往四川；七月，太子李亨即位于灵武（今宁夏灵武），称"唐肃宗"，改元至德。杜甫闻讯，即将家属安顿在鄜州，只身一人投奔肃宗朝廷，结果不幸在途中被叛军俘获，解送至长安，后因官职卑微才未被囚禁。唐肃宗至德二载春，身

城春草木深

处沦陷区的杜甫目睹了长安城一片萧条零落的景象，百感交集，遂作此诗，表达对国都沦陷、人民流离的痛楚，字里行间渗透着诗人的爱国之情。

赏 析

《春望》一诗表达的是诗人被叛军所俘之后，看见国破家亡、人民流离的悲惨情景，内心涌起的无限沉痛。诗歌开篇为我们描绘了一幅因战争摧残而残破衰败的景象："国破山河在，城春草木深。"山河依旧，然而国都却已被攻陷，整个国家满目疮痍，昔日的繁华之地如今草木丛生。一个"破"字令人触目惊心，继而一个"深"字又令人满目索然，"国破"和"城春"是两个截然相反的意象，在这里诗人将国家衰破放在风景明丽的春色里形成更加强烈的反差：春日晴好但明丽不复，到处都是残垣断壁、血流成河，诗人睹物伤感，心中满腹黍离之悲。面对此情此景，诗人不禁悲从心中来慨叹道："感时花溅泪，恨别鸟惊心。"诗人因感时伤别而出现幻视幻听，看见花开而潸然泪下，听见鸟鸣亦心惊胆战，诗人饱受乱离之苦，满怀悲愤之情，身体和灵魂都受到巨大的摧残，故而发出时移世易，物是人非，万般痛心这样的感慨。此句通过景物描写，移情于物，情景交融，物我浑一，乃千古绝唱。紧接着诗人从眼前之物想到眼下之境："烽火连三月，家书抵万金。"时逢世乱，山河破碎，家人离散，消息阻隔，亲人不知死活，诗人内心焦灼，此时的一封家书可抵得上万两黄金。此句写恨别，也写感时；诗人写自己对家人的思虑，也进一步表明了广大劳动人民在战争中生命毫无保障的悲惨情况，令人更加伤痛。最后一句"白头搔更短，浑欲不胜簪"写时局的动荡，使得年仅四旬的诗人已经未老先衰，国事家事天下事，事事烦忧，悲苦之情难以抑制，便以手搔头，本来就稀疏的白发更加短少，简直连编个发髻都难以实现。至此诗人因焦虑苦思而不能自已的神态跃然纸上，令人痛心。

这是大诗人杜甫意蕴深沉的爱国忧民的名作。诗人由国都萧索的景象到眼观春花而泪流，耳闻鸟鸣而怨恨，再写战乱流离，骨肉分散，诗人忧心忡忡，最终写到自己衰老悲愤却不能自已。诗歌环环相生，层层递进，创造了一个引人共鸣深思的境界，其意脉贯通而不平直，情景兼备而不游离，感情强烈而不浅露，内容丰富而不芜杂，含蓄深沉，耐人寻味。高步瀛在《唐宋诗举要》中评价此诗："字字沉著，意境直似离骚。"

悲 陈 陶①

　　陈陶斜，在咸阳县，一名陈陶泽。至德元年十月，房琯与安守忠战，败绩于此。

孟冬十郡良家子②，血作陈陶泽中水。
野旷天清无战声③，四万义军同日死④。
群胡归来血洗箭⑤，仍唱胡歌饮都市⑥。
都人回面向北啼⑦，日夜更望官军至⑧。

注　释

① 陈陶：地名，即陈陶斜，又名陈陶泽，在长安西北。
② 孟冬：农历十月。十郡：指秦中各郡。良家子：从百姓中征召的士兵。
③ 旷：一作"广"。清：一作"晴"。无战声：战事结束，旷野一片死寂。
④ 义军：官军，因其为国牺牲，故称义军。
⑤ 群胡：指安史叛军，安禄山是粟特人，史思明是突厥人，他们的部将也多为北方少数民族人。血：一作"雪"。
⑥ 都市：指长安街市。
⑦ 都人：长安的子民。回面：转过脸。向北啼：这时唐肃宗驻守灵武，在长安之北，故都人向北而啼。
⑧ 官军：旧称政府的军队。

题　解

　　《悲陈陶》创作于唐肃宗至德元载（756）冬。当年十月，宰相房琯上书唐肃宗，自请带兵收复两京；十月二十一日，唐军跟安史叛军在陈陶作战，房琯"高谈有余而不切事"，用兵以春秋车战之法,结果唐军大败,死伤四万余人,来自西北十郡(今陕西一带)清白人家的子弟兵,血染陈陶战场,景象非常惨烈。杜甫这时被困在长安,目睹叛军的骄纵残暴,有感于陈陶之败的惨烈而作此诗。此诗表达了对胡虏的仇视、对官军的痛惜、对战死将士与长安百姓的同情以及对国家命运的忧患。全诗悲壮而惨烈,血气升腾,令人悲痛。

赏 析

安史之乱是唐代由盛转衰的重要转折点。至德元载,唐军与安史叛军在陈陶斜展开激烈交战,唐军全军覆没,死伤四万余人,诗人被困长安,目睹了安史叛军的残忍狠绝、骄横放纵,于是悲愤满膺、含泪泣血写下这首《悲陈陶》。在这首诗中,诗人不是客观地描述四万唐军是如何战死溃败并最终白骨遍野,而是第一句就用郑重的笔墨大书这一场悲剧的时间、牺牲者的身份,为全诗笼上了庄严肃穆的基调。"孟冬十郡良家子,血作陈陶泽中水"写十郡良家子给人一种泰山压顶的感觉,气势雄壮,而紧接着第二句"血作陈陶泽中水"便叫人惊讶痛心,乃至目不忍睹。这两句用郑重的语言将唐军战士的死写得庄严沉重。紧接着三、四句"野旷天清无战声,四万义军同日死"则通过渲染战后死绝沉寂、天地同悲的气氛和感受突出战争的惨烈:四万将士,壮志未酬,竟然一日之内全部战死,横尸遍野,血流成河,原野空荡,长空萧寂,天空静穆得连一点声响都没有,好像天地都在为慷慨赴难的"四万义军"哀悼悲伤。这是为将士致哀,同时也是对无能指挥者的强烈谴责。五、六句诗人突转笔锋,通过描绘安史叛军战后的狂歌滥饮、骄横得意、飞扬跋扈之态再次抒发作者心中的无限悲愤。"群胡归来血洗箭,仍唱胡歌饮都市。"唐军的死和叛军的狂深深刺痛着诗人的心,这两句活化了群胡胜利后的得志骄横做派,令人义愤填膺。最后一联诗人将视线投向了深受战争迫害的广大人民群众。"都人回面向北啼,日夜更望官军至。"人民抑制不住心底的悲伤,他们闻军兵败,北向而哭,向着陈陶战场,向着肃宗所在的彭原方向悲恸痛哭,他们渴望官军收复长安,他们希望世世代代生存在没有胡兵屠杀,没有血与火的和平安乐的长安生活。一"啼"一"望"充分体现出人民的悲痛绝望和内心深沉的希冀。

全诗没有客观展览伤痕，而是紧扣一个"悲"字，从将士的牺牲中，从天地肃穆的气氛中，从人民含泪悼念死难将士的悲哀心情中，层次井然地写出了一种令人触目惊心的悲壮美，表现了人民对叛军的愤怒与仇恨，对义军的尊敬与同情，蕴含着极强的鼓舞人民的艺术感染力量，具有高度人民性和爱国精神，达到了现实主义的高峰。

悲陈陶

兵 车 行

车辚辚①，马萧萧②，行人弓箭各在腰③。
耶娘妻子走相送④，尘埃不见咸阳桥⑤。
牵衣顿足拦道哭⑥，哭声直上干云霄⑦。
道旁过者问行人⑧，行人但云点行频⑨。
或从十五北防河⑩，便至四十西营田⑪。
去时里正与裹头⑫，归来头白还戍边。
边庭流血成海水，武皇开边意未已⑬。
君不闻，汉家山东二百州⑭，
千村万落生荆杞⑮。
纵有健妇把锄犁，禾生陇亩无东西⑯。
况复秦兵耐苦战⑰，被驱不异犬与鸡。
长者虽有问⑱，役夫敢申恨？
且如今年冬⑲，未休关西卒。
县官急索租⑳，租税从何出㉑？
信知生男恶㉒，反是生女好。
生女犹得嫁比邻㉓，生男埋没随百草。
君不见，青海头㉔，古来白骨无人收。
新鬼烦冤旧鬼哭㉕，天阴雨湿声啾啾㉖。

注 释
① 辚（lín）辚：车轮声。
② 萧萧：马嘶鸣声。

③ 行（háng）人：指被征发的役夫。
④ 耶娘妻子：父亲、母亲、妻子、儿女的并称。从军的人年龄参差不齐，既有十几岁的少年，也有四十多岁的成年人，所以送行者有征夫的父母，也有妻子和孩子。耶：通"爷"，父亲。走：奔跑。
⑤ 咸阳桥：又称便桥，汉武帝时建，唐代称咸阳桥，后来称渭桥，在咸阳城西渭水上，是长安西行必经之桥。
⑥ 拦：一作"桥"。
⑦ 干（gān）：冲。
⑧ 过者：指路过的人，这里指诗人自己。
⑨ 但云：只说。点行（háng）：当时的征兵用语，按户籍名册点名征召出征。点行频：频繁地点名征调壮丁。
⑩ 或：有的人。十五：指从军士兵的年龄。防河：当时常与吐蕃发生战争，曾征召陇右、关中、朔方诸军集结河西一带防御，其地在长安以北，所以称"北防河"。
⑪ 西营田：古代实行屯田制，军队无战事即种田，有战事即作战。西营田即为防御吐蕃所设。
⑫ 里正：唐制每百户设一里正，负责管理户口、检查民事、催促赋税等。裹头：裹扎头巾，犹如加冠，古代男子成丁则裹头巾，新兵因为年纪小，由里正给他们裹头。
⑬ 武皇：指汉武帝刘彻，历史上他以开疆拓土著称。这里用汉武帝代指唐玄宗，以汉指唐是唐诗中常用的避讳方式。开边：用武力开拓边疆。
⑭ 汉家：这里代指唐朝。山东：函谷关以东称山东。二百州：据《十道四蕃志》载："唐朝关东凡二百七十州。"这里取其整数。
⑮ 荆杞（qǐ）：荆棘与杞柳。
⑯ 陇：通"垄"，在耕地上培成一行土埂，中间种植农作物。陇亩：田地。无东西：不分东西，指禾苗行列不整齐，不成畦垄。
⑰ 况复：更何况。秦兵：指关中一带的士兵。耐苦战：能顽强苦战。
⑱ 长者：指上文的"道旁过者"，即杜甫，征人敬称他为"长者"。
⑲ 且如：就如。关西：函谷关以西的地方，一作"陇西"。
⑳ 县官：指官府。
㉑ 租税从何出：这一句是说士兵们名列军籍，本应豁免租税，现在既不豁免，家中又无劳力，租税怎能缴纳？
㉒ 信知：确实知道，深知。
㉓ 犹得：一作"犹是"。比邻：近邻。
㉔ 青海头：指今青海省青海湖边，这里是汉代以来中原王朝与西北少数民族经

常发生战争的地方,唐初也曾在这一带与突厥、吐蕃发生过大规模战争。

㉕ 烦冤:愁烦冤屈。

㉖ 啾(jiū)啾:拟声词,形容凄厉的哭叫声。

题 解

《兵车行》是诗人杜甫以乐府体裁自创新题所作的歌行体古诗,大约作于唐玄宗天宝后期。当时唐王朝对边疆少数民族不断用兵。天宝八载(749),哥舒翰奉命进攻吐蕃,石堡城(今青海西宁西南)一役,死数万人。天宝十载(751),剑南节度使鲜于仲通率兵八万进攻南诏(今云南境内),军大败,死六万人。为补充兵力,杨国忠遣御史分道捕人,枷送边关,送行者哭声震野。杜甫有感于这样的悲惨情形创作了这首《兵车行》,揭露唐玄宗连年黩武战争给人民带来的巨大灾难。

赏 析

《兵车行》是杜诗叙写战乱、讽世伤时的名篇,深刻地反映了安史之乱给人民带来的苦难生活。全诗可分为三个部分,前七句为第一部分,开篇诗人以着墨铺染的雄浑笔法展现了一幅震颤人心的征战送别图:兵车隆隆,战马嘶鸣,一群被强行抓捕来的穷苦百姓,换上戎装,配上弓箭,即刻便要送往前线杀敌。征夫的父母妻儿在混乱焦灼、哭声震天的人群中寻找呼喊自己的亲人,扯着亲人的衣衫,泣不成声,边忍不住痛哭边胡乱地叮咛交代。其中"牵衣顿足拦道哭"一句连续的四个动作生动地写出了送行者的留恋、悲怆、无奈、愤恨的动作神态,表现出战争对手无缚鸡之力的百姓的摧残。官兵粗鲁地将士兵与亲人分离,车马扬起的尘埃遮天蔽日,甚至连咸阳西北横跨渭水的大桥都遮蔽了,无可奈何的亲人在原地痛哭失声,千万人的哭声汇成震天的巨响在空中回荡,他们知晓此番离去不是生离而是死别。家中的顶梁柱从此远去,留下的老弱病残怎样度过这荒乱的岁月,这对于万千的家庭而言是塌天大祸,是熄灭了战乱中的最后一盏灯。这一段场面描写充满了悲剧氛围,把唐朝统治者穷兵黩武的罪恶揭露得淋漓尽致。"道旁过者问行人"到"被驱不异犬与鸡"之间的十五句为第二部分,诗人通过设问的方式让被抓捕的士兵做直接的控诉。"道旁过者"即诗人杜甫,诗歌上文所描写的惨烈景象都是诗人亲眼看见,下面的士卒言辞又是诗人亲耳听闻,更增添了诗歌的真实感。"行人但云点行频"一句一针见血地点出了造成百姓妻离子散的原因,正是因为频繁用兵,万民无辜牺牲,万千田亩荒芜,百姓民不聊生。诗人以十五出征四十仍在行役的"行人"作例,真实再现了"行人"遭受的兵祸之灾,再现了情况的真实可靠。"边庭流血成海水,武皇开边意未已"这一句将矛头直指唐玄宗。诗人面对百姓流离失所,被迫生离死别,难掩内心的愤慨之情,现如今战乱不止,山河尽丧,满目疮痍的结果尽是长期穷兵黩武结下的恶果。这一部分由眼下惨烈景象联想到悲剧之源,扩大了诗歌的表现容量,也加深了诗歌的批判深度。"长者虽有问"到结尾的十五句为第三部分,写征夫连年征战,久戍不归,百姓唯恐生男,人们纷纷发出"生女犹得嫁比邻,生男埋没随百草"的感慨:女孩子还能嫁给近邻,男孩子却只能丧命沙场。重男轻女是封建社会的普遍心理,却因为连年征战,男子的大量死亡,人们一反常态的感慨反映出战争对人们心灵的严重摧残。最后诗人用悲痛的笔调描绘青海战场上令人不寒而栗的现实:平沙莽莽,白骨遍野,阴风呼号,鬼哭凄凄,场面哀绝悲惨,氛围寂冷阴森。这里的凄凉阴森的氛围与开头人声鼎沸的气氛,悲惨哀怨的鬼泣与惊天动地的人哭形成强烈的对照,而这一切的罪恶都是连年黩武战争造成的,诗人内心的激愤悲慨喷薄而出,刺痛人心。

　　杜甫这首《兵车行》运用纪事与纪言相结合的形式叙写征夫与亲人生离死别的惨状以及千村万落荒芜萧条的场景。诗人以人哭始,鬼哭终,悲愤沉痛地抨击了玄宗之穷兵黩武,不顾民怨连年征战,讽喻之意至明,悲慨之音入耳,千载之后读之仍觉恻恻如见。清方东树云:"此篇真史、汉大文,论著奏疏合诗书六经相表里,不可以寻常目之。"

秦州杂诗（其七）

莽莽万重山①，孤城山谷间②。
无风云出塞，不夜月临关。
属国归何晚③，楼兰斩未还。
烟尘一长望④，衰飒正摧颜⑤。

注　释

① 莽莽：形容原野辽阔，无边无际。万重山：即层层叠叠的山，因为陇南是山区，峰峦密布。
② 孤城：指秦州城。山谷间：秦州坐落于两山之间的河谷地。
③ 属国：汉代官职名称，汉武帝时期，苏武出使匈奴被扣留，十九年后才得以回国，汉昭帝任命他为典属国。
④ 一：一作"独"。长：一作"怅"。长望：向西眺望。
⑤ 摧颜：催人衰老。

题　解

《秦州杂诗》是诗人杜甫弃官西去途中所作。唐肃宗乾元二年（759）秋天，杜甫从长安出发，到达秦州（今甘肃天水）。在秦州时期，他先后用五言律诗形式写下《秦州杂诗》组诗二十首歌咏当地的山川风物。此为第七首，抒发感时伤乱之情。

赏　析

《秦州杂诗》组诗二十首主要记载秦州一带的山川、民俗,同时表现了诗人对唐代西北边防深深的担忧,这首诗诗人便将满心的忧国之思寓于苍凉宏阔的境界中,寓含着王朝衰落的悲凉。诗歌首联"莽莽万重山,孤城山谷间"概写秦州险要的地理形势。"莽莽"二字写出了山岭绵延和雄奇威武的气势,而"万重"则表现出山岭的深广旷远;在这"莽莽万重山"的狭窄山谷间巍巍矗立着一座"孤城",由于四周环境的衬托,更凸显出它咽喉要道的显要位置。"无风云出塞,不夜月临关"写陇南山区特有的自然现象:山区多风,由于高峻山峰的阻隔,山谷则显得宁静无风,又由于秦州地处万山包裹之中,因而黄昏和黎明的时间都会比平原地区更加漫长。黄昏时分,天空犹有亮色,而秦州城则一片昏暗,而昏暗之中的皎皎明月却清晰可见,因而有了"不夜月临关"的特殊景象。颈联用典设问"属国归何晚,楼兰斩未还"写典属长官出使至今未回,斩杀楼兰王首级的人也杳无音讯,这里运用典故表达诗人对国事战事的挂怀,诗人也不禁联想到唐王朝的衰飒趋势,于是疾首蹙眉,满心怅惘。诗人站在秦州城楼之上,望着万重山和深秋秦州城荒凉衰败的景象,不禁慨叹"烟尘一长望,衰飒正摧颜"来表达内心对战争的焦虑,对国势不昌的深深担忧。无限愁绪在心头,自然难免"摧颜"凋零。

  乾元二年,也就是诗人在秦州的这一年,鱼朝恩等宦官陷害大将郭子仪,将之罢官闲置京师。郭子仪乃是唐军的统帅和灵魂,他的罢职,对唐军的安定团结及作战能力都有重大的影响,对平定安史之乱以及边境安定无疑是重大的灾患。诗人虽然身在秦州,却从未忘记天下。这首诗借景抒情,渲染山雨欲来、大厦将倾之势,表现了杜甫对国家危亡深沉的担忧。

闻官军收河南河北

剑外忽传收蓟北①,初闻涕泪满衣裳。
却看妻子愁何在②,漫卷诗书喜欲狂③。
白日放歌须纵酒,青春作伴好还乡④。
即从巴峡穿巫峡⑤,便下襄阳向洛阳⑥。

注 释

① 剑外:剑门关以外,这里指四川。蓟北:泛指唐代幽州、蓟州一带,今河北北部地区,是安史叛军的根据地。
② 却看:回头看。妻子:妻子和孩子。愁何在:哪里有一点忧愁。
③ 漫卷:胡乱地卷起。喜欲狂:高兴得简直要发狂。
④ 青春:指明丽的春天的景色。作伴:与妻儿一同。
⑤ 巫峡:长江三峡之一,因穿过巫山而得名。
⑥ 便:就。襄阳:今湖北襄樊。洛阳:今河南洛阳。

题 解

《闻官军收河南河北》作于唐代宗广德元年(763)春天。宝应元年(762)冬,唐军在洛阳附近的横水打了一个大胜仗,收复了洛阳和郑(今河南郑州)、汴(今河南开封)等州,叛军头领薛嵩、张忠志等纷纷投降。第二年,史思明的儿子史朝义兵败自缢,其部将田承嗣、李怀仙等相继投降,至此,持续八年之久的"安史之乱"宣告结束。杜甫作为一个热爱祖国而又饱经丧乱的诗人,当时正流落在四川,听闻这个大快人心的消息后,欣喜若狂,遂走笔写下此诗,表达内心的喜悦。

即从巴峡穿巫峡

赏 析

这首诗描写了诗人一家听闻官军收复河南河北的捷报后欣喜欲狂的心情，节奏轻快明朗，通篇洋溢着欢欣鼓舞的氛围。诗歌开篇"剑外忽传收蓟北，初闻涕泪满衣裳"喷薄而出一种强烈的欣喜之情：诗人听闻官军破贼于洛阳，收复河南河北，历时八年的安史之乱终于要结束了，国家统一，中兴有望，人民免于乱离之苦，而诗人自己多年漂泊剑外，艰辛备尝，这时终于能够重返故里，突如其来的惊喜激荡着他的内心，令他喜极而泣；而回想八年来历经的重重苦难，又不禁悲从中来，老泪纵横；这一场浩劫，终于像一场噩梦一样过去了，河山收复，新颜即开，诗人内心又转悲为喜，禁不住手舞足蹈。此句"忽传"二字，惊喜欲绝，"涕泪满衣裳"生动形象地表现出诗人大喜过望，五味杂陈之感。紧接着颔联以转作承，"却看妻子愁何在，漫卷诗书喜欲狂"将喜悦之情进一步推进，诗人"涕泪满衣裳"回首看妻儿，万语千言无须开口，他看见妻儿愁云散尽，笑逐颜开，多年来家中笼罩的愁苦凄凉这一瞬间全然散开，诗人内心的欣喜难以平复，亦无心伏案写作，随手卷起诗书，踏出家门和大家一起分享这一大快人心的消息。"白日放歌须纵酒，青春作伴好还乡"就上联的"喜欲狂"继续书写，写狂欢之态。为了这多年以来梦中希冀的一刻诗人开怀畅饮，引吭高歌以庆祝胜利，而春日绿意盎然，鸟语花香，正好归还故乡。此时此刻诗人已经等不及踏上行船，脑海中已经清晰地浮现出回乡途中的路线和景致。"即从巴峡穿巫峡，便下襄阳向洛阳"写诗人顺着自己脑海中的航程，顺江而东，过巴峡，穿巫峡；登陆北行，下襄阳，向洛阳。尾联诗人张开想象的双翼，满心雀跃地预计归乡路线，历数归乡地名，将喜悦之情推向高潮。

《闻官军收河南河北》被誉为杜甫"生平第一首快诗"。全诗风格明朗，节奏轻快，字里行间跳动着喜悦之情；用词精妙，对仗工整，尾联连用四个地名，更突出诗人的兴奋急切之情。明代王嗣奭评论此诗："此诗句句有喜跃意，一气流注，而曲折尽情，绝无妆点，愈朴愈真，他人决不能道。"

严　武

严武（726—765），字季鹰。华州华阴（今陕西华阴）人。唐朝中期大臣、诗人，中书侍郎严挺之之子。初为拾遗，后任成都尹。两次镇蜀，以军功封郑国公。永泰元年（765），因暴病逝于成都，年四十。追赠尚书左仆射。严武虽是武夫，亦能诗。他与诗人杜甫友善，常以诗歌唱和。《全唐诗》中存诗六首。

军城早秋

昨夜秋风入汉关[①]，朔云边月满西山[②]。
更催飞将追骄虏[③]，莫遣沙场匹马还[④]。

注释

① 汉关：汉朝的关塞，这里指唐朝军队驻守的关塞。
② 朔云边月：指边境上的云和月。月：一作"雪"。朔：北方。边：边境。西山：指今四川西部的岷山，是当时控制吐蕃内侵的要地。
③ 更催：再次催促。飞将：西汉名将李广被匈奴称为"飞将军"，这里泛指严武部下作战勇猛的将领。骄虏：指唐朝时入侵的吐蕃军队。
④ 莫遣：不要让。沙场：战场。

题解

安史之乱以后，唐王朝国力削弱，吐蕃乘虚而入，曾一度攻入长安，后来又向西南地区进犯。严武两次任剑南节度使。唐代宗广德二年（764）秋天，严武镇守剑南，率兵西征，击破吐蕃军七万余众，收复失地，安定了蜀地。对此战《资治通鉴》记载："（严）武以（崔旰）为汉州刺史，使将兵击吐蕃于西山，连拔其数城，攘地数百里。"这首诗作于这次同吐蕃交战之时。

赏　析

《军城早秋》描写诗人率领军队与入侵的吐蕃军队进行激烈战斗的场景，表现了诗人对于战争必胜的决心和对敌军蔑视的豪迈气概。全诗格调高昂，令人振奋。诗歌前两句写景，首句"昨夜秋风入汉关"渲染"山雨欲来风满楼"的紧张氛围。当时西北边境的敌军常于秋高马肥之际向内地进犯，"秋风入汉关"一来蓄势，也突出诗人作为边关主将对时局的密切关注，对敌情的洞悉彻明。紧接着第二句"朔云边月满西山"将阴沉肃穆的氛围渲染得更加浓重：西山寒云低压，月色清冷，这样的气氛正似风月突变前的征兆，大战前诡异的宁静，诗人已预知即将有一场不可避免的战斗，也已成竹在胸，严阵以待。后两句突然出现了跳跃，没有继续写敌军的动态和战争的画面，而是"更催飞将追骄虏，莫遣沙场匹马还"，似乎主将已将战事按照胜利的结局部署，不让敌军一兵一卒从战场上逃回，显示出诗人对战事绝对的自信和刚毅果断的气魄。这两句一笔而下，笔意酣畅，字字千钧。

这首诗写得开阖跳跃，气概雄壮，干净利落，表现出地道的统帅本色。一方面显示了严武作为镇守一方的主将的才略和武功，另一方面也表现了这位统兵主将的辞章文采，能文善武，富有本人鲜明的个性特征。

柳 中 庸

柳中庸（？—约775），唐代诗人。名淡，河东（今山西永济）人，为柳宗元父之族兄弟，与其兄并、弟中行皆有文名。唐玄宗天宝中，萧颖士爱其才，以女妻之。安史乱中，曾避地江南，与颜真卿、皎然等酬唱，结为《吴兴集》十卷。又与李端、陆羽为友。后往洪州，授户曹参军，不就，早亡。生平见新、旧《唐书》本传及《唐才子传》等。擅长写闺怨与边塞诗，其代表作《征人怨》广为传诵。《全唐诗》今存其诗十三首。

征 人 怨

岁岁金河复玉关①，朝朝马策与刀环②。
三春白雪归青冢③，万里黄河绕黑山④。

注 释

① 岁岁：指年年月月，与下文的"朝朝"同义。金河：又名金川，今大黑河，在今内蒙古境内，流入黄河。玉关：玉门关的简称。
② 马策：马鞭。刀环：刀头的环。
③ 三春：此处指暮春。青冢：指汉代王昭君墓，在今内蒙古呼和浩特南，当时被认为远离中原的极僻远荒凉之地。传说塞外草白，唯独昭君墓上草色发青，故称"青冢"。
④ 黑山：又名杀虎山，在今内蒙古呼和浩特东南。

题　解

《征人怨》这首诗约创作于唐代宗大历年间（766—779）。当时吐蕃、回纥多次侵扰边境，唐朝西北边境不甚安定，守边战士长期不得归家。诗中写到的金河、青冢、黑山，都在今内蒙古境内，唐时属单于都护府。这首诗疑为一名隶属于单于都护府的征人而作，表现其深深的怨情。

赏　析

柳中庸这首《征人怨》是传诵极广的一首边塞诗。诗人通过渲染征戍之地的苦寒荒凉，突出征人年复一年转战征戍的苦难艰辛。全诗意境阔大，格调雄浑，不着一个"怨"字，而怨意弥深，字里行间蕴蓄的哀怨之情令人读来荡气回肠。诗歌开篇便以一个征人的口吻讲述自己年复一年东奔西顾，往来边城；日复一日，横刀跃马，征战不休。第一句"岁岁金河复玉关"点明了征戍的地点，金河在东，玉门关在西，两地边陲相距甚远，却频繁转戍，连年不息；而第二句"朝朝马策与刀环"突出战争生活的内容，"马策""刀环"都是战斗工具中极微小的事物，将其并举突出，实则代指的是骏马与长刀，这里表明了征人们的日常生活马不离身，刀不离手。这两句既写出了军旅生活南征北战的艰辛，又突出了征戍生活的单调和乏味，怨情不言自喻。后两句"三春白雪归青冢，万里黄河绕黑山"点出了征人所转战的足迹以及所处之地时令气候的反常，已过暮春，荒凉的边地还覆盖着皑皑白雪，苍茫雪原，青冢孤立，令人顿生凄寒；诗歌最后以极具代表性的边塞景致作结，滔滔黄河绕过沉沉黑山，复又奔腾向前。征人年复一年眼里的景致翻覆变换，而脚步一直向前，白雪青冢与黄河黑山见证着征人连年南北征战的足迹。这两句却侧面凸显征人连年苦征的跋涉与艰辛。诗歌以景作结，含蓄隽永，不诉苦辛，而怨情自然透出。

这首诗对仗谨严工整，如"青冢""黑山"，同句中也自相对搭，如"金河"对"玉关"、"马策"对"刀环"，却不着斧凿之痕，奇巧多趣；通篇不诉悲苦哀怨，却字里行间弥漫着幽怨；境界雄浑阔大，掩去了征人苦怨诗歌中的悲苦之气。可谓"不着一字，尽得风流"。

卢　纶

　　卢纶（生卒年不详），唐代诗人，大历十才子之一。字允言。河中蒲州（今山西永济）人。诗名远播，屡试不第，安史之乱期间避难于鄱阳。大历六年（771），经宰相元载推荐，补阌乡尉，迁密县令；后经宰相王缙推荐，迁集贤学士、秘书省校书郎。大历十一年（776），元载赐死，王缙遭贬，卢纶也受到牵累，调任陕府户曹。德宗朝复为昭应令，又任河中浑瑊元帅府判官，其舅韦渠牟受宠于德宗，多次向德宗称赞卢纶的才华，贞元十三年（797），拜检校户部郎中，召入宫中，令和御制诗，不久病逝。生平见新、旧《唐书》本传及《唐才子传》。卢纶工诗，以五、七言近体为主，多写咏物、送别赠答之作，也有一些边塞诗，写得气势雄浑，苍劲有力，如《和张仆射塞下曲》，为世人传诵。今存《卢户部诗集》十卷，收入《唐诗百名家全集》，《全唐诗》收其诗三百二十八首。

和张仆射塞下曲（其三）①

月黑雁飞高，单于夜遁逃②。
欲将轻骑逐③，大雪满弓刀。

注　释

① 张仆射：即张建封，唐德宗贞元四年（788）任徐州刺史兼任御史大夫，贞元十二年加检校尚书右仆射。
② 单于：原指匈奴首领的称谓，这里指入侵者的最高统帅。遁：逃跑。
③ 将：率领。轻骑：轻装而行动快速的精锐骑兵。逐：追歼逃敌。

题 解

《和张仆射塞下曲》是诗人卢纶创作于唐德宗贞元十三年（797）冬的组诗，共六首，这是其中第三首。时值卢纶任咸宁王浑瑊元帅府判官，随主将出使边塞，在军营中看到雄浑肃穆的边塞景象，接触到粗犷豪迈的将士，使得他的诗风也因此豪迈壮阔。卢纶这组诗疑为贞元十三年冬张建封入朝时为称赞其武功所作，六首分别从发号施令、射猎破敌、奏凯庆功等各个角度描写戍边部队的军威和将军的英武形象，字里行间充溢着英雄气概，令人读之振奋。

赏 析

这首诗以极简洁的笔触，勾勒了一幅雪夜追敌的画面，令人浮想联翩。诗歌开篇"月黑雁飞高，单于夜遁逃"点明时间，渲染气氛：描写一个漆黑冷寂的夜晚，连大雁都心惊胆战不敢低飞，这里以雁飞旁衬敌人在伸手不见五指的暗夜里逃遁。首句渲染了阴暗紧张的气氛，引人入胜；"夜遁逃"可以看出敌军全然崩溃，暗自逃窜，尽管有夜色的掩护，他们的踪迹还是被我军察觉。在此，诗人将悬念留给读者，在这样的敌暗我明的情况下，追还是不追？三、四句"欲将轻骑逐，大雪满弓刀"没有直接给出答案，而是留给读者一个更大的悬念：将军在这种情况下，亲率一支精锐的轻骑意欲追赶；骑兵列队出击，蓄势待发，边塞的大雪瞬间落满了战士们的弓和刀，此时暗夜危机四伏，骑兵的背影消失在肆虐的风雪之中……诗歌在这样扣人心弦的时刻中戛然而止，没有写如何追击敌军，结果如何？只是让人心有余悸，浮想联翩，让人感受到战争和危险的气息以及雄壮豪迈的气概，并且留下大片的想象空间。

这首诗的作者卢纶虽为中唐诗人，其边塞诗却有盛唐的气象，豪迈雄放，充满了英雄气概。诗人极善于捕捉形象和时机，将情节和气氛渲染到迫近高潮的时候戛然而止，犹如箭在弦上将发未发之时，最具吸引人的力量，达到了言有尽而意无穷的艺术效果。

李　贺

　　李贺（790—816），唐代诗人。字长吉，福昌（今河南宜阳）人。唐宗室郑王李亮的后裔，至贺家世已衰，生活困顿。自幼聪明，少有诗名，作诗极为刻苦，曾深得韩愈赏识。与皇甫湜、沈子明等人友善。因避父讳，被迫不能应进士试，韩愈曾作《讳辩》为之鸣不平，然终未能登第。仕途不得意，一生只做了三年奉礼郎便郁郁而死，年仅二十七岁。生平见新、旧《唐书》本传及《唐才子传》。李贺一生，以诗为业。所作多古诗、乐府，极少近体诗。内容上多批判现实，慨叹身世之作，字里行间常常流露出悲愤的感情，代表作有《猛虎行》《雁门太守行》等；艺术上，上承楚辞、九歌和南朝乐府的传统，下继李白的浪漫主义精神，并直接受韩愈的影响，形成想象丰富、构思奇特、意境迷离、语言瑰丽的浪漫主义风格。在中唐诗坛上独树一帜，并对后世产生了一定影响。有《李长吉歌诗》,《全唐诗》今存诗二百四十一首。

南园（其五）①

男儿何不带吴钩②，收取关山五十州③。
请君暂上凌烟阁④，若个书生万户侯⑤？

注　释

① 南园：指李贺福昌（今河南宜阳）昌谷故居的田园，是李贺少年读书的地方。
② 吴钩：吴地出产的弯形刀，形似剑而曲，此处指宝刀，一作"横刀"。
③ 关山五十州：安史之乱后，藩镇割据，河北、河南二道五十余州郡

不服从中央管制。
④ 凌烟阁：贞观十七年（643），唐太宗为表彰开国功臣二十四人在长安建的殿阁，命阎立本在凌烟阁内描绘他们的图像，皆真人大小。唐太宗亲书赞语，褚遂良题字。
⑤ 万户侯：食邑万户以上的侯爵，号称"万户侯"，此处是高官显贵的代称。

题 解

《南园》十三首是诗人李贺辞去奉礼郎从长安回到故居昌谷后所作的组诗，十三首中有七绝十二首，五律一首，内容或描写田园景物，或感慨仕途失意。这是其中第五首，抒发家国之痛和身世之悲，语言明晓，感情激愤。

赏 析

李贺这首《南园》（其五）以两问成诗，别开生面，气势恢宏，顿挫激越，寥寥几句将家国之痛与身世之悲表现得淋漓尽致。诗歌前两句"男儿何不带吴钩，收取关山五十州"设问，直抒胸臆，气势磅礴，饱含"国家兴亡，匹夫有责"的豪情：诗人仰问苍天男儿何不佩带吴钩去收复关山五十州呢？问而不答，实则内心早有答案。面对烽火连天、战乱不已的时局，诗人内心万分忧愤，万分焦灼，恨不得立刻身佩宝刀，奔赴沙场，保家卫国。这两句一气贯注，不拐弯抹角，直接写出从军的行动和目的，与诗人昂扬的意志和焦灼的心情十分契合，但是李贺一介书生，满腹才华，却因"避君讳"被堵死了科举仕途的道路。"何不"表现诗人心中万分无奈，"收取"二字举重若轻，有破竹之势，强烈地表现出诗人急迫的救国之心。书生意气难以施展才华，戎马倥偬又毫无机会，心中的报国之志难以实现使得诗人心中激愤不平，再次仰望苍天问道："请君暂上凌烟阁，若个书生万户侯？"封侯拜相，绘像凌烟阁的哪一个又是书生出身？这一句诗人不用陈述而用反问，语气更加强烈，情感更加激愤，突出了诗人此时的价值取向。国家危难，笔墨无功，唯有逐于鞍马之间能够一展宏图，而这句看上去诗人是反衬投笔从戎的重要性，实则是进一步抒发自己怀才不遇、难展宏图的悲愤情怀。

  这首诗由前两句的昂扬激越转向后两句的沉郁忧愤，节奏跌宕起伏，言语掷地有声，于豪情中寓愤然之意，于峻急中作回荡之姿。诗人将强烈复杂的情感渗透在字字句句之中，极具表现力和感染力。

马诗（其五）

大漠沙如雪①，燕山月似钩。
何当金络脑②，快走踏清秋③。

注 释

① 大漠：无边无际的沙漠。
② 金络脑：即金络头，这里指用黄金装饰的马笼头。
③ 走：跑，此处有"奔驰"之意。清秋：清爽明朗的秋天。

题 解

《马诗》是诗人李贺所作的五言绝句组诗，共二十三首，通过咏马、赞马或慨叹马的命运，来表现志士的奇才异质、远大抱负以及不遇于时的感慨和愤懑。这首是其中的第五首，通过咏马，表现心中投笔从戎、削平藩镇、为国建功的热切愿望。

赏 析

这首《马诗》（其五）表面咏马，实则抒发了诗人怀才不遇、壮志难酬、热切希冀自己的抱负有朝得以实现、驰骋沙场、"快走踏清秋"的强烈意志。诗歌前两句"大漠沙如雪，燕山月似钩"展现出一片富于特色的边疆战场景象：连绵起伏的燕山山岭上一弯明月当空高悬，万里平沙似在月光的倾洒之下铺上了一层白皑皑的霜雪。这一番苍茫清寒的景象在常人眼中或许透着萧萧寒意，然而在满怀报国之志的热血青年眼中则具有异乎寻常的吸引力。诗人由天穹的弯月想到弯弓，可以看出驰骋边疆、戎马倥偬的情景一直在诗人胸中。诗人所处的贞元、元和之际正是藩镇跋扈，纷争四起的时代，而燕山一带正是战争祸乱最惨烈的地带，平沙如雪的疆场寒气凛凛，但它是英雄用武之地，正是诗人魂牵梦绕的地方。这两句写景起兴正是为后两句的抒情蓄势铺垫。三、四句"何当金络脑，快走踏清秋"，诗人借马抒怀：何时才能披上威风凛凛的鞍具，在深秋平沙万里的疆场驰骋奔腾，建树功勋呢？"金络脑"是指贵重的马具，象征着马受到重视，这暗含了诗人内心的希冀，希望自己能被伯乐相中，受到重用，胸中的万丈豪情有挥洒的舞台；"踏清秋"三字搭配新颖奇特，声调铿锵，饱含诗意又气势逼人，其中"踏"字用得尤为绝妙，使人仿佛能够听到骏马奔腾的声音，又好像看到骏马风驰电掣的雄姿，将马的矫健英姿形容得栩栩如生。诗人以马喻人，表达了自己热切期望能够建功立业的心愿以及不被赏识所发出的嘶鸣。

  此诗属于寓言体诗歌，诗的一、二句以雪喻沙，以钩喻月，从富于特色的景致引发抒情；后两句一气呵成，传达出无限豪情与希冀。短短二十字，比中见兴，兴中有比，大大丰富了诗歌的表现力，抒发了自己为国立功的远大抱负。

雁门太守行①

黑云压城城欲摧②，甲光向日金鳞开③。
角声满天秋色里④，塞上燕脂凝夜紫⑤。
半卷红旗临易水⑥，霜重鼓寒声不起⑦。
报君黄金台上意⑧，提携玉龙为君死⑨。

注　释

① 雁门：古雁门郡在今山西西北部，是唐王朝与北方突厥部族的边境地带。
② 黑云：厚厚的乌云，这里指攻城敌军的气势。摧：摧毁。这句形容敌军兵临城下的紧张气氛和危急气势。
③ 甲：指铠甲铁衣。甲光：铠甲迎着太阳发出的光。向日：向着太阳。金鳞开：像金色的鱼鳞一样闪闪发光。
④ 角：古代军中的一种吹奏乐器，多用兽角制成。角声满天：描写战斗的激烈。
⑤ 燕脂：一作"燕支"，胭脂，这里比喻战士的血。凝：凝聚。凝夜紫：在暮色中呈现出暗紫色。
⑥ 红旗：战旗。半卷红旗：战旗不能充分地展开，形容行军急切的样子。临：临近。易水：河名，大清河上游支流，在今河北易县。
⑦ 霜重鼓寒：天寒霜降，形容军鼓似乎被冻住，沉闷而不响亮。
⑧ 报：报答。黄金台：故址在今河北易县东南，传说燕昭王所筑，置千金于台上，表示不惜千金招揽天下贤士。意：信用，重用。
⑨ 玉龙：宝剑的代称。君：君王。

题 解

《雁门太守行》原为乐府古题，属于《相和歌辞·瑟调曲》。关于此诗的创作时间，一种说法是作于唐宪宗元和九年（814），当时唐宪宗以张煦为节度使，领兵征讨雁门关振武军之乱，李贺即兴赋诗鼓舞士气。另一说作于元和二年（807）秋，献此诗于时任国子博士的韩愈，表达志向，以求任用。此诗李贺运用丰富的想象与夸张描绘了悲壮的激烈战斗场面，热情歌颂了那些浴血奋战的爱国将士，抒发诗人想要建功立业的豪情壮志。

赏 析

李贺在诗歌创作上独具特色，想象奇谲，辞采诡丽，诗歌意象跳跃，结构不拘常法，历来被称为"鬼才"，在这首《雁门太守行》中，这些特点得到全面而充分的体现。此诗以某次战争为背景，将写景、写事、写人融为一体，营造了荒凉浑厚的环境氛围，展现了鲜明有致的战争画卷和生动感人的人物浮雕。诗歌首联"黑云压城城欲摧，甲光向日金鳞开"写敌兵压境，极尽渲染了紧张压迫的气氛和危急艰难的形势。以"黑云"来比喻来势汹汹的敌军兵临城下，一个"压"字把敌军人多势众、来势凶猛以及交战双方力量悬殊的情势生动形象地写了出来；而城内的守军虽然与城外的敌军力量悬殊，却誓死抵挡，绝不后退，一缕日光从云缝中透射出来，映照在守城将士的铠甲上，金光闪闪，耀人眼目，显示出守城将士们的威武雄壮，一种志士死节之气萦绕于天地之中，产生一种肃穆悲壮的氛围。颔联"角声满天秋色里，塞上燕脂凝夜紫"则分别从听觉和视觉两方面铺陈阴寒凄切的战斗氛围。时值深秋，万木摇落，在这场敌众我寡的恶战中，敌军仗着人多势众，鼓噪而前，步步紧逼，而守城士兵却并不因为力量悬殊而心生怯意，在震天的角声中，他们殊死搏斗，奋力反击，战斗从白昼一直持续到黄昏。诗人在这里没有直接描写两军交战的激烈场景，而直接跳跃到战争结束后的战场，写这场恶战一直持续到傍晚，激战结束，战场上横尸遍野，夜幕降临，大片胭脂般的血迹透过夜雾呈现出一片紫色。诗人通过渲染这种黯然凝重的气氛突出战后的悲惨情景，暗示战争中令人不忍目睹的伤亡，又为下文一支轻骑兵深夜伏击敌人的行动作了必要的铺垫。五、六句"半卷红旗临易水，霜重鼓寒声不起"亦从视觉和听觉两方面写出击部队的行动，黑夜行军，偃旗息鼓，为的是出其不意，攻其不备；"临易水"点明了出击地点，又暗示了将士们具有"风萧萧兮易水寒，壮士一去兮不复还"赴死决斗、视死如归的豪情。后一句则写具体战斗，出击部队迫近敌军的营垒，夜寒霜重，战鼓都难以擂响，表现出战士们作战环境的艰苦，面对重重困难，战士们依旧英勇直前，毫无气馁。最后一联"报君黄金台上意，提携玉龙为君死"直抒战士们慷慨赴难的报国之心，诗歌以此收尾，点明主题，营造了苍凉浑厚的意境，塑造了忠勇卫国的死节将士的形象，感人至深，令人回味，热切地歌颂了战士们浴血奋战、以身殉国的英雄气概。

　　李贺这首诗以色彩斑斓的奇异画面描写富于特色的边塞风光以及瞬息变幻的战争风云，以奇诡浓艳的色彩渲染悲壮惨烈的战斗更具有反衬效果；且诗人妙思，想象用色虽奇诡却不失妥帖，更让人备感真实，给人以鲜明深刻的感官触动。王得臣《麈史》中评价李贺诗歌"长吉才力奔放，不惊众绝俗不下笔"。

李　益

　　李益（约748—约827），唐代诗人。字君虞。陇西姑臧（今甘肃武威）人。唐代宗大历四年（769），进士及第。大历六年，登制科举，授郑县主簿，以久不升迁，弃官而去，浪迹燕、赵间，幽州节度使刘济任为从事，不久，历西北边地，参佐戎幕，一生五次出塞。宪宗闻其名，召为秘书少监，集贤殿学士，因恃才傲物，为众人不容，降为散秩，不久复旧职，任侍御史，官终礼部尚书。生平见新、旧《唐书》本传，《唐诗纪事》以及《唐才子传》等。李益工诗，时与李贺齐名，尤以七言绝句见长，内容多写边地士卒久戍思归的心情以及个人的抱负牢骚，情感虽偏于感伤，但塑造形象完整丰富，韵味含蓄深长，加之音韵的婉转和谐，语言的精练自然，使他的作品颇受后人赞誉。代表作有《夜上西城》《从军北征》《夜上受降城闻笛》等。今存《李益集》两卷、《李君虞集》两卷，两书编排不同，所收篇目也不尽一致。

夜上受降城闻笛①

回乐峰前沙似雪②，受降城外月如霜③。
不知何处吹芦管④，一夜征人尽望乡⑤。

注　释

① 受降城：一说是唐代名将张仁愿为防御突厥，在黄河以北筑受降城，分为东、中、西三城，都在今内蒙古境内。一说是贞观二十年（646），唐代宗亲临灵州接受突厥一部的投降，"受降城"之名由此得来。
② 回乐峰：唐代有回乐县，在今宁夏灵武西南，回乐峰即当地的

山峰。
③ 城外：一作"城下"，一作"城上"。
④ 芦管：芦笛。
⑤ 征人：戍边的将士。尽：全部。

题 解

受降城，据载为唐神龙三年（707），中宗李显命大将张仁愿在黄河以北筑中、东、西三受降城，以拂云祠为中城，与东西两城相距各四百里左右，置烽候一千八百所，首尾相应，巩固了唐王朝的北部边疆。建中元年（780），李益入朔方节度使崔宁的幕府，开始了他"五在兵间"的戎马生涯，此时，战争连年，国势衰微，朝廷无策，边将腐败，将士们久戍难归，诗人在大漠朔野之中生苍凉悲惋之叹，抒发远戍边将的怀乡之情。

赏 析

《夜上受降城闻笛》是一首书写戍边将士乡关之思的诗作，诗人将景致、声音、感情合为一体，将诗情、画意与音乐熔为一炉，意境浑成，含蕴不尽。诗歌前两句"回乐峰前沙似雪，受降城外月如霜"描绘了月明沙净别样的边塞月夜图景。诗人伫立在受降城头，举目远眺，望见皓月如银，碧空万里，连绵起伏的回乐峰环绕着万里无垠的茫茫大漠，月明霜华，沙漠如雪，让人顿生一种荒凉空旷的萧然清冷之感，同时又有月色清明、沙碛茫茫所渲染的苍茫澄清的韵致。前两句渲染意境，后两句抒发情感——"不知何处吹芦管，一夜征人尽望乡"，由视觉转向听觉。荒凉寂静之中忽然传来如泣如诉、幽怨哀长的芦管之声，声音似随朔风而起，又恰似征人潜藏在心底的回声，一声激起万夫心绪，隐匿在边关的万千戍人，乡愁齐赴，共看月明，遥思故乡。诗人将征人绵绵乡思的暗流融于苍茫澄明的塞上夜空，蹊径独辟地让万千征人的乡思戛然而止在征人望乡的镜头之中，笛声悠悠，乡情切切，意境浑成，含蓄隽永，言有尽而意无穷。

这首诗是诗人李益边塞诗的代表之作。诗歌情景交融，意蕴无穷，将戍边征夫的乡关之思寓于苍茫明净的景致以及平和恬静的场景之中，轻笔淡墨，却内蕴深蓄。近代俞陛云在《诗境浅说续编》中评价此诗："首句讶沙明似雪，次句答以月明出霜，正为一体，万里澄清，宇宙无垠，正是边塞雄阔境之写照，芦管悲音，正是惹逗乡愁之契机。故全诗有'情思悱恻，百读不厌'之妙趣。"

塞下曲（其二）

伏波惟愿裹尸还①，定远何须生入关②。
莫遣只轮归海窟③，仍留一箭定天山④。

注　释

① 伏波：指东汉伏波将军马援。据《后汉书·马援传》载，马援屡立战功，被封为伏波将军，他曾经说："男儿要当死于边野，以马革裹尸还葬耳。"
② 定远：指东汉定远侯班超。据《后汉书·班超传》载，班超投笔从戎，多次平定西域少数民族首领的叛乱，封定远侯，居西域三十一年，后因年老，上书皇帝，请求调回，有"臣不敢望到酒泉郡，但愿生入玉门关"句。
③ 只轮：一只车轮。据《春秋公羊传》载，僖公三十三年四月，"晋人及姜戎败秦于殽，晋人与姜戎要之殽而击之，匹马只轮无反者"。海窟：本指海中动物聚居的洞穴，这里借指当时敌人所居的沙漠地区，这一句意思是不能让一个敌人逃跑。
④ 一箭定天山：据《旧唐书·薛仁贵传》载，右领军郎将薛仁贵以勇武知名，唐高宗时，领兵出击九姓突厥于天山，行前演武，以箭射穿五重铠甲获赏。薛仁贵连发三矢，射杀三人，余人下马请降，承诺以后不敢为患。对他这次安抚漠北的胜利，军中歌道"将军三箭定天山，壮士长歌入汉关"。

题　解

　　李益一生多次从军入幕，有过长期的军旅生活，这是其入幕期间一首代边将立言的诗，抒写了报国的壮志、杀敌的决心、许身戍边的豪情，也表达了诗人对边防的关心。此诗句句用典，四句皆对，而且一气浑成，传达出一种戍边的决心和英勇杀敌的气概，十分豪壮。

赏　析

李益这首诗全诗用典，以前代戍边名将作比，讴歌边塞将士慷慨激昂、视死如归、消灭来犯之敌的坚定信念和英雄气概。全诗音节嘹亮，气势雄浑，振奋人心。诗歌前两句以名将马援和班超为榜样。"伏波将军"马援卫国立功，血荐轩辕，马革裹尸，"定远侯"班超投笔从戎，驰骋沙场三十一年，诗人以这两位东汉名将的典故表明保家卫国是边塞将士义不容辞的责任，抒发自己保卫边疆、慷慨赴难的雄心壮志。诗歌后两句中前一句运用晋人与姜戎大战，敌军匹马只轮无返的典故，后一句运用薛仁贵三箭定天山的典故，都表明了战士们战场上破贼歼敌和长期卫边的决心。

这首诗借古抒怀，以典明志，情调激昂，音节嘹亮，具有激励战斗意志的力量，诗人在磅礴的气势、雄健的格调中，实现了历史与现实、古人与今人的对话，读来不禁令人顿生豪气。

杜 牧

杜牧（803—852），唐代诗人。字牧之，号樊川居士。京兆万年（今陕西西安）人，宰相杜佑之孙。唐文宗大和二年（828）进士，为弘文馆校书郎。曾参沈传师江西、宣歙观察使和牛僧孺淮南节度使幕府，历监察御史，膳部、比部及司勋员外郎，黄州、池州、睦州、湖州刺史，官终中书舍人。因晚年居长安南樊川别墅，故后世称"杜樊川"。生平见新、旧《唐书》本传，《唐才子传》等。杜牧兼工诗、赋、文，以诗成就最高，后人称为"小杜"，以别杜甫。其诗多有揭露现实之作，尤长七言律诗和绝句，词采清丽，情思豪爽，其写景抒情小诗尤为出色。有《樊川文集》。

河 湟①

元载相公曾借箸②，宪宗皇帝亦留神③。
旋见衣冠就东市④，忽遗弓剑不西巡⑤。
牧羊驱马虽戎服，白发丹心尽汉臣⑥。
唯有凉州歌舞曲⑦，流传天下乐闲人⑧。

注 释

① 河湟：河指黄河，湟指湟水，河湟是由黄河和湟水冲击而成的两个谷地的统称，河湟地区农业发达，是青海东北部最富庶的地区，唐时为唐与吐蕃的边境地带。

② 元载：字公辅，唐代宗时为宰相，曾任西州刺史。唐代宗大历八年（773）曾上书代宗，对西北边防提出一些建议，并献上地图，但为田神功所阻，未能实行。借箸（zhù）：为君王筹

划国事。据《史记·留侯世家》载，张良在刘邦吃饭时进策称："臣请借前箸为大王筹之。"这里"借箸"不仅用来代指筹划一词，而且含有将元载比作张良的意思，表明诗人对他的推崇。

③ 留神：指关注河湟地区局势。唐宪宗李纯在看地图时，曾感叹过河湟地区的失陷，常想收复失地，但未及西征，便去世了。

④ 东市：汉代长安城东部，原是处决犯人的地方，后代称刑场。此句指唐代宗大历十二年（777），元载因事下狱，唐代宗下诏令其自杀。

⑤ 遗弓剑：指唐宪宗死，古代传说黄帝仙去，只留下弓剑。这里是诗人对宪宗被宦官所杀采取的委婉说法。不西巡：是指唐宪宗没有来得及实现收复西北疆土的愿望。

⑥ "牧羊"两句：借汉代苏武深陷匈奴十九年归汉，比喻河湟百姓深陷异族而忠心不移。

⑦ 凉州：原本是唐王朝西北属地，安史之乱中，吐蕃乘乱夺取。李唐王室出自陇西，所以偏好西北音乐。唐玄宗时凉州曾有《凉州新曲》献于朝廷。歌舞曲：此指以凉州命名的乐曲。

⑧ 闲人：闲散之人。

题 解

《河湟》是诗人杜牧作于唐宣宗大中三年（849）的一首七言律诗，时值唐宣宗趁吐蕃内乱收复河湟地区之前。安史之乱爆发后，驻守在河西、陇右的军队东调平叛，吐蕃乘机侵占了河湟地区，对唐朝政府造成了极大的威胁。杜牧有感于晚唐的内忧外患，热切主张讨平藩镇割据、抵御外族侵侮，因此对收复失地极为关心。这首《河湟》歌颂河湟地区的百姓虽深陷外族但忠心不二，讽刺元和以后统治者只知享乐而无心国事。

赏 析

《河湟》是一首讽刺边防的诗歌。全诗流露出诗人对国家边防深深的忧虑以及对当政者无心国事只知享乐的强烈讽刺。诗歌前四句叙述宰相元载对西北边事曾经提出很多深谋远虑的筹划，无奈不被代宗所采纳，反而沉冤下狱，遭遇不测；而唐宪宗也曾忧心西北边防，曾锐意收复河陇，然而天有不测，还没有来得及西征，便赍志以殁。前四句追忆忧心边防的君主臣子先后下世，壮志未酬身先死，令人无限叹惋；而后四句书写今朝，与往昔形成强烈对比：诗歌第三联"牧羊驱马虽戎服，白发丹心尽汉臣"借苏武深陷匈奴而死忠汉朝的典故，表露河湟百姓虽身着异族服装，处境十分艰难屈辱，然而他们一片赤诚之心向着大唐，白发丹心，永为汉朝，表达了河湟百姓忠贞不二、矢志不渝的坚毅品格；而最后一联"唯有凉州歌舞曲，流传天下乐闲人"通过描写朝廷手握大权的君臣只顾沉醉在河湟地区传来的乐曲之中醉生梦死，无人筹边、意图收复失地，两相对照，更表现出诗人心中的抑郁悲愤之情。身揽大权之人不顾百姓生死，不问边防战事，而心牵边地安乐之人，却沉沦下僚，难主沉浮。诗人对当权者沉迷享乐的讽刺中也满寓自己壮志未酬的强烈不满。

全诗叙事前后对比，层层深入，跌宕有致，叙事与抒情融为一体。诗人笔力遒劲，写得劲健而不枯直，阔大而显深沉。正如明代杨慎《升庵诗话》中评价此诗："律诗至晚唐，李义山而下，惟杜牧之为最，宋人评其诗豪而艳，宕而丽，于律诗中特寓拗峭，以矫时弊。"这首《河湟》鲜明地体现出这种艺术特色。

陈　羽

　　陈羽（753？—？），唐代诗人。江东（今江苏苏州）人。早年应试不第，唐德宗贞元八年（792）举进士，时年六十岁，与韩愈、李观、王涯、李绛、冯宿、欧阳詹等同榜登第，时称"龙虎榜"。曾任官东宫卫佐。与韩愈、戴叔伦、灵一有交往唱酬。生平见《唐才子传》《唐诗纪事》等。陈羽工诗，其诗多为登临题咏、送别赠言及互相唱和之作，也有少量诗直接反映了社会现实，如《梁城老人怨》《从军行》等。《全唐诗》存其诗一卷。

从　军　行

海畔风吹冻泥裂[①]，枯桐叶落枝梢折。
横笛闻声不见人[②]，红旗直上天山雪[③]。

注释

① 海：指天山附近的大湖。
② 横笛：笛子。
③ 天山：山名，在今新疆境内。

题解

　　《从军行》原为汉乐府旧题，属于《相和歌辞·平调曲》，一般用以记述军旅征战之事。陈羽所处的唐代中晚期边患不断。这首诗是作者早年宦游，任职幕府时所作。诗歌描绘边地戍军顶风冒雪攀登天山的情景，是一幅壮美的雪里行军图。

赏 析

陈羽这首《从军行》以深情的笔触描绘了一幅壮美的雪山行军图，颇具盛唐豪壮之气。诗歌前两句"海畔风吹冻泥裂，枯桐叶落枝梢折"勾勒了边关将士风雪行军的背景。天山脚下寒风劲吹，枯桐的枝梢败叶被朔风刮得飘扬飞舞，而湖畔的冻泥也被吹得张口开裂，冰冻斑驳。这两句极写边地狂风肆虐、冷冽严酷的自然环境。这样的环境描写渲染了边关行军的艰苦卓绝，从而也反衬出将士们无所畏惧、昂扬坚毅的精神风貌。前两句铺垫蓄势，后两句则从容写道："横笛闻声不见人，红旗直上天山雪。"一缕激越嘹亮的笛声给荒凉苦寒、苍茫冷冽的旷野带来令人欣喜的生气。充足的蓄势下，读者翘首以盼人物登场，然而只闻其声不见其人，循声寻觅，纵目远望，只见一队边防战士擎着鲜艳的红旗顶着猎猎的狂风、皑皑的白雪奋力攀登、勇往直前。"横笛""红旗"给读者以广阔的想象空间；而"直上"二字则动感十足，描写在苍茫白雪的映衬下，耀目的红旗向着山巅直上而来，这样的画面何等得壮美肃穆，这样的精神何等得振奋人心。"直上"二字将战士们英勇顽强、一往无前的精神充分地表现出来，虽然诗人没有直面描写主人公，但是令读者浮想联翩：尽管风雪肆虐，但一队训练有素的将士们碾冰而来，一支斗志昂扬的边防军迎难直上。诗歌至此戛然而止，但这股英雄气概，令人肃然起敬，令天地为之动容。

这首诗没有直接描写将士们的风雪行军，而是通过听觉、视觉间接反衬将士们的英勇无畏、一往无前，有声有色，留给读者丰富的想象余地；而且此诗兼有诗情画意之美，莽莽大山，成行红旗，雪的白，旗的红，山的静，旗的动，展示出一幅壮美的风雪行军图。

陈　　陶

陈陶（约803—879），唐代诗人。字嵩伯。鄱阳（今江西鄱阳），一说剑蒲（今福建南平）人。活动于晚唐时期。早有诗名，曾游学长安。但屡举进士不第，遂高蹈世外，不求进达，恣游名山，自称"三教布衣"。后避乱入洪州（今江西南昌）西山学仙，不知所终。生平见《唐才子传》《唐诗纪事》等。其诗多写山水，也有表现其怀才不遇之情的，少数抒发理想抱负，描绘戍卒之苦的作品富有特色。代表作为《陇西行》。原有集，已散佚，《全唐诗》录存其诗两卷。

陇西行（其二）①

誓扫匈奴不顾身②，五千貂锦丧胡尘③。
可怜无定河边骨④，犹是春闺梦里人⑤。

注　释

① 陇西：今甘肃、宁夏一带。
② 匈奴：泛指外族入侵者。
③ 貂锦：汉代羽林军穿锦衣貂裘，这里借指精锐部队。胡尘：胡地风沙，泛指胡地战场。
④ 无定河：黄河中游支流，源自内蒙古，东南流至陕西清涧入黄河，流经沙漠和黄土高原，因溃沙急流，河床无定，故名。
⑤ 春闺：这里指战死者的妻子。

题　解

《陇西行》原为乐府旧题，属《相和歌辞·瑟调曲》，内容多言征战艰苦，闺中怨思。陈陶的《陇西行》共四首，系借题拟古之作，约作于唐宣宗大中年间，这是其中第二首，反映长期边塞战争给百姓带来的痛苦和灾难。

赏　析

陈陶的这首边塞诗另辟蹊径，全面深广地揭露了长期战争给人民带来的苦难，流传广远，令人饱洒同情之泪。诗歌前两句"誓扫匈奴不顾身，五千貂锦丧胡尘"叙述出征战士们带着光荣而伟大的梦想奔赴战场，与敌交战，殊死搏斗，然而一战之后，五千多将士浴血牺牲。从第一句战士们的勇赴沙场、英勇激战到第二句的壮烈牺牲，一扬一抑，形成鲜明的反差，让人对这"五千貂锦"从赞叹期待到哀婉痛惜；但与此同时，这两句却始终灌注着一种誓死杀敌、视死如归的英雄气概，正是因为这种豪情与勇敢，让后两句的感叹更加深沉有力。"可怜无定河边骨，犹是春闺梦里人"这两句乃千古绝唱。诗人在这里采用虚实相生的手法；"河边骨"和"春闺梦"这两个具有强烈反差的画面来回切换，类似于电影中的蒙太奇效果，更震撼人心。辞家远征的将士们马革裹尸，一番激战之后为国捐躯，他们横尸遍野，很多年的风吹雨淋之后，他们的身躯已变成河边积沙深埋的森森白骨，而他们的妻子依旧在家中翘首以盼他们凯旋，时常在梦中梦到丈夫息兵归田，他们过着平凡宁静的美好生活；她们哪里知道，这已经是永远不可能的事情了。这两句之所以让人无不潸然泪下，不仅是因为战争的惨烈，更因为诗人将现实中的森森白骨与梦境中如玉郎君作了对比，虚实相对，荣枯迥异。梦境中的美好更反衬出现实的残忍：将士们为国捐躯，身首异处已经是一个悲剧，而他们的妻子却毫不知情，年复一年地等待他们归来，日复一日地做着一个不可能的美梦。这两句表达了诗人对无数阵亡将士深深的哀悼和对其妻子沉痛的同情。

这首诗匠心独运,笔触深沉,饱含对战乱的血泪控诉,诗情凄楚,令人潸然泪下,产生了震撼心灵的悲剧力量。沈德潜《唐诗别裁》中评价此诗:"作苦语无过此者。然使王之涣、王昌龄为之,更有余韵。此时代使然,作者亦不知其然而然也。"

陇西行(其二)

张 乔

张乔（生卒年不详），唐代诗人。字伯迁，池州（今安徽池州）人。曾居九华山读书，咸通末应举，李频主持京兆府试，以《月中桂》诗擅场。曾漫游吴越、荆楚、河洛等地。黄巢兵起，归隐九华山，与许棠、郑谷等合称"咸通十哲"。生平见《唐诗纪事》《唐才子传》等。其诗清雅巧思，风格似贾岛，多五言近体，皆旅游题咏、送别寄赠之作。有《张乔诗集》，《全唐诗》录其诗两卷。

书 边 事

调角断清秋[①]，征人倚戍楼[②]。
春风对青冢[③]，白日落梁州[④]。
大漠无兵阻，穷边有客游[⑤]。
蕃情似此水[⑥]，长愿向南流。

注 释

① 调角：犹吹角。角是古代军中乐器，相当于军号。断：尽，占尽。
② 戍楼：防守的城楼。
③ 春风：指和煦凉爽的秋风。青冢：指西汉王昭君的坟墓。
④ 白日：灿烂的阳光。梁州：当时指凉州。唐梁州为今陕西南郑一带，非边地，而乐曲《凉州》也有作《梁州》的。凉州，地处今甘肃省境内，曾一度被吐蕃所占。
⑤ 穷边：绝远的边地。
⑥ 蕃：指吐蕃。情：心情。似：一作"如"。此水：不确指，疑为黄河。

题 解

安史之乱后不久,河西、陇右一带便被吐蕃长期占领。唐宣宗大中五年(851),沙州义军首领张议潮,出兵收复失地,并遣兄张议潭奉图入朝。大中十一年(857),吐蕃将领尚延心以河湟降唐。自此,唐朝西部边境一度恢复和平安宁的局面。此诗约作于河湟之地收复之后。全诗描写息兵止战后边塞的宁静,意境高阔辽远。

赏 析

唐宣宗大中十一年(857),吐蕃将领归降,唐军收复河湟地区,西部边塞一度出现和平安定的局面。这首诗是唐代中后期罕有的轻快愉悦的边塞诗。诗歌开篇便向读者展示了一幅边关宁静安详的生活画面。"调角断清秋,征人倚戍楼"写时值清秋,响亮的军号声在辽阔的旷野中回荡,而此时息兵止战的征人悠闲地依靠在戍楼上瞭望着澄澈旷远的塞上清秋景致,聆听浑厚有力的号角声。"断"乃横断之意,它把号角声的激越分明的特质凸显出来;一个"倚"字,微妙地传达出边关安宁,征人悠闲的状态。颔联"春风对青冢,白日落梁州"中上句乃回忆之笔,诗人由王昭君和亲匈奴想到目下边关的安宁,下句视线从遥想的青冢回到眺望的凉州,此时,夕阳西下,余晖倾洒,边关一片令人眩晕的橘黄与久不可见的日丽平和。这两句表露边关人民饱受战乱之苦后对安宁祥和生活的珍惜和向往以及民族和睦相处的共同夙愿,而昭君的功绩正像她坟冢上的青草一样,长青不衰。颈联"大漠无兵阻,穷边有客游"叙写边关地区因为止战息兵,宁静安乐,渐渐有了游客的到来。这一句既表现出边塞广漠辽阔苍茫的意境,又将和平安详的边塞风光进一步点染。尾联以生动的比喻作结,"蕃情似此水,长愿向南流"表明人们对于和平宁静生活的愿望不是短暂的,而是像大河一样长久流淌,这不仅是诗人的美好夙愿,更是深受战乱之苦的广大百姓共同的心声。

这首诗抒发了诗人于边关的所见所闻,所思所感,意境高阔而深远,气韵直贯而悠长,运笔如高山流水,奔腾直下,这般格调高昂的边塞诗作在晚唐诗歌中更显可贵。近代俞陛云在《诗境浅说》中评价此诗:"此诗高视阔步而出,一气直书,而仍有顿挫,亦高格之一也。"

曹　松

曹松（830？—903？），唐代诗人。字梦徵，舒州（今安徽潜山）人。早年避乱栖居洪都西山，后往依建州刺史李频。李频卒后，流落江湖，并曾到过西北边塞。唐昭宗天复元年（901）登进士第，与王希羽、刘象、柯崇、郑希颜等同榜，而五人年皆七十余岁，时称"五老榜"。后官秘书省正字，不久卒。生平见《唐诗纪事》《唐才子传》等。曹松诗多旅游题咏、送别赠答之作，风格学贾岛，取境幽深，工于铸字造句，但并不流于枯涩。代表作为《己亥岁》二首，揭露战乱本质，传诵颇广。原有集，已散佚，《全唐诗》今录其诗一百四十多首。

己亥岁（其一）①

泽国江山入战图②，生民何计乐樵苏③。
凭君莫话封侯事④，一将功成万骨枯。

注　释

① 己亥：为唐僖宗乾符六年（879）的干支纪年。
② 泽国：泛指江南各地，因湖泽星罗棋布，故有此称。
③ 樵苏：一作"樵渔"。樵：打柴。苏：割草。
④ 封侯：封侯拜爵，泛指功名显赫。这里指封侯是有针对性的，乾符六年，即己亥岁，镇海节度使高骈就以在淮南镇压黄巢起义军立功封侯赏。

题 解

《己亥岁》诗题下注"僖宗广明元年",可推断此诗大约是诗人于唐僖宗广明元年(880)追忆往事而作。时年十二月,黄巢军攻占长安,僖宗出奔西蜀。这首诗描写了安史之乱后再经黄巢起义对天下百姓的伤害,揭露了战争对人民造成的深重灾难,以冷峻深邃的目光洞穿千百年来封建战争的实质,写得力透纸背,入木三分。

赏 析

曹松的这首诗从题目可见,便是书写了活生生的社会现实,更加不凡之处在于诗人将战争的本质一针见血地揭露,令人不寒而栗。诗歌首句"泽国江山入战图"委婉地表达了唐末战乱,时局动荡,全国大江南北都几乎沦为战场,展示了全国上下战火纷飞,兵荒马乱的大背景。随之而来的便是民不聊生,生灵涂炭,"生民何计乐樵苏"展现了老百姓们的生活现状,本来打柴割草是艰辛的,无乐可言的,然而在战争年代下人民命悬一线,流离失所,能够简简单单地打柴割草以平安度日已经是普通百姓最快乐的事情,然而这样平凡微浅的心愿也是难以实现的。此句以"乐"字反衬生民的苦不堪言,诗人的笔调虽轻描淡写,但字里行间凝聚渗透着无数黎民百姓的血泪。前两句抓住时代的大背景极尽渲染,为后两句的慨叹奠定基础。"凭君莫话封侯事,一将功成万骨枯"字字警醒,词约义丰,升华全诗。古代战争以获取首级之数记功,封侯拜将之赏无非"功在杀人多",一将功成是踏着万千的骷髅走上来的。而此篇诗人矛头直指镇海节度使高骈,他在镇压黄巢起义军的战斗中一战封侯,这是用无数士卒的牺牲和百姓的流血换来的,令人闻之发指,言之齿冷。"一"与"万","荣"与"枯"的对比,令人触目惊心。这两句惊人之语真可谓掷地有声,耐人深思。

这首诗具有发人深省的思想深度,诗人非常直接地表达了对于热衷战争,凭借战争起家的将领的谴责和愤慨,也从不同侧面揭露了封建社会历史的本质,具有很强的典型性。宋人周弼在《笺注唐贤三体诗法》评价此诗:"此诗自来错会,用意深切尤在上。"

梅尧臣

　　梅尧臣（1002—1060），北宋诗人，字圣俞，世称宛陵先生。宣州宣城（今安徽宣城）人。给事中梅询从子。梅尧臣初以恩荫补桐城主簿，历镇安军节度判官。于皇祐三年（1051）始得宋仁宗召试，赐同进士出身，为太常博士。以欧阳修荐，为国子监直讲，累迁尚书都官员外郎，故世称"梅直讲""梅都官"。宋仁宗嘉祐五年（1060），梅尧臣去世，年五十九。梅尧臣少即能诗，与苏舜钦齐名，时号"苏梅"，又与欧阳修并称"欧梅"。为诗主张写实，反对西昆体，所作力求平淡、含蓄，被誉为宋诗的"开山祖师"。有《宛陵先生集》《毛诗小传》等。

故原战

落日探兵至①，黄尘钞骑多②。
邀勋轻赴敌③，转战背长河④。
大将中流矢⑤，残兵空负戈。
散亡归不得，掩抑泣山阿⑥。

注 释

① 探兵：军中的侦察兵。
② 钞骑：袭击、掠夺的兵马。
③ 邀勋：企求功勋。
④ 长河：即黄河。
⑤ 流矢：指乱飞的或无端飞来的箭。
⑥ 掩抑：低沉抑郁。山阿（ē）：即山岳。

题 解

《故原战》作于宋仁宗康定二年（1041），是诗人听闻好水川之战惨败后感慨所作。朱东润《梅尧臣诗选》注曰："康定二年二月，环庆副都部署任福与西夏战于好水川，为敌所杀。好水川在甘肃（今为宁夏）隆德，地近固原，诗中作故原。"全诗表达了诗人对战争惨败的痛惜和思考。

赏 析

《故原战》乃是战事纪实诗，宋仁宗康定二年春，元昊亲率十万大军声称将攻渭州，实则真正目的是在固原一带消灭宋军泾原的主力。元昊统兵南下，诱敌深入，围而歼之，而此时宋军安抚副使韩琦正在高平，闻讯急调兵马，又募新兵，共一万八千人，令环庆副总管任福率军迎击，据险设伏，而任福、桑怿等将领却急功邀勋，盲目冒进，导致几乎全军覆没，死伤近万人。此诗将诗人感性的对于战事惨烈的痛惜和理性的对于战败冷峻的思考交织在一起，感情真挚炽烈。

诗歌前两句"落日探兵至，黄尘钞骑多"间接地交代了这场战争敌军有备而来，来势汹汹的情况。军中的侦察兵已侦察到敌军兵马众多，大举来犯，此时敌众我寡，作为指挥战事的将领应该极其谨慎和重视，严阵以待，思忖对策。但事实并非如此。"邀勋轻赴敌，转战背长河"写我军将领刚愎自用，盲目自信，为了邀功请赏，轻率冒进，听闻镇戎军西路正与西夏军战于张义堡（今甘肃武威）以南，于是转道南进，急趋交战处，后又为西夏军佯败所惑，长途追击，待人困马乏之时，被敌军左右伏击。这两句交代了我军战败的主要原因在于将领的草率轻敌。接下来两句交代了此次战争的结果，"大将中流矢，残兵空负戈"写任福、桑怿等将领战死，而伤亡的将士更是不计其数，当韩琦率军接应残兵时，行至途中，只见万千阵亡者的亲人，手持死者旧衣、纸钱，阵前招魂，哀恸之声震天动地。诗歌最后两句"散亡归不得，掩抑泣山阿"正是形容这一场景。主将的贪功冒进导致万家将士无辜阵亡，万千家庭破碎离散，令人痛惜悲愤。

梅尧臣此诗短短四十字，对此次战争做了高度的概括，以史证诗，更将悲愤的情感升华，令人不忍卒读。

岳 飞

　　岳飞（1103—1141），南宋抗金名将、爱国诗人。字鹏举。汤阴（今河南安阳）人。出身农家，起于行伍，曾从宗泽守开封，为留守司统制。宋高宗绍兴十年（1140）授少保，大败金兵于郾城，进军朱仙镇，收复郑州、洛阳等地。后被秦桧以"莫须有"罪名杀害。孝宗时赐谥武穆，后改谥忠武，宁宗时追封鄂王。生平见《宋史·岳飞传》。岳飞在戎马征战中写下不少洋溢爱国激情的作品。著有《岳忠武王文集》。其诗大气磅礴，感人至深。词仅存三首，其中《满江红·写怀》激烈沉雄，千载传诵。

送紫岩张先生北伐①

号令风霆迅②，天声动北陬③。
长驱渡河洛④，直捣向燕幽。
马蹀阏氏血⑤，旗袅可汗头⑥。
归来报明主，恢复旧神州⑦。

注 释

① 紫岩张先生：指抗金名将张浚，诗人朋友。北伐：指张浚以宰相兼都督诸路军马事的身份，召集诸将至平江府，准备北伐事。诗人也是北伐将领之一。
② 风霆：疾风暴雷。形容迅速，雷厉风行。
③ 天声：指宋军的声威。北陬（zōu）：大地的每个角落。
④ 河洛：黄河、洛水，这里泛指金人占领的土地。
⑤ 蹀（dié）：踏。阏氏（yān zhī）：匈奴的王后，这里代指金朝统治者。

⑥ 可汗（kè hán）：古代部分游牧民族最高统治者，这里借指金统治者。
⑦ 神州：古代称中国为神州。

题　解

这首诗作于宋高宗绍兴四年（1134），金兀术和伪齐汉奸刘豫的军队联合南侵，张浚被任命为防守长江的统帅，这时诗人率领的军队也参加了防御战。当张浚出发到前线督战时，诗人写了这首诗替他送行。此次的北伐中原，恢复神州是当时南宋人民的普遍愿望，也是张浚、岳飞等抗金将领的毕生事业，所以当张浚以宰相兼都督诸路军马事将要率军北伐时，身为北伐将领之一的岳飞壮怀激烈，斗志昂扬，因此此诗亦洋溢着自信与豪情。

赏　析

《送紫岩张先生北伐》这首诗颂扬张浚指挥有方，号令畅达，致使宋军的声威震撼天下——包括北方境内外的各个角落。它并非仅仅是一般的赠别酬答之作，而是一首雄伟嘹亮的爱国主义诗篇。诗歌前两句"号令风霆迅，天声动北陬"写北伐的号令一出便如飓风雷霆般疾速传播，很快便传到了最北边的角落。这北方遗民日思夜想的号令终于传来，令人喜不自胜，这两句奠定了全诗高昂亢奋的基调。紧接着"长驱渡河洛，直捣向燕幽"预示此次北伐定会势如破竹，直捣敌军腹地，令敌军节节败退，"燕幽"是后晋石敬瑭割让给契丹的燕云十六州，是宋代历朝君王梦寐以求收复的失地，这两句极言诗人对此次北伐的信心和雄壮威武的气势。五、六句"马蹀阏氏血，旗袅可汗头"想象用马蹄践踏阏氏的血肉，把可汗的人头割下来挂在旗杆上示众，写出了对敌虏深深的痛恨，也是对金朝侵略者长期侵占我北方故土，盘剥我朝遗民的痛恨。最后两句"归来报明主，恢复旧神州"想象凯旋的情景，发自内心的喜悦溢于言表，也表达了对于收复河山，耀我国威的理想的向往。

这首诗气势高昂，声调铿锵，充满着浓厚深沉的爱国主义情感和豪迈雄壮的英雄主义气概。此诗被誉为岳飞名篇《满江红·写怀》的姊妹篇，一诗一词均表现出一种浩然正气的英雄气概和乐观主义精神，字字句句无不透出雄豪之气，情调激昂，慷慨壮烈，充分表现出中华民族不甘屈辱，奋发图强，雪耻若渴的神威，从而成为反侵略战争的名篇。

陆　　游

　　陆游（1125—1210），南宋诗人。字务观，号放翁。越州山阴（今浙江绍兴）人。宋高宗绍兴中应礼部试，因名列秦桧之孙前，且又"喜论恢复"，被秦桧除名。孝宗继位，陆游被起用，曾任枢密院编修和镇江、夔州通判等职，还被主战将领四川宣抚使王炎聘为干办公事，因此在军旅中生活了一段时间。由于南宋朝廷只求苟安，陆游的一片爱国热忱无法实现，故常苦闷悲愤。他是南宋诗坛领袖，创作极多，现存诗作约九千三百余首，大多表现了作者抗敌复国的强烈愿望，以及"报国欲死无战场"的悲怆愤慨之情。晚年诗风趋于清淡旷远。其诗各体兼备，都有出色之作，尤以律诗又多又好。他又工词，散文也著述甚丰。有《剑南诗稿》《渭南文集》《老学庵笔记》。

书　　愤①

早岁那知世事艰②，中原北望气如山③。
楼船夜雪瓜洲渡④，铁马秋风大散关⑤。
塞上长城空自许⑥，镜中衰鬓已先斑⑦。
出师一表真名世⑧，千载谁堪伯仲间⑨。

注　释

① 书愤：书写自己的愤恨之情。
② 早岁：早年，年轻时候。世事：人世间的事情，此处指恢复中原之事。
③ 中原：指淮河以北沦为金人手中的地区。气如山：指收复失地的豪情壮志如山一样高。

④ 楼船：高大的战船。瓜洲渡：位于今江苏扬州古运河下游与长江交汇处，为江防要地。

⑤ 铁马：身披铁甲的战马。大散关：在今陕西宝鸡西南，为宋金交界处，是军事要地。

⑥ 塞上长城：边疆的万里长城。南朝宋时大将檀道济能够抵御北魏的侵略，他将自己比喻一座万里长城。空自许：白白地自我勉励。这里指诗人自比，也比喻守边御敌的将领。

⑦ 鬓：额边的头发。衰鬓：苍老的鬓发。斑：花白。

⑧ 出师一表：指诸葛亮在蜀汉建兴五年（227）三月出兵伐魏前所作的《出师表》。名世：名传后世。

⑨ 堪：能够。伯仲：兄弟之间的长幼次序，"伯"为老大，"仲"为老二。伯仲间：表示相差不多，难分高下。

题 解

《书愤》是诗人陆游作于宋孝宗淳熙十三年（1186）的一首七言律诗。陆游时年六十一，已是时不待我的年龄，然而诗人被黜，罢官归隐家乡山阴已有六年，挂着一个空衔在故乡蛰居。想那山河破碎，中原未收而"报国欲死无战场"，感于世事多艰，小人误国而"书生无地效孤忠"，于是诗人郁愤之情便喷薄而出。

赏 析

陆游这首《书愤》感慨世事多艰，表达壮志未酬而鬓先衰的失时之悲，气韵雄浑，感情沉郁，颇有杜诗遗风。全诗紧扣一个"愤"字，可分为两部分，前半部分倾诉前半生壮怀激烈，决心收复失地，后半部分感慨时不待我，报国无门的悲愤。诗歌起句宏阔，"早岁那知世事艰，中原北望气如山"颇有一种对人生大彻大悟的洞明。陆游遥想当年，他勇赴前线，北望中原，金戈铁马，气吞万里如虎，满腹收复失地的豪情壮志，犹如巍巍高山，气势万千，却没有想到报国之路如此艰难，这其中不仅是荡平胡虏的艰难，更艰难的是世事人心。

陆游一颗丹心，满心报国，却无奈频频受阻，屡遭罢黜。颔联"楼船夜雪瓜洲渡，铁马秋风大散关"是诗人追忆往昔的"黄金"岁月。此联对仗工整，诗人笔调雄放苍劲，纵横开阖，诗人流动的情思随风飞扬，描绘了两幅开阔、壮美的战场画卷。瓜洲渡口，楼船横排，雪夜渡江；大散关外，铁骑纵列，秋风立马，渲染出一种恢宏之气，也将读者带到了激烈雄壮的战斗中去。前四句豪气干云，表现出少年诗人意气风发，志在收复失地，气势如虹，而后四句笔锋一转，表达现实的冷冽与可悲，也照应诗歌主题"愤"字展开。颈联"塞上长城空自许，镜中衰鬓已先斑"表现诗人理想落空的悲凉。陆游一片赤心为国，最终却是镜花水月，诗人化用刘宋名将檀道济以一己之力振边扬威的典故，表现出他心中捍卫国家，舍我其谁的气魄，而一个"空"表明大志落空的悲惨现实，诗人揽镜自照，发现即便壮心犹在，却已衰鬓先斑，两相对照，壮志难酬，时不待我，更加令作者痛心疾首。尾联"出师一表真名世，千载谁堪伯仲间"诗人以典明志。诸葛亮北伐虽然最终落败，却终归名满天宇，千载而下，无人齐名，诗人在现实中难以看到希望，一颗拳拳爱国之心至死不渝，只能将希冀慰藉放在千载的岁月长河中，期盼内心的赤血丹心能够昭然天下。回顾整首诗歌，句句是愤，字字是悲，令人读罢满心悲愤。

《书愤》是陆游的七律名篇，全诗无一"愤"字，可是愤懑之情，力透纸背，时而激昂，时而沉郁，时而奋勉，高度概括了诗人的战斗经历和一生抱负，创造了一个高大的爱国志士的形象，格调悲壮，气韵沉雄。清人方东树在《昭昧詹言》中概况此诗："志在立功，而有才不遇，奄忽就衰，故思之而有愤也。"

秋夜将晓出篱门迎凉有感①

三万里河东入海②,五千仞岳上摩天③。
遗民泪尽胡尘里④,南望王师又一年⑤。

注　释

① 将晓：天将要亮。篱门：竹子或树枝编的门。迎凉：出门感到一阵凉风。
② 三万里：长度，形容它的长，是虚指。河：指黄河。
③ 仞：古代计量长度的单位。五千仞：形容极高。岳：指五岳之一西岳华山。当时黄河和华山都在金人占领区内。摩天：迫近高天，形容极高。
④ 遗民：指在金占领区生活的汉族人民，却认同南宋王朝统治的人民。泪尽：眼泪流干了，形容十分悲惨、痛苦。胡尘：指金人入侵中原，也指胡人骑兵的铁蹄践踏扬起的尘土和金朝的暴政。
⑤ 南望：远眺南方。王师：指南宋朝廷的军队。

题　解

　　这首诗约作于宋光宗绍熙三年（1192）秋，当时金兵占领着广大中原地区，诗人陆游已六十八岁，罢归山阴故里。晚年罢归的陆游向往着中原的大好河山，牵挂国家收复土地的统一大业。陆游作此诗时虽值初秋，但暑气未消，天气的闷热与心头的煎熬使得他不能安睡，诗人在东方未明之际，步出篱门，心中惆怅，写下这首饱含热泪的爱国诗篇。

赏 析

陆游一生英雄报国之梦未竟，但国家民族的命运与他的血肉灵魂紧紧连在一起。陆游晚年虽身处闲居之地，心却一直高悬在抗金的前线，创作这首《秋夜将晓出篱门迎凉有感》时，已六十八岁高龄，却依旧胸怀祖国，心怀黎民，令人动容。诗歌起首两句用夸张的笔法极言祖国山河的雄伟壮丽，劈空而来，气势万千。"三万里河东入海，五千仞岳上摩天"描绘滚滚黄河三万里，汹涌澎湃入东海，巍巍华山万千仞，气势磅礴入云天，然而这大好的河山却失陷于敌手，令诗人满心悲愤。这两句诗从山河的气势磅礴和巍峨壮烈中表明中华民族的不可征服，表达了作者对祖国深沉的热爱和眷恋。后两句笔锋一转，由景及人，诗境也向更广远的方向开拓。"遗民泪尽胡尘里，南望王师又一年。"诗人望眼欲穿，让他深沉惦念的是沦陷区的百姓，他们在金军的铁蹄蹂躏中苦不堪言，泪流满面；他们日夜企盼南宋的军队能够收复国土，可是年年岁岁此愿落空，他们不知道，南宋君臣早已沉醉在江南的花红柳绿、莺歌燕舞中，忘记北地望穿秋水的遗民。这一句含蕴深沉，既有诗人对失地百姓的惦念和同情，又有对南宋统治者苟且偷安，不顾黎民生死的气愤，这是因为诗人心中仍存兴师北归、光复河山的深沉愿望。

陆游用歌颂高山大河的奇观美景来衬托神州陆沉的悲痛，以抒发广大民众的情高意切来讽刺统治者的麻木不仁，他全面深刻地揭露了时代社会的矛盾冲突，并将之高度集中地概括于二十八字之中。诗歌理想与现实、热爱与深愤，交织辉映，气象横绝，含蕴深沉。

范 成 大

范成大（1126—1193），南宋诗人。字致能，号石湖居士。平江吴郡（今江苏苏州）人。宋高宗绍兴二十四年（1154）进士及第。历知处州、知静江府兼任广西西道安抚使、四川制置使、吏部员外郎、参知政事等职。曾使金，坚强不屈，"全节而归"，为朝野所称道，晚年退居故乡石湖。诗与尤袤、杨万里、陆游齐名，称"中兴四大诗人"。生平见《宋史》本传。范成大多关心国事与同情民瘼之作，尤以田园诗著称。亦工词，风格清婉秀逸。有《石湖居士集》《石湖词》。

州 桥

州桥南北是天街①，父老年年等驾回②。
忍泪失声询使者③，几时真有六军来④？

注 释

① 州桥：正名为天汉桥，在汴梁（今河南开封）宣德门和朱雀门之间，横跨汴河。天街：京城的街道称为天街，这里是说州桥南北街，指当年北宋皇帝车驾行经的御道。
② 父老：指汴梁的百姓。等驾回：等候宋朝天子的车驾回来。驾：皇帝乘的车子。
③ 失声：哭不成声。询：探问，打听。
④ 六军：古时规定，一军为一万二千五百人，天子设六军。此处借指王师，即南宋的军队。

题 解

《州桥》这首诗作于诗人出使期间。宋孝宗乾道六年（1170），范成大奉命出使金国。他渡过淮河，踏上中原土地时，感慨很深，于是将沿途所见所闻所感写成日记《揽辔录》一卷，又有诗一卷，收其所作七十二首七言绝句，以表达故国之思。此诗诗人截取沦陷区人民悲痛翘首南望的情景，表达了遗民们盼望南师北归的急迫心情。

赏 析

《州桥》是范成大使金期间经过北宋都城汴京州桥所写。诗题下原有小序："南望朱雀门，北望宣德楼，皆旧御路也。"这表明州桥的方位：南面是汴京旧城的正南门，北面是宫城的正门楼，这条道路是昔日的御道。诗人行经于此，重归故都，物是人非，于是作此诗表达内心的深沉感慨。此诗不发议论，而是描绘画面，犹如电影中的特写镜头，让画面说话，不陈一言，却具有极强的表现力。诗歌前两句"州桥南北是天街，父老年年等驾回"刻画北地百姓翘首南望的情景。日复一日，年复一年，北地的父老乡亲在故都州桥两侧企盼南宋皇帝重归中原，一日日等驾不到，一年年盼归不得，这种对故国的忠诚令人感动。然而他们等了几十年，没有等到皇帝御驾，却等到了宋朝使者，千言万语无从尽，欲语泪先流。"忍泪失声询使者，几时真有六军来？"他们强忍眼泪询问使者天子何时归来，"忍泪失声"生动地刻画了百姓们对主君归来的企盼，也侧面反映出他们在金兵统治下的凄惨悲苦生活；"真"字用得绝妙，表明百姓多年来常常听到消息，心存希望，却一次次落空后的小心翼翼。一个"真"字映出几多"空"象，这是对南宋统治者苟且偷安、不顾黎民的深刻讽刺。诗歌至此戛然而止，此处无声胜有声，或许诗人无言以对，不忍告诉黎民百姓南宋朝廷早已不再惦念北地的州桥，或许诗人内心也有点点星火，渴望有朝一日，大宋的铁骑将金兵赶出州桥，山河统一，祖国光复。

这首诗表现手法独特，诗人截取富有冲击力的画面展示在读者面前，似乎让我们亲眼看见了望眼欲穿的北地百姓满脸的愁容以及闪烁的泪花。诗人作为北地百姓的代言人，代他们表露出了多年以来的心声，此诗画面所表现的强烈情感和其所产生的强大力量，正是范诗最大的魅力。

刘 克 庄

　　刘克庄（1187—1269），南宋诗人。初名灼，字潜夫，号后村。莆田（今福建莆田）人。以世荫补官，宋理宗淳祐初赐同进士出身，曾任建阳、仙都县令，因赋《落梅》诗被弹劾，废置十年，后出任右侍郎等官职，累官至中书舍人。贾似道再为相，曾上表称贺，被视为有失晚节。宋度宗咸淳四年（1268）以龙图阁学士致仕，谥文定。刘克庄诗颇多感慨时事之作，为江湖诗派的代表作家。他的《南岳稿》曾被陈起刻入《江湖集》，另有《后村先生大全集》。

军 中 乐

行营面面设刁斗①，帐门深深万人守②。
将军贵重不据鞍③，夜夜发兵防隘口④。
自言虏畏不敢犯，射麋捕鹿来行酒⑤。
更阑酒醒山月落⑥，彩缣百段支女乐⑦。
谁知营中血战人⑧，无钱得合金疮药⑨！

注　释

① 刁斗：古代一种军用锅，铜制有柄三脚，白天用于做饭，夜间用作巡逻报更的梆子。
② 帐门：指将军住的中军大帐。
③ 据鞍：骑马。
④ 隘（ài）口：险要的关口。
⑤ 麋（mí）：即驼鹿，比牛大，全身赤褐色，角大尾短，能游泳。

⑥ 更阑：更深夜尽。
⑦ 彩缣（jiān）：彩色的绢缎。支：支付，此指赏给。女乐（yuè）：歌舞乐伎。
⑧ 营中：军中。血战人：浴血战斗的士卒，一说指作战受伤的士兵。
⑨ 合：配制。金疮药：医治刀剑创伤的药。

题 解

南宋迁都江南之后，偷安日久，文恬武嬉，奢侈腐败。诗人关心祖国命运却在政治上屡受打击，于是满怀愤慨，写下此诗。诗中通过对南宋军队现状的逼真刻画，无情地嘲讽了南宋将军玩忽职守、纵情享乐的丑恶嘴脸，对广大士兵的悲惨遭遇寄予了深深的同情，揭示出南宋军队屡战屡败的深层社会原因。

赏 析

辛弃疾在《美芹十论》中形容南宋军队的现实时，曾写道："营幕之间，饱暖有不充，而主将歌舞无休时；锋镝之下，肝脑不敢保，而主将雍容于帐中。"《军中乐》这首诗则是对南宋军事状况最好的注脚，凝聚了诗人的一腔愤恨和忧心忡忡。诗歌前八句紧扣一个"乐"字展开，写将军之乐。前四句"行营面面设刁斗，帐门深深万人守。将军贵重不据鞍，夜夜发兵防隘口"写将军在自己住的中军大帐周围布满打更巡逻的士卒，唯恐被敌军偷袭。"面面""深深""万人守"通过夸张的手法，极写将军的警惕与谨慎，而这般小心翼翼并非用于作战而是怯懦怕死，殚精竭虑；"贵重不据鞍"则以讽刺的口吻写将军的怯懦贪生；"夜夜发兵防隘口"反讽了将军贪生怕死已到了草木皆兵的地步。紧接着四句"自言虏畏不敢犯，射麋捕鹿来行酒。更阑酒醒山月落，彩缣百段支女乐"更将将军刚愎自用、自欺欺人的嘴脸刻画出来，他将自己置于无懈可击的保护之下，反而大言不惭，说敌军怕他所以不敢来犯，成日沉湎于歌舞享乐。"射麋捕鹿"用以佐酒，夜静更深，大帐之内依旧歌舞升平，将军不理军事，醉于酒色，不惜挥霍百段彩缣赏赐歌儿舞女。这八句描写将军的日常生活，不作一字的评价，却字字当诛。这位守边将军早已忘记戍边卫国的职责，日日过着灯红酒绿、醉生梦死的生活，贪生怕死却又刚愎自用，令人不齿。而诗歌的最后，诗人将目光投向了戍边的士兵，将军的生活奢侈无度，而军中浴血奋战、身负重伤的士兵却连买金疮药的钱都没有。一边是惧敌畏死却挥霍无度的将军，一边是浴血奋战却无钱买药的士兵，残忍的对比之下，更凸显了南宋军队之中的丑恶，揭示了官兵之间的矛盾，也令整首诗的感情基调更加沉郁压抑。

　　全诗运用强烈的对比手法，把两种截然不同的生活场景并列在一起，作客观的不加任何评论的描绘，而这种对比本身就包含着作者强烈的爱憎之情。诗人把强烈的感情寓于形象的描写中，显豁中见蕴藉。诗歌语言近似口语，精警凝练而又平易自然，有唐代张王乐府之遗风。

文天祥

文天祥（1236—1282），南宋抗元名将，文学家。字宋瑞，又字履善，号文山。吉州吉水（今江西吉安）人。宋理宗宝祐四年（1256），状元及第。度宗朝，累迁权直学士院，因起草制词讥权相贾似道，被劾罢。宋恭帝德祐元年（1275）在知赣州任上组织抗元兵。次年任右丞相兼枢密使受命往元军议和，痛斥伯颜，被拘至镇江。后逃脱率兵在福建、广东一带抗元，被元重兵打败，妻女皆陷敌手。宋末帝祥兴元年（1278）又遭元兵袭击被俘，押往大都，被囚三年，屡经威逼利诱，誓死不屈。元世祖至元十九年（1282）从容就义。诗文悲歌慷慨，气势豪雄，忠愤悲壮，充满着乐观进取精神。有《文山先生全集》。

过零丁洋[①]

辛苦遭逢起一经[②]，干戈寥落四周星[③]。
山河破碎风飘絮[④]，身世浮沉雨打萍[⑤]。
惶恐滩头说惶恐[⑥]，零丁洋里叹零丁[⑦]。
人生自古谁无死？留取丹心照汗青[⑧]。

注　释

① 零丁洋：即伶仃洋，在今广东珠江口。1278年，文天祥率军在广东五坡岭与元军激战，兵败被俘，囚禁船上曾经过零丁洋。
② 遭逢：遭遇。起一经：当时精通一种经书，通过科举考试而被朝廷起用做官。文天祥二十岁考中状元。
③ 干戈：指抗元战争。寥落：荒凉冷落。四周星：四周年。文天祥从1275年起兵抗元，到1278年被俘，一共四年。

④ 絮：柳絮。
⑤ 萍：浮萍。
⑥ 惶恐滩：赣江中的险滩，在今江西万安。1277 年，文天祥在江西被元军打败，所率军队死伤惨重，妻子儿女也被元军俘虏，他经惶恐滩撤退到福建。
⑦ 零丁：孤苦无依的样子。
⑧ 丹心：红心，比喻忠心。汗青：史册。古代在竹简上写字，先用火烤干其中的水分，干后易写而且不受虫蛀，也称汗竹。

题 解

《过零丁洋》是诗人文天祥的绝命诗，创作于宋末帝祥兴二年（1279）。当时文天祥率兵抗元，在广东海丰北五坡岭兵败被俘，押到船上，随后又被押解至崖山，张弘范逼迫他写信招降固守崖山的张世杰、陆秀夫等人，文天祥宁死不从，作此诗以明志。全诗慷慨激昂，表达了诗人从容赴难、视死如归的英雄气概。

赏 析

这首诗是爱国志士文天祥的绝命诗，字里行间渗透着慷慨激昂的爱国热情和视死如归的高风亮节，情调高昂，是一首感召无数后世仁人志士为家国天下立命的爱国诗篇。诗歌首联"辛苦遭逢起一经，干戈寥落四周星"自叙平生，追忆往昔，举出入仕和兵败一首一尾两件事以概平生。文天祥苦读中第，出仕之日正当国家危急存亡之秋，恰似时代的洪流和家国的命运与自己的生命不可分割，于是他立志此生当为国家出生入死，鞠躬尽瘁。颔联"山河破碎风飘絮，身世浮沉雨打萍"放眼现实：元军逼近南宋都城临安，尽管自己和万千将士在荒凉冷落的环境中苦苦周旋，也已是强弩之末，难以颠倒乾坤；国家大厦将倾，而自己也兵败被俘，妻儿被困，士卒四散，再难以掀起波澜，无论是国家还是自己都如无力的柳絮随风飘零，如水上的浮萍随波逐流。这一句是诗人对时局危困，无依无附现状的嗟叹，表现出诗人内心的沉郁悲凉。紧接着颈联叙述在抗元战斗中的两次难忘经历："惶恐滩头说惶恐，零丁洋里叹零丁。""惶恐滩""零丁洋"既是地名，曾经血战过的地方，又是诗人心境的写照，有力地抒发了国破家亡、孤苦伶仃的沉痛心情。最后一句，诗人站在时代洪流的末端，以激问的手法发出慷慨沉雄的庄严誓言"人生自古谁无死？留取丹心照汗青"。人的一生终有一死，何不让一片赤诚之心照耀史册。一个"照"字，如万丈光芒，照亮天际，英气逼人，如此结语，有如撞钟，清音绕梁。全诗格调，顿然一变，由沉郁转为开拓、豪放、洒脱。

　　这首诗最突出的特点是把个人的经历与国家的命运紧紧地联系在一起，从而有力地表现出诗人坚贞的民族气节，尤其是最后一联，直抒胸臆，视死如归，一片赤胆忠心，照亮历史的长河。明代谢榛在《四溟诗话》中评价此诗尾联："结句当如撞钟，清音有余。"此诗写得大义凛然，气壮山河，使人读后热血沸腾，受到巨大的激励和鼓舞。

元 好 问

　　元好问（1190—1257），金末文学家。字裕之，号遗山。太原秀容（今山西忻县）人。金宣宗兴定五年（1221）进士。曾任吏部主事、左司员外郎等职。金亡不仕，潜心编纂著述，致力于保存金代文化。元宪宗七年（1257）卒。生平见《金史》本传。元好问是金末诗风变革的优秀代表，其诗题材多样，内容多涉痛苦悲惨的社会生活和国破家亡的现实，有史诗的意义；风格遒劲，兴象深邃。其诗论《论诗绝句》三十首在文学评论史上有重要地位；词以苏、辛为典范，兼收各家之长，并有豪放、婉约多种风格。有《元遗山诗集》《遗山乐府》等。

岐阳（其二）①

百二关河草不横②，十年戎马暗秦京③。
岐阳西望无来信，陇水东流闻哭声；
野蔓有情萦战骨④，残阳何意照空城！
从谁细向苍苍问⑤，争遣蚩尤作五兵⑥？

注 释

① 岐阳：岐山之南，指今陕西凤翔。
② 百二关河：秦地险固，两万人足当诸侯百万人。
③ 秦京：指秦国首都咸阳。
④ 野蔓：荒生的蔓草。萦：萦绕。
⑤ 苍苍：指苍天。

⑥ 蚩尤：据《史记·五帝本纪》载："蚩尤作乱，不用帝命。于是黄帝乃征师诸侯，与蚩尤战于涿鹿之野，遂擒杀蚩尤。"

题　解

《岐阳》是诗人元好问写于金代末年的组诗。当时金国面对强大的敌人蒙古汗国，于1227年农历六月消灭了建国一百九十多年的西夏，此后矛头直指岐阳（今陕西凤翔），但七月成吉思汗在西征途中病逝，继承汗位的窝阔台于1231年再次围攻凤翔，农历二月凤翔陷落，四月城破。当时诗人任南阳县令，闻变悲痛之下写《岐阳》三首。凤翔陷落后，蒙军调整部署，分三路扑向金都汴京（今河南开封），1233年农历正月汴京守将降蒙，时任尚书省左司都事的元好问成了蒙军俘虏，先被囚禁在汴京城南的青城，四月被押送聊城（今山东聊城）羁管。此诗是《岐阳》组诗三首中的第二首，书写岐阳之役的惨状，控诉蒙古军残杀无辜的暴行，饱含诗人深沉的悲愤。

赏　析

《岐阳》是诗人元好问纪实论事、感时伤世的一组组诗，所选的此诗描写了凤翔城被蒙古军攻陷时的离乱和悲怆，抒发了诗人感到问天无路、欲哭无泪的情绪。诗歌首联"百二关河草不横，十年戎马暗秦京"回顾十多年来持续不断的战乱给秦地百姓带来的深沉灾难。咸阳城内，寸草不生，暗无天日，令人痛心疾首，一个"暗"字渲染了战地的暗无天日和人民生活的水深火热。颔联"岐阳西望无来信，陇水东流闻哭声"表明诗人惊闻岐阳失陷的消息后内心的沉重。诗人虽身处汴京，却心系岐阳，而岐阳因为战事而音讯全无，一个"望"字可以看出诗人的望眼欲穿，从而为下文对岐阳空城的描述作了铺垫。颈联"野蔓有情萦战骨，残阳何意照空城"可谓沉痛至极。岐阳失陷，战地一片凄凉，野蔓萦绕着战骨，万千将士的血肉残躯荒野横陈。诗人在这里赋予野蔓以情感，因为战地已荒无人烟，只有荒生的蔓草与战骨相伴；残阳如血，将整座空城渲染得更加哀艳,令人不忍卒读。最后一联"从谁细向苍苍问,争遣蚩尤作五兵"写诗人呼天痛诉,将一切罪恶归于蚩尤。蚩尤是神话传说中"九黎"的君长,曾发动战争兵伐黄帝。诗人将罪责归结于人类最初发动战争的罪魁,表达了诗人对战争的深恶痛绝,以及对广大黎民百姓的深切同情。

元好问生于金末乱亡之际,宗社丘墟之悲令他悲哀沉痛之际,忧时悯乱,发而为诗。他的诗歌一气贯注,深情滂沛,不假雕饰,浑然天成。清人赵翼在《瓯北诗话》中评价元好问的诗歌:"沉挚悲凉,自成声调,唐以来律诗之可歌可泣者,少陵十数联外,绝无嗣响,遗山则往往有之。"

于　　谦

于谦（1398—1457），明朝名臣。字廷益，号节庵。钱塘（今浙江杭州）人。明成祖永乐十九年（1421）进士及第，明宣宗宣德初授山西道御史，以才迁兵部右侍郎，巡抚河南、山西，历十八年还都。土木之变后，拜兵部尚书，拥立景帝，历升少保。英宗复辟，以"大逆不道，迎立外藩"的罪名将其杀害。后赐赠太傅，谥肃愍，又谥忠肃，生平见《明史·于谦传》。其诗独树一帜，诗风刚健质朴，多忧国忧民和抒写其坚贞节操之作，不事雕琢，明白如话，其七言尤具特色。有《于忠肃集》传世。

入　　塞

将军归来气如虎，十万貔貅争鼓舞①。
凯歌驰入玉门关②，邑屋参差认乡土③。
弟兄亲戚远相迎，拥道拦街不得行。
喜极成悲还堕泪，共言此会是更生。
将军令严不得住，羽书催入京城去④。
朝廷受赏却还家，父子夫妻保相聚。
人生从军可奈何，岁岁防边辛苦多。
不须更奏边笳曲，请君听我入塞歌。

注　释

① 貔貅（pí xiū）：传说中凶猛的瑞兽，此处代指军队。能吞万物而不泄，故有纳食四方之财的寓意，能赶走邪气，带来好运，古时候人

们常用貔貅作为军队的称呼。
② 玉门关：故址在今甘肃敦煌西北。玉门关外当时受瓦剌侵扰，但不是作者指挥作战的地区，这里是借用。
③ 邑屋：乡村的房舍，村舍。
④ 羽书：即羽檄，古代插有鸟羽的紧急军事文书。

题　解

《入塞》是诗人于谦在"土木堡之变"与瓦剌斗争得胜之后所作的感怀诗歌。诗歌描写战士凯旋归乡、亲人欢聚的欣喜，更道出战士苦战不为名位利禄，而为百姓安乐而战的高尚情怀。

赏　析

《入塞》这首诗写于明代宗景泰元年（1450）的"土木堡之变"后。诗人于谦当时五十三岁，这是诗人在和瓦剌军作战得胜回朝后所作，从诗中可以看出于谦对于外族入侵，坚决抗战的态度，此诗写征战将士的豪迈雄武、壮怀激烈和凯旋还朝后的喜悦欢乐。全诗可分为四个部分，每四句为一个部分，第一部分写出征将士得胜回朝，战士们经过连年苦战却全无疲惫不堪之貌，而是欢欣鼓舞，士气如虎，但他们并没有完全沉浸在战争胜利的喜悦之中。他们在凯歌声中进入玉门关，驶向通往中原故乡的道路，沿途惨遭战火的村落已不复往日的安乐宁静，而是一片荒芜死寂。战士们在参差凋敝的村落中辨认从前的家园，瞬间内心五味杂陈：战争胜利的快慰自豪，重返故乡的迫不及待，满目苍凉的悲悯哀伤，一齐涌上心头，让他们内心翻涌。第二部分四句则描写父老乡亲翘首盼望得胜归来的战士，他们夹道欢迎凯旋之师。"喜极成悲还堕泪，共言此会是更生"这一句饱含了万千的沧桑苦辛，战士们在战场血肉厮杀，出生入死，"古来征战几人回"，能够得胜归来是此生之幸，更是一场重生。这里隐含了战斗的残酷激烈，抒发了军民之间的骨肉深情。第三部分四句写将士们入京受赏，他们列队还乡，在紫髯将军的号令下首先奔入京师复命。这里侧面反映出军队战时军纪严明,军容整肃,也是他们能够取得战争胜利的深层原因。将士们入京受赏并没有选择当官做吏,而是领取奖赏,回家团聚,享受天伦之乐。于谦在这里为将士们代言,将士们奋战沙场并非贪图功利,而是为了黎民百姓的安宁和乐,表现了将士们保家卫国的一片赤诚之心,这也是诗人内心的真实写照。最后一部分升华主题,点明征战的辛苦,唱出百姓的心声,"人生从军可奈何,岁岁防边辛苦多"表达了诗人对常年征戍边关、难享天伦的战士们的同情和悲悯;"不须更奏边笳曲,请君听我入塞歌"表现了诗人得胜归来时内心的沧桑之感,诗中的"紫髯将军"便是诗人自己。全诗让我们看到一个既严正刚直又多愁善感的于谦,散发着人性主义的光辉。

这首诗记乱述史,鲜活地再现了"土木堡之役"我军将士得胜归来的场景以及战后社会实录,语言质朴,感情深沉,思想深邃,交织了诗人心中的复杂深沉的心绪:对国家民族灾祸的担忧,对征战士兵苦辛的同情,对黎民百姓遭逢乱离的悲悯,这些正是于谦诗歌的诗史意义和光辉所在。

・入塞

293

谢 榛

谢榛（1495—1575），明代诗人。字茂秦，号四溟山人，临清（今山东临清）人。幼眇一目，性豪爽，喜任侠，好交游，终身不仕，以布衣游于文士、藩王之间。与李攀龙、王世贞等组织诗社，是"后七子"早期领袖。后受李、王等排斥，客死河北。生平见《明史》本传。主张熟读盛唐诗，只须领会精神、声调，不必模拟字句。其诗以近体见长，工力深厚，句响字稳。有诗集《四溟集》、诗论《四溟诗话》。

塞 上 曲

旌旗荡野塞云开①，金鼓连天朔雁回②。
落日半山追黠虏③，弯弓直过李陵台④。

注 释

① 荡野：飘荡在平旷的原野之上。
② 金鼓：即四金和六鼓，四金指錞、镯、铙、铎。六鼓指雷鼓、灵鼓、路鼓、鼖鼓、鼛鼓、晋鼓。古代行军作战时离不开金鼓，鸣鼓而攻，鸣金收兵。金鼓即代表行军与战斗的信号。
③ 黠（xiá）虏：狡猾的敌人。
④ 李陵台：指李陵的墓。

题 解

《塞上曲》是布衣诗人谢榛所作的一首边塞诗，描写明朝将士与鞑靼部激烈战斗的场景。诗歌生动再现了两军厮杀搏斗的战场景象，表达了对英勇善战的将士的敬仰之情。

赏　析

谢榛的这首《塞上曲》鲜活再现了一场紧张激烈的战斗情景，不仅限于某一场战役，颂扬了一往无前的战斗精神和志在必得的坚定信念，格局宏大，读之令人振奋。诗歌前两句"旌旗荡野塞云开，金鼓连天朔雁回"极尽烘托了战场紧张激烈的氛围，对仗工整，境界阔大，每句包含两种意象。"旌旗荡野""金鼓连天"分别从视觉和听觉再现了战场激烈的交战情景。古代军队作战，以旌旗为指挥三军的号令，以金鼓为节制进退的信号。"旌旗荡野"表明战阵拉开，双方交战激烈；"金鼓连天"表明战斗有序，气势威武；"塞云开"和"朔雁回"进一步渲染了战斗的气势雄壮，仿佛战场上的旌旗翻飞使得塞云惊退，震天鼙鼓使得雁阵惊回，烘托雄浑悲壮的氛围。这两句虽没有直接描写两军厮杀、短兵相接，却侧面烘托出战斗的激烈。前两句刻画两军的交锋，后两句则写后续的战斗。"落日半山追黠虏，弯弓直过李陵台"暗示我军在战场上的所向披靡，敌人落荒而逃的结局。虽然日薄西山，夜幕降临，但将士们依旧乘胜追剿敌寇。李陵是西汉有志节的名将，后世多用"李陵台"入诗，表达忠贞不渝、勇敢无畏的民族气节。此诗叙写我军追击敌军直至敌人老巢，以彼败衬此胜，以敌人慌忙逃窜衬托我军将士英勇无畏，"弯弓直过"生动地再现了我军将士的英勇雄姿，赞美了我军的强大、战士们勇往直前的战斗精神和忠贞无二的高风亮节。

谢榛笔下的边塞诗笔力遒劲，颇有风骨。此诗无论是在造境上，还是炼字上都为人称道，用语精切，境界阔大，充分地表现出战士们保家卫国的英雄气概，令人心潮澎湃。

戚 继 光

　　戚继光（1528—1588），明代抗倭名将。字元敬，号南塘，晚号孟诸。登州（今山东蓬莱）人。出身将家，初任登州卫指挥佥事，明世宗嘉靖三十四年（1555）调浙江，任参军，抵抗倭寇。戚继光在东南沿海抗击倭寇十余年，荡平了多年为患沿海的倭寇，后又在北方抗击蒙古族内犯十余年，保卫北部疆域安全，万历间以老病辞官，卒于家，谥武毅。生平见《明史》本传。对练兵、治械、阵图等颇有创见，著有《纪效新书》《练兵实纪》等。以余力为诗文，多苍劲慷慨之作，诗文集有《止止堂集》。

望 阙 台①

十年驱驰海色寒②，孤臣于此望宸銮③。
繁霜尽是心头血，洒向千峰秋叶丹。

注　释

① 望阙台：在今福建福清，是戚继光自己命名的一个高台。
② 十年：指作者调往浙江，再到福建抗倭这一段时间。从明世宗嘉靖三十四年调浙江任参将，到嘉靖四十二年援福建，前后约十年左右。
③ 孤臣：远离京师，孤立无援的臣子，此处是自指。宸銮：皇帝的住处。

题 解

明世宗嘉靖中,戚继光抗击倭寇,打击海盗,转战于闽、浙、粤之间,十年间屡立战功,基本扫清倭夷。他先后调任浙江参军,福建总督。这首诗就是他任福建总督时所作,表达了对祖国的一片赤诚以及抗倭报国的一腔热血。

赏 析

这首《望阙台》写得沉郁顿挫,眼前万里河山,都染尽心中一腔报国热血。戚继光是历史上著名的抗倭英雄,他在东南沿海剿倭十余年间,大小战役,八十余次,功勋卓著,但其戎马一生并不平顺,时值严嵩父子当政,皇帝昏聩,政治腐朽,十余年间,数次被小人陷害革职,晚年频遭猜忌与磨难,令他心寒。诗歌首句"十年驱驰海色寒"回顾自己十余年间在苍茫海域内东征西讨的生活。"海色寒"是诗人登临阙台眼前之景,也是诗人内心的凄寒。他年复一年保家卫国,进行艰苦卓绝的抗倭斗争,却得不到朝廷的信任和支持,悲愤之气萦绕心头。第二句"孤臣于此望宸銮"表明诗人登临阙台的目的。诗人虽对朝廷心怀抱怨,但还是报有殷切的期望。登高望远,他希望能看到故都、君王,也希望君王能够看到自己的一片赤胆忠心。"孤臣"表明了诗人内心的孤独与悲戚,伫立阙台遥望京师的英雄背影单薄寂寥,令人心中零落。后两句"繁霜尽是心头血,洒向千峰秋叶丹"寓情于景。诗人登临阙台望见千山万壑,秋叶留丹,这一片如霞似火的赤红之色,正如诗人的赤胆忠心,滚滚热血。诗人用"繁霜""秋叶"表达自己忠贞不渝的报国之心,字字啼血,令人感动。

这首诗用拟物法,以繁霜比喻自己的鲜血,形象生动,在艺术表现上极富感染力,读其诗,如闻其声,如见其人。诗人轻视个人的名利得失,而对国家、民族有着强烈的责任感和使命感,哪怕自己遭受不公,也仍然忠心耿耿地驰海御敌。由于作者有着崇高的思想境界和高尚的爱国情怀,尽管是失意之作,也使这首诗具有高雅的格调和感人至深的艺术魅力。

徐 兰

徐兰(？—1730),清代诗人。字芬若,号芝仙。常熟(今江苏常熟)人。康熙二十年(1681)左右,入京为国子监生,康熙三十五年(1696)作为幕僚随清宗室安郡王出塞,至归化城;雍正初,又随年羹尧征青海。他的诗绝大多数是边塞诗,这同他一生中曾两度出塞,对边塞生活有深切的体验是分不开的。这些诗或描绘塞外风光,或刻画征人情怀,构思、取境、遣词,往往出奇制胜,风格近似李贺。如《雨阻黑河》《归化城杂咏》《塞下曲》等。有《出塞诗》一卷传世。

出居庸关

凭山俯海古边州,旆影风翻见戍楼①。
马后桃花马前雪,出关争得不回头②?

注释
① 旆(pèi):旌旗。
② 关:指居庸关。

题解

《出居庸关》是诗人徐兰任清宗室安郡王幕僚期间所创作的七绝。康熙三十五年(1696),康熙帝统兵征准噶尔时,诗人曾随安郡王出塞,由居庸关至归化城,途中写下《出居庸关》一诗，描写了出关时所见之景，抒发了出征士卒怀土恋乡的感情。

赏　析

　　这首《出居庸关》是诗人军旅途中所作，描写了出关所见的雄奇景象，抒发了出征士卒怀土恋乡的深情。诗歌前两句切题迅捷，"凭山俯海古边州，旌影风翻见戍楼"勾画了关隘险要的地理位置和旌旗翻飞、戍楼雄峙的威武气势。"凭山俯海"四字气势雄壮，境界壮阔，极写关隘卓越险要的天然形势，它是通往东北的要塞，是兵家扼守的战略要地，继而"古边州"表明了历史背景。首句奠定了一个广阔辽远的时空，勾勒了一个雄壮的大背景。继而第二句戍楼高耸，迎风翻飞的旌旗高悬于城楼之上则属于特写镜头，平添了威武雄健的气势，同时体现了战事紧张、戒备森严的氛围。后两句顺此而下，将对象锁定在征人的视线中，"马后桃花马前雪，出关争得不回头？"前一句写眼前的景象，以古边关为界点，关内桃花灼灼，春华似锦，生机盎然，关外仍是寒冬，大雪纷飞，一片荒寂，更寓意深沉的是将士们内心的悬殊，关内有魂牵梦绕的故园亲友，有着温暖的港湾和脉脉的柔情，而关外冷寂荒寂，却是男儿顶天立地的场域，是建功立业的地方。诗人将士卒的内心世界挖掘得十分深入，将人物搁置于特定的情境中，此时，故乡和远方、柔情与豪情、为国捐躯与怀土恋乡，似乎相互背离，却有互相成就，达到了有机的统一。"出关争得不回头"写士卒们即将远离故乡，难免回首顾盼，但更恢宏辽远的疆土、立功边塞的机会在前方，他们举步执鞭，一往无前。

　　这首诗寓情于景，构思巧妙，尤其第三句"马后桃花马前雪"乃石破天惊的奇思妙笔，沈德潜称赞此句："眼前语便是奇绝语，几于万口流传，此唐人边塞诗未曾到者。"此外，诗人将征人出征远行时的复杂心理挖掘得入木三分，细腻生动地表现了远征战士对故里亲人的深情，以及对征战生涯的三分忌惮、七分憧憬的内心表现得淋漓尽致。

黄遵宪

黄遵宪（1848—1905），清代诗人，字公度，广东嘉应（今广东梅州）人，工诗，喜以新事物熔铸入诗，有"诗界革新导师"之称。黄遵宪的作品有《人境庐诗草》《日本国志》《日本杂事诗》《己亥杂诗》《己亥续怀人诗》等。被誉为"近代中国走向世界第一人""近世诗界三杰"之冠。

哀旅顺①

海水一泓烟九点②，壮哉此地实天险。
炮台屹立如虎阚③，红衣大将威望俨④。
下有深池列巨舰⑤，晴天雷轰夜电闪⑥。
最高峰头纵远览⑦，龙旗百丈迎风飐⑧。
长城万里此为堑⑨，鲸鹏相摩图一啖⑩。
昂头侧睨视眈眈⑪，伸手欲攫终不敢⑫。
谓海可填山易撼，万鬼聚谋无此胆⑬。
一朝瓦解成劫灰⑭，闻道敌军蹈背来⑮。

注 释

① 旅顺：又称旅顺口，在辽东半岛最南端，形势险要，与山东威海卫同为北洋海军基地。
② 一泓（hóng）：一片。泓：水深而广，这里作量词。烟九点：中国古时分为九州，从天上俯视大地，不过像九点烟尘。诗中指中国国土。
③ 虎阚（hǎn）：虎叫声。

④ 红衣大将：指大炮。明末清初仿荷兰大炮而造的一种炮，称红衣大炮。俨（yǎn）：庄重，整齐。
⑤ 深池：深水，这里指渤海。
⑥ 晴天雷轰夜电闪：谓北洋水师昼夜练兵发炮时的声威和情景。
⑦ 纵远览：放眼远望。
⑧ 龙旗：清朝的国旗。飐（zhǎn）：招展，飘动。
⑨ 堑（qiàn）：防御用的深沟。
⑩ 鲸（jīng）鹏：比喻指帝国主义列强。摩：摩擦。诗中指相互争夺。啖（dàn）：吃。
⑪ 睨（nì）：斜视。眈（dān）眈：贪婪注视的样子。
⑫ 攫（jué）：抓取。
⑬ 万鬼：指侵略中国的帝国主义列强。
⑭ 劫灰：劫火余灰。劫火：佛家语，指世界毁灭时的大火。诗中指旅顺的陷落。
⑮ 蹈背来：从背后而来。当时日军先占领大连，随后从旅顺的背后发起进攻，攻陷旅顺。

题 解

清光绪二十年（1894）冬，日寇围攻旅顺，主帅溜之大吉，军心涣散，仅有残兵抵御。五天后，清廷重要军港旅顺失守，日军屠城数日。消息传来，诗人悲戚异常，愤然写下了这首诗，表达内心无限的悲愤叹惋。

赏 析

《哀旅顺》是诗人黄遵宪所作的七言古体咏史抒情诗。这首诗感于哀乐，缘事而发，真实地记录了旅顺失守的情景，表达了诗人内心无限的悲愤与叹惋。全诗共十六句，可分为三个部分，从"海水一泓烟九点"到"龙旗百丈迎风飐"为第一部分，这八句极写旅顺港口形势的险要、港口防御的坚固、军事装备的精良。诗歌开篇"海水一泓烟九点"居高临下，气势不凡，从俯瞰的角度写我华夏神州的辽阔壮险，面对如此壮阔的海港天险，诗人不禁发出"壮哉此地实天险"。此外，诗人也历数旅顺港口的炮台、枪炮、巨舰等精良军事装备，传达了诗人对于我军军事防御的自信和对祖国的自豪。从"长城万里此为堑"到"万鬼聚谋无此胆"为第二部分，则揭露了帝国主义企图掠夺旅顺，入侵中华领土的丑恶阴谋。"长城万里此为堑，鲸鹏相摩图一啖。昂头侧睨视眈眈，伸手欲攫终不敢"这四句运用比喻的手法，将海港要塞比作威猛凶狠、杀气腾腾的猛虎，警惕地盯着心怀鬼胎的敌军，使他们不敢轻举妄动。"谓海可填山易撼，万鬼聚谋无此胆"两句将敌军入侵旅顺港与易山填海作对比，表明入侵我国险港要塞，断无可能；将帝国主义入侵者比作"万鬼"可以看出诗人对其的鄙视和痛恨。诗歌至此都在铺垫我军作战条件的优越，对于战争必胜的信心。最后两句"一朝瓦解成劫灰，闻道敌军蹈背来"为第三部分，与前文种种形成巨大的落差：在固若金汤的防守之下，帝国主义入侵者从后路攻下旅顺港，旅顺港的失陷意味着敌军打开了入侵中华的缺口，给中华民族带来了深重的灾难。这里蕴含着诗人对负责此次战争的腐败政府和无能将领强烈的不满和谴责，也表达了诗人内心巨大的哀痛和悲愤。

  这首诗在艺术上采取史诗般的笔法，站在历史的高度，对甲午海战加以高度概括与真实记录。全诗以大量篇幅对敌我双方的形势加以渲染，采用层层铺垫、卒章显志的方法来突出主题。此诗题为"哀旅顺"，实则表现了诗人对昏庸无能之清政府的愤怒谴责、对迫在眉睫之民族危亡的深切焦虑，同时也蕴含有抵御外侮的爱国情怀。

徐锡麟

徐锡麟（1873—1907），近代革命家。字伯荪。浙江山阴（今浙江绍兴）人。清光绪二十七年（1901）被聘为绍兴府学堂教师，后升为副监督。光绪三十年（1904）到上海，访蔡元培，加入光复会。光绪三十一年（1905），在绍兴创立体育会，办大通学堂。光绪三十二年（1906）捐资为道员，分发安徽，得到巡抚恩铭重用，任巡警处会办兼巡警学堂监督。光绪三十三年（1907）初，与秋瑾准备于浙、皖同时起义，五月，刺杀恩铭于安庆，率巡警学堂学生攻占军械所，与清军激战四小时，失败被俘，英勇就义。其边塞诗继承了唐代边塞诗的风格，具有雄浑豪迈的特色。

出　　塞

军歌应唱大刀环[①]，誓灭胡奴出玉关[②]。
只解沙场为国死[③]，何须马革裹尸还[④]。

注　释

① 环："与"还"同音，古人常用作还乡的隐语。
② 胡奴：指清王朝封建统治者。玉关：即甘肃玉门关，汉时为出塞要道。这里指山海关，清朝是在山海关外发迹的，因此要杀到关外，将他们彻底消灭。
③ 沙场：本指平沙旷野，后多指战场。
④ 马革裹尸：英勇作战，战死于战场。典出于《后汉书·马援传》："（马）援曰：'方今匈奴、乌桓，尚扰北边，欲自请击之。男儿要当死于边野，以马革裹尸还葬耳。'"

题 解

这首《出塞》是诗人徐锡麟作于1906年春的一首七绝。据记载，徐锡麟曾于1905年出山海关至奉天、吉林，再经西北诸省边疆而归。这首诗作于第二年春。诗歌描写了将士的边塞生活，表达了诗人坚定的战斗决心和为国捐躯的革命精神。

赏 析

徐锡麟的诗作虽然不多，但这首《出塞》慷慨陈词，豪情万丈，颇具盛唐边塞诗风采。诗歌起首两句"军歌应唱大刀环，誓灭胡奴出玉关"颇具气势。出征的将士唱着慷慨激昂的战歌，振臂挥举着大刀，决心要将清朝统治者杀到关外。一个"环"一语双关，既指手挥大刀，荡平胡虏，又预示着反清斗争一定会取得胜利，战士们一定会唱着凯歌，班师回朝。后两句"只解沙场为国死，何须马革裹尸还"写得气壮山河，豪气干云。诗人直抒胸臆，作为一名战士，只想着奋战沙场，为国捐躯，何须瞻前顾后；保卫家国，慷慨赴难，死得其所，又何必"马革裹尸"而还呢？这一句壮怀激烈，表现了诗人为国捐躯、视死如归的英雄气概和大无畏精神。

徐锡麟在写完这首诗之后的第二年，在安庆起义中失败被捕，清政府逼迫他写口供，他愤然直书："尔等杀我好了，将我心剖了，两手两足断了，全身碎了，均可，不可冤杀学生。"尔后，正如他诗中所写，他慷慨就义，从容赴死，他用行动践行了自己的理想信念。这首诗豪放激扬，语气慷慨悲壮，英气逼人，将诗人不惮生死、保家卫国的一腔热血挥洒得淋漓尽致，令人肃然起敬。

图书在版编目(CIP)数据

边塞诗赏析 / 马玮主编. — 北京：商务印书馆国际有限公司, 2021.8
(中国古典诗词名家菁华赏析丛书)
ISBN 978-7-5176-0811-0

Ⅰ.①边… Ⅱ.①马… Ⅲ.①边塞诗—古典诗歌—诗歌欣赏—中国 Ⅳ.①I207.2

中国版本图书馆CIP数据核字(2021)第129712号

BIANSAI SHI SHANGXI
边塞诗赏析

主　　编	马　玮
出版发行	商务印书馆国际有限公司
地　　址	北京市朝阳区吉庆里14号楼
	佳汇国际中心A座12层
邮　　编	100020
电　　话	010-65592876（编校部）
	010-65598498（市场营销部）
网　　址	www.cpi1993.com
印　　刷	北京中科印刷有限公司
开　　本	710mm×1000mm 1/16
字　　数	336千字
印　　张	20
版　　次	2021年8月第1版第1次印刷
书　　号	ISBN 978-7-5176-0811-0
定　　价	39.80元

版权所有·违者必究
如有印装质量问题，请与我公司联系调换。